The world can be your oyster

我就这样绽放自己

一个勇闯世界顶尖商学院女孩的精彩人生

小荷 著

复旦大学出版社

自序

从 1999 年读大学到现在，一晃已是十多年，看起来和同辈人一样都经历了读书、工作、结婚等相似的过程，但我深深觉得每个人生活质地的构成与独特经验的积累，其实都来自那些你计划外的事以及你与世界互动中每一步的主动选择：比如去哪里读书，干什么工作，与谁结婚等等。

说来有趣，改变我生活轨迹的正是几件小事。

第一件小事发生在大学一年级某天的晚自习里。当时我早早用了晚餐，在复旦当时的 3108 大教室里找了个位子坐下。到了七点左右，我发现学生济济一堂，原来那天晚上有讲座。我坐在后排，不便出去，便索性也乐得一听。讲座嘉宾是当年的易趣网总裁邵亦波和谭海音两人，他们刚从哈佛商学院毕业，回国创业。演讲的内容是各自的经历，目的是为了向学生宣传他们的网站。那次偶然听到的讲座对我意义深远，我第一次知道了一种由商学院、咨询业及融资创业组成的人生，我完全被他俩的热情与经历给迷住了。心里的种子就在那时候发芽，向往起多元化的人生，也便有了最初的规划。

之后的很多事告诉我，对待生活需要保持一颗开放而敏锐的心灵，如果那天我带上耳机继续独自自习或者离开教室的话，我也许不是今天的我。有时候，你不用撞到特别伟大的人或事，一句不经意的话也许就可以彻底改变你的视角与态度。生活准备了许多甜点，给用心的人。

第二件小事是大学时期来美国作交流学生。学业与生活上受到的挑战其实都没有理念上的冲击大，最大的触动在于"提胆"。美国文化中有一种"why not"不合规矩的野蛮。向来习惯界线分明的我在当时受到了许多震撼。比如你以为很难的课，导师都鼓励你选，比如你以为胜任不了的兼职工作，学校工作人员都热情协助你。"You can do it!"这句话常常说起，最后你真的不行也行了，人有时就是缺少这心理暗示的一股劲而已。虽然我呆的地方是一个很不起眼的中西部小镇，但那一年我却觉得世界很大，有许多事情只要敢想，就可以去做。到了一年末的时候，我看到加州大学举办一个学生研讨会，讨论民主与政治。另外他们还供应一周免费食宿，我一个穷学生就指望利用这个机会去玩一下，顺便也更多了解美国的大学活动。但研讨会要求是政治系的学生参加，我的导师对我说想去就去申请，没有关系。果然我申请成功了，夏天一个人搭车跑到了加州，作为唯一一个中国女生与一堆白人讨论了一周美国的法务、选举等若干已记不清的话题，还上台发了言。那个时候，我已没有了初来乍到时的恐惧，没有对错，尽情地自由发挥。最后，主办者还慷慨发给我十几本社科经典名著，我扛回家时一方面觉得自己大赚了一把，另一方面感叹这世界就是怕胆大的。

中国的教育也许过于严肃，美国的教育也可能过于自我。从找到平衡上来说，我们有时需要打破规则，给自己的理想打一点气，凭什么不行？这种尝试和争取的精神在我以后读商学院和工作中都非常需要。在公司里老板常说"You own your career"，意思是职业是你自己的事，如果你不

好好主动管理，别指望别人处处帮你。换成另一句“You own your life”，也是一样，你的人生你作主。

第三件小事是与几位好友曾在业余时间一起创办过一个网站杂志，最后办了两期就因为各种各样的原因停了。那几个月里我们异常辛苦，工作之余还得忙着找资助，写稿，排版，找合作方等等，经常没有周末。原先在大公司，顶着名片出去还是好办事。自己想创个业，一下子变成了nobody，做什么都难。我时常记得我们说干了嘴皮，别人还是无动于衷。在凌晨四五点，我和合作伙伴还在打电话辛酸地互相鼓励，第二天又得重打精神去上班。成王败寇，这世界何等残酷。有过那一段经历后，对于那些白手起家，将万事落地，杀出一片天地来的创业者，我始终都有难以言说的敬意。

对我个人来说，那段小小的插曲经历时常提醒我工作的本质。许多工作都是为你提供一个平台，你个人的价值离开了那个平台的资源也就无所发挥。特别是后工业化时代的MBA，这些毕业生说白了也都是每年批量出产的“大宗商品”，可替换性与流动性很高。最终，你还是想变成市场上那个稀缺品，树立起独一无二的个人品牌，不是吗？只是“非你莫属”，从来就不是一场容易的较量。

絮叨了这么多，看着自己从一个文学青年变成一个务实的理想主义者，也不十分惊讶。我依然热爱文学，文学与商业共同改变着世界。只不过后者是靠有效率的方式塑造着我们的生活，前者用更深远的意义呼唤我们的内心。

希望自己是那个接地气的农民，懂得春耕秋收的朴实规律，也是那个浪漫的诗人，闻得到寻常生活中的微醺诗意。

目　录

第三章 破茧而出，自由无边

第四章 与子同行，与有荣焉

第五章 等待戈多，愈战愈勇

第六章 三省吾身，问心所向

第七章 亲历危机，福兮祸兮

第一章

迷失异乡，不破不立

来了美国之后，变得越来越容易相信别人，看重承诺，也一直诚实地兑现着自己的诺言。

西方之无罪假定

林达夫妇的《近距离看美国丛书》也许是最佳的西方文化教材。我原先也只是久慕其名，直到来美国前才拿来翻看。看第一章时觉得自己对美国的司法制度应该不会有多大兴趣，结果他写得意味深长，入木三分。尤其是那几章有关著名的辛普森案写得真是惊心动魄：贯穿始末是美国司法制度的“宁可错放一千，不可错杀一个”的思想，在这个高度重视个体价值的国度里，我觉得这种“无罪假定”真是点出了他们价值观的灵魂。

无罪假定是美国宪法中最最根本的初衷，即每个人一开始都假定为无罪，在定罪之前绝对享受一切法律赋予个体的平等的自由和一切权利。美国把剥夺一个人的生命及与此有关的其他权利看成是非常严重的事，所以只要在没有足够的呈堂证据之前，或者在证据无法使平民陪审团通过之前，宁可错放过“罪犯”。一个人在美国被判定死罪，那还真不容易，一定是他的罪证凿凿，实在没什么漏洞可找。

这种对自由的理解和法制的高度完善，使得美国成为一个人与人之间相处不累、交易成本较低的国家：首先，我相信你说的一切，这就是没有反证前的无罪假定思想；其次，我高度尊重你的自由以及你为追求自由采

用的所有积极合法的手段；最后，你也是侵犯不了我的，因为我会诉诸法律，强大的法制保障着我个体的权利。

所以刚来的时候总会觉得美国人特别单纯，甚而有点傻。因为他们骨子里不会去无端怀疑什么，总是真诚地相信对方所说的一切。一旦发现有假，那么欺骗的行径便会被人唾弃不止，因为那是对其信任的人的严重亵渎。

我刚到芝加哥机场出关时就遇到了惊险一幕。美国入关前要填写表格问询你随身携带了多少钱。我换的美金多于五千，但为了省事，就写了五千。不想出关例行抽查时就挨上了，海关大叔把我的大箱子抬上桌子，看样子要开膛剖肚。这大叔再次问我带的钱是五千吗？还没等我回应，他笑笑说，如果等下发现超过五千，多余的钱按照美国法律就全部没收啦。我一慌，没接口。他和蔼地说，“要不你再看一下，重新填个表，我一会再过来查”。这下我不敢再说慌，一五一十地把精确的钱数写上。他回来翻看了一下箱子，敲了个章，就放我走了。但入关的这件事我一直记得，它让我明白诚实为上，永远是人生的最佳策略。

这从美国学校强调的学术诚实也可见一斑。最初在商学院交作业时，对于平时做个小作业也要签署学校荣誉标准（honor code）一事非常不能理解。美国人反而觉得这些都是严肃的小事，既然你都签过字了，以后如有问题就要拿你全权问责。记得有位美国同学认真阅读了同组中国同学的文章，他变得非常愤怒，大声说这篇文章是对网上文章的剽窃，要去告发。

我在这里遭遇过最有代表性的事件就是办理信用卡。初来时一张白纸，没有信用记录的时候确实不容易办。但某次离境后忘记及时还款，哪怕只是一笔小钱，从此我便有了抹不去的不良记录，重新办卡时任何银行

芝大商学院

都不再受理我的申请。我只有一个月一个月慢慢地累积我还款的良好记录，重新开始打造形象，改过自新。这份伊始便对你的无条件信任其实是沉甸甸的，分量很重，辜负不得。

反省自己，中国的文化相对较为含蓄世故，所以我们从小多了几分怀疑主义。比如我们常说听话要听出弦外之音，知人知面不知心，日久才见人心等等。以至于老美当面夸赞我时，我总诚惶诚恐，不敢全盘照收，敢情是不是花言巧语啊，让自己别太天真了。这和过去在中国的美国签证官的思维有点像，是"有罪假定"，假定每个来签证的人都肯定是要去美国移民的，所以签证者必须使出十八般武艺来反证和驳倒这个莫须有的罪名。

如果世界上有两种人：一种人是首先相信外界是正面的，然后他会不断发现这里或那里有些污点，从而不断成熟；另一种人首先觉得外界是黑暗的，然后他偶尔发现一处两处闪光而会欣喜安慰。我便宁可做第一种

人，简单而低成本。来了美国后，变得越来越容易相信别人，看重承诺，也一直诚实地兑现着自己的诺言。

世界是主观的投射之象。相信或是不相信，是一个选择问题。

请和陌生人说话——商学院的开场白

西方商学院正式读书前的前戏很多，比如许多商学院在正式开学以前都有一个类似夏令营的活动：让来自五湖四海的学生们自由报名组队，进行为期一至两周的旅行，目的地从爱尔兰到越南，从斐济到伯利兹，不一而足。基本上老外们都非常钟爱险峻地带，特别是中美洲与南美洲。学校的目的无非是让大家在进入商学院前就能尽早地认识一些同学，或者说以一个轻松的心态进入学习。这种夏令营活动应该只专属于商学院，受其较大的招生规模和团队学习方式影响。毕竟，几百人的一届学生要真的全都靠进校学习而认识非常费事，组队旅行应该是最容易的一种交友方式。当然这是一个自愿项目，每年芝大商学院的 Random Walk 夏令营大约有三分之一的新生会参与，年年都几乎爆满。

当年我报名参加的是地处北非的摩洛哥。至于理由，现在想来主要是好奇，从未去过非洲，又是那么一个令人立即联想到卡萨布兰卡的地方。虽然之前已去过不少地方，但摩洛哥之旅给我留下了非常深刻的印象，这便成了体现商学院教育精神的重要开篇。

首先，参加这种活动需要一点冒险精神，毕竟不是所有人都觉得和十余个不认识的外国人玩一两周是一件那么有趣的事。以我参加的队举

例，全队一年级的人数是在 14 人左右，外加 4 个二年级学生从暑假实习回来作我们的导游和组织者（许多像这样虽是学校名义的活动，但校方几乎没沾一点手，从联系目的地到组织安排均由学生自行协调。美国学生参与度和体现领导力的机会比比皆是）。报名分组的决定出来后，队长便发出邮件说在芝加哥机场几号几点集合同赴目的地马拉喀什。我这一队中大概美国人占 10 个左右，余下的有来自中国内地、中国香港、印度、秘鲁、法国等学生，男女大致对半。除了那 4 个二年级带队的学生彼此认识外，余下的一年级新生几乎谁也不认得谁。飞机场的候机室成为我们第一次在异乡见面寒暄的场所，也是第一次得见同行的诸位旅伴。大家迅速地希望建立起一种友好气氛来，不管是不是真的看对方顺眼，但都要强迫自己能够和这些人在以下的十天内合得来，毕竟旅行是非常考验同伴的默契度和忍受力的，大家也都想给彼此留下一个好的第一印象。

芝大校园

其次，这一两周是一次关于西方社交技能的初洗礼，作为来自中国的女生，我便受到了喝酒游戏的冲击。并不是我特别害羞或酒量太小，但老

实说，这一点我到现在也不十分理解，为什么西方人那么爱以酒精消磨夜生活。亚洲人的夜生活更多仿佛是唱唱卡拉 OK 或者吃吃夜宵，而美国人无疑热爱酒吧。如果说我们的友情是靠打牌、卧谈、饭局等形式培养的，那么西方年轻人的友情绝对是靠在无穷多派对里一杯一杯喝出来的。我在第一晚就受到了挑战，外国青年体力普遍都好得惊人，白天已经马不停蹄地走了许多景点，我以为大伙晚上到了旅店就该洗洗睡了，不想二年级学生建议九点后在酒店花园里继续“活动”。所谓“活动”，一会儿出去就明白了便是喝酒。二年级的师兄师姐们买了许多啤酒，还准备了很多杯子。我在摩洛哥的夜色下第一次玩起了 Cup Flip（翻杯）游戏。美国人的游戏大多很简单，此游戏即按序盛酒，每个人将倒满酒的杯子放在掌心上，然后迅速翻掌接住，酒要是洒了就要罚。罚酒量会由少到多，杯子也会层层叠加，比赛方式也从一开始的个人到后来组成两队。一开始我觉得甚为无聊，好像只是为了喝酒而喝酒，后来慢慢发觉这是西方文化的一种表现方式。拿着酒杯攀谈是一种放松聊天的形式，实在无话可说也可以时不时就碰下杯，喝上一口，或索性就进入了比喝的状态，不会很尴尬或冷场。当然我不觉得这种方式特别适用于女生，但经历过几个晚上的赛酒后，我觉得作为当代女性，会喝一点酒简直是非常必要的。讨巧而不伤身，男生一般也不会强迫女生喝太多，大多是象征性的，但如果一点也不能喝未免在大家看来，过于矫情和扫兴。

经过头几晚的各种酒令游戏后，大家的友情果然突飞猛进，瞬时对对方的来历与八卦也都略有所知，白天一起旅游也配合得更好。在这些酒令游戏上令我最有感触的就是在这里“混得好”就需要心理上“放得开”以及自己“有料”。老外在追打八卦来了解一个人这一点上，有时和各地的娱记狗仔没什么差别，而且他们在这些游戏阶段不会因为和你生分就不好意思追问，比如你输了就要问答诸如“你做过最冒险的一件事是什么？”

“你最惨的时候是什么?”“你为一个爱的人做过最夸张的事是什么?”“你觉得这次旅行到现在为止什么部分你觉得最好?”等等。他们并不想真的为难对方,只是想了解你是怎么样一个人,而我们的文化里很少在和对方不熟的时候以这些私人问题来问询。我反而觉得某种程度上,这些问题虽然隐私,但却真的反映内核,而且需要平素很多对自己的思考才能回答得出。所以如果一时回答不上,就请喝酒吧!

其中有一个夜晚我们完全处于露天社交模式。那一天下午我们要骑着骆驼穿越撒哈拉沙漠,但可能在方向把握上出了点问题,到了晚上未能走出沙漠。大家骑了很长时间骆驼后大腿都非常疼痛,此时还必须要在沙漠里搭篷过夜。没有什么干粮,炎炎夏日里也不能洗澡,男生们都非常绅士地把有限的水尽量多地给了女生。草草用膳后,大家就席地躺下,对着星空开始海阔天空地神聊,从电影明星聊到外交政策,撒哈拉的星空离我们的距离仿佛真的伸手可及。就那样,我们十几个人围坐着一圈,谈着谈着,迷迷糊糊地在沙漠上过了一宿,头一次发觉用英文和陌生人可以说上那么多话。

如今摩洛哥的风景和美食我只能回忆起一二,但那次旅行最终让我与几位外国同学结下深厚的情谊,友情远远超过了我日后在正式商学院学习时结交的外国朋友,正如某一位老外好友说的,“那怎么能一样,我们是一起过过夜的喔!”更重要的是,这样的机会并不常有,它逼着我走出自己的条条框框,主动而勇敢地融进一个新秩序。

市场化的竞标选课制度——百分百自我设计

我在来读书之前，一直认为排名靠前商学院的所谓不同只是对外市场营销手段不一样，比如说有的学校强调擅长技术管理，有的学校强调擅长金融等。其实综合实力好的学校各科都应该不错，没有想象中那么不一样。

然而，我不得不说芝大商学院在选课制度上真的很独树一帜，以至于这是对新生来说需要花最多时间研习的第一要事！与别的商学院第一年固定课程与固定班级制不同，芝大从一开始的学风就是完全放任自由。秉承了全校一直以来相信人之自由选择的理念，教务处认为新生也应该知道自己要学什么，学校无权强制规定，你的青春你作主。各学院和高年级学生最多是给新生一点辅助意见，但你两年要上哪些课，以什么顺序全都自己决定。这对于向来按部就班、由易到难、被动学习的中国学生来说，确实很不习惯，一下子失了方向。学校把一开学的两周称为Disorientation（迷失方向），真是恰如其分。

具体来说，选课这一招真正深度体现了市场经济的精要：每个新生帐号内均发放初始 8 000 点虚拟 bidding points，即竞分点数，用完为止，不得转让，无法出售。每学完并通过一门课程，便再累积 2 000 分。总点数

于你毕业的学期自动清零。每门课程都需要竞标获得，由“市场”决定所扣分值（即某位教授的课程有50个席位，那么所有学生竞标的第50名分值便为此课最终市场定价，若选择人数不足50，则该课称为open class，零分即可）。没有选上的同学，即竞标分值过低的那些人，则进入下一轮，每学期大致在三周内设有五轮竞标机会。

学院会提供所有的历史数据，即以前所有课的市场价供竞标参考。所有的学生在竞标的那一周里真的都各自埋头估值，谁都想以最低的价格拿到最理想的组合。因为这是一个组合概念，每个学生一学期都要学3—4门课，势必要分出主次，必要时投车保帅，保住自己最想听的主要课程。同时，这也意味着两年的规划需要一开始就有个完整的自我设计。一开始，学生们难免怨声载道，因为人人都想上明星教授的课，但学校无形中传递的信息就是市场的供给是有限的，请抓主要矛盾。还有些大牌教授只在每年秋季或春季授课，又会影响学生们理想的听课顺序。每年的“价格”受当年的需求与供给影响并不相同，比如同一门课某一年上的老师多，所以“价格”偏低。于是乎，每个学生几乎都花了不少时间研究市场和自己相应的战略，并列了一个清单与备选方案，有些同学还建立了模型，根据系列变量推算今年这学期的价格，一时间好不热闹。选课，绝对是开学第一周大家见面讨论最多的话题。特别是前几轮的结果出来的时候，大家都在午夜等着刷屏。因为第三轮过后，就正式开学了，后两轮的同学沦于调节阶段，由于不知道想上的课还有没有，都得先去旁听，非常折腾。大家都希望在前两轮就能命中，能够顺利开学。

学校这个制度一方面保障了某些新来没有声名的教授的课也总会被学生选到，一定程度上平衡了总体的供给；但另一方面又以点数毫不留情地将课与课、教授与教授之间的受欢迎程度一目了然地告白于天下，存放于历史。好老师的课堂总是被挤得水泄不通，大家不行就进去旁听。而

芝大课堂

不受欢迎的课程真是门可罗雀，下面的学生都替老师捏把汗。从这一点上来说，这里的教授真是不太好混，没有两把刷子，立马就会被学生口耳相传地打入冷宫。除了最后市场成交的点数会历年公布以外，每门课最后一周的学生评分及各种意见均会被输入系统，一同作为记录数据留给下一届学生参考。这一点上不得不说西方市场化的反馈机制是极其有效的。

所以，开学初，经常在芝大校园听到许多好笑的选课对话：

“这下我破产了，好几万块钱全投进去了，一定要中啊！”

“啊？你为什么能投这么多，好有钱啊！”

“所以，你可以想象我为了这一天，上一年都上了多少零分课！”

放弃廉价A，选取风险B

商学院既然是个学院，就总会有按分数来定义的好学生。事实上每家也都会有诸如 Dean's list，Scholar，Graduate with distinction 等等制度来为成绩优异的学生颁发荣誉。然而成绩这件事在西方商学院里的重要性之低是大家心照不宣的秘密，和强调成绩为主的法学院或其他学院相去甚远。基本上排名靠前的商学院都采用两种做法，一种就是 Pass or Fail 制度，即课程只有合格与不合格两种分数。另一种是按 ABCD 等划分，但分数只告诉本人，且不会在正式成绩单上计算 GPA 绩点。更重要的是我们有一道成绩永不公开的免死金牌：Grading Non-disclosure Policy。这条制度是用在面试时对考官问询成绩可以亮出的绝招，即学校不让我说。初进校听说这条制度时还十分惊骇，佩服美国学校的保护政策。其实，后来发觉这条制度至少在芝大并不是学校作主，而是学校让权给商学院的学生会，每年学生会组织学生对该制度进行公开投票，然后全院执行投票结果。显然，除了少数视成绩为珍宝的异类外，大多数学生自然都喜笑颜开，没有不拥护的道理，所以年年这条制度得以流传。

即便得知有这等美事，仍免不了有几分狐疑，等到真的上了面试战场后，发觉完全是真的。虽然有个别面试官会侧面打听你的分数，你用这道

金牌挡一挡后，也没人再来啰嗦。关键是询问成绩这件事的概率本就微乎其微，本来商学院的面试就多以实战为主。

但后来我深切地理解了学校发起这项不公开制度的初衷。商学院主任在教我们选课时曾经讲过这么一句话："I hope you will all challenge yourselves, by choosing to get a rather difficult B than a cheap A."（我希望大家都能挑战自我，宁可得一个艰难的B，也不要拿一个廉价的A）这句话后来对大家都有触动。许多教授就是以工作量大、选题难、不留情面而著称，反而他们的课程往往历来座无虚席，极受欢迎。为了真正上一个台阶，大家乐于被他们虐待。

坊间总有人说，商学院的学生与别的学院相比，尽知道开派对和搞比赛，没有人在认真读书，这是很片面的。其实大家读得分外辛苦，尤其第一年通宵达旦是家常便饭，只是在读什么和怎么读这件事上各自的策略不同。用同学的一句经典比喻来说，成绩在商学院里就像内衣，虽然有着对外不宣的政策，但是你自己为了个人尊严，还是会想穿得体面一些。

说起这里的学习强度，以阅读量计，每一门课都一般不仅有一两本教材作参考，还有必读的一大本案例和教授各自摘录出来的若干专业类文章以及辅导类阅读书3—5本，个别教授还得让你每周看各种报纸杂志等。坦白地说，很少有学生那么认真地把一门课所有涉及的文字材料都看了，因为时间完全用不过来。奉行完美主义的人在商学院便要皓首穷经，永无出头之日了。正因为有海量的信息，大家在这里重新认识到首要的读书技巧便是有选择的速读法。囫囵吞枣、不求甚解简直是一种利器，大家都在游泳中学会游泳。因此学习小组也是这样一种高压环境下的产物，自己没时间搞定的问题放在学习小组里请高人指点迷津，事半功倍，与中国式的单枪匹马、刨根问底式的个人英雄主义有很大差异。

回想自己在美国交流读大三的时候，实在是个太老实听话的孩子。

犹记得当年第一次选修美国文学课，老师的要求是一周读一本小说，写一篇评论。第一周开出的小说就超过五百页，我一个人愣是在图书馆里泡坐了一个周末把那本小说一页一页翻读了一遍，然后苦思冥想要写个什么，生生把两眼都磨肿了。事后发觉美国同学们翻翻 cliff notes（美国的一种教案，提供各种作品的简要说明），互相聊聊天，上网查查评论，然后随便写一个话题就交差了。我当时非常愤愤不平，觉得自己好像吃了个闷亏，心里只能阿 Q 地想至少我比你们学到得多。可是真的如此吗？我回头看看，读书这件事的方法论我自小好像真的没有好好想过。做习题、写文章好像也就如此而已。如何控制时间，以最小的投入获取最大的产出，分清重要性与兴趣点，形成哪些观点和关键问题……这些我确实忽略了，以至于那本小说也如水过鸭背一般，我如今竟一点也说不上来了。

某种程度上，商学院不是传统意义上的静心学堂，需要关心的事宜太多，因而向时间要效率才是能下好总体一局棋的关键。商学院里，我们通常更羡慕那些每门功课花费时间不多，但都基本过关，并且在别的各方面全面开花的同学，而不是那些孜孜矻矻，一枝独秀的选手。两年间，我眼中几乎没见过什么同学偷着懒。付着一大笔学费，大家着实都在寒窗苦读，只是每个人葫芦里藏的药不一样罢了。

社团三千，难取一瓢饮

进校伊始除了选课让新生焦头烂额外，参加什么社团也是一件令人最初找不到北的事。不比别的学院，商学院除了学习、求职外，社交可算是头等大事。对于国际学生参与社团活动也是必不可少的。商学院里大大小小的学生社团数目十分惊人，拿芝大商学院来说，大概就有近百个社团，还不包括大学本身和校际的。特别是每个学年开张的 9 月，这些社团更如雨后春笋般冒出来进行一年一度的招兵买马。学校每天会给这些社团一两个星期时间筹备迎新，所以每年这个时候分外热闹。不仅收到许多营销邮件，还有许多社团镇守在学院大堂里于午休时组织各种宣讲以招徕过往新生。因为这些社团都是学生自发组织的，也需要自负盈亏。每年新会员的会费就是一笔十分重要的经费来源。

虽然参加社团这件事完全是自愿的，但商学院里不参加任何一个社团的学生寥若晨星。学生们出于娱乐、社交或求职等种种考虑，势必会参加若干个社团，顺便也可以在自己的简历上写上一笔。美国的招生与招聘也向来注重一个人对课外活动的参与度。商学院的社团也大致分为两种，一种与求职有关，另一种就更靠近生活。

与求职有关的社团历来参与人数众多，力量庞大，尤其是重点行业的

那些俱乐部。比如芝大里投资银行俱乐部和资产管理俱乐部，这两个社团成员数各自都在百名以上，属于最财大气粗的。这些俱乐部的收费也最高，每年都在一百美金以上，但同学们还是趋之若鹜。我也曾是投行俱乐部的成员，客观地说这些俱乐部确实对求职的贡献巨大。俱乐部的组织者都是二年级同学，他们会定期组织比赛、模拟面试、传授心得、帮你一对一修改简历、邀请嘉宾演讲、编写并发放诸如什么投行100问的面试真经等。总之，一切活动都非常有针对性，因而对学生的效用很高，会费物有所值。我记得第一学期开学不久，在注册并聆听了投行俱乐部宣讲会后，我就收到了俱乐部的一封邮件，名叫"So, you want to be a banker?"（这么说，你想成为一个投行家?）这封邮件里简要介绍了俱乐部的理念，并给我推荐了几部入行的小说，结尾还有一句笑话是"Are you ready to sell yourself to the devil?"（你准备好卖身给魔鬼了吗?）当时不觉莞尔一笑，觉得这些社团工作做得真的很到家。

另一类与生活休闲有关的社团就更包罗万象，有和体育活动相关的滑雪、击剑、航海等，有和美食相关的品酒、烹饪等，有和游戏相关的打牌、21点等，有和地域相关的亚洲、南美、非洲等，有和文化相关的电影、摄影等，有和人群多元化相关的职业妈妈、同性恋等，还有一些发展个人能力的比如公开演讲、社区义工等。难怪每一个新生报到时都会不知怎么选择，大家恨不得都想一口气参加十个，每一个看上去都那么诱人。不过很快，现实就战胜了理想，第一年里这些"美好生活"的社团慢慢去的人日渐稀少，大家交了一轮钱，一个月后就发觉力不从心，每天疲于奔命，至少在第一年有限的时间还是得投入到无限的求职和学习中去。所以这些生活社团往往是二年级学生的天下，他们在实习和找完全职工作后相对有更多的心情享受生活。

我在一年级时参加过一个名叫 Risk and Gaming Club 的俱乐部，说白一点，就是打牌赌博的社团。有统计学的老师来亲自教我们打牌秘诀

和新手战术,很有意思。另外该俱乐部还会像赌场一样在城中酒吧内轮番组织若干牌局,令我大开眼界。部分外国学生还特地买了打牌的书,钻研各种牌术,也算为我们辛苦奔波的生活增添了不少兴奋点。受室友影响,我俩还一同参加了芝大的拉丁舞 Salsa 俱乐部,这个社团是面向全校的,成员相对丰富。每周一夜间,我们就去学校的旧式舞厅跟学生教练学跳舞,"Quick-Quick-Slow"(快-快-慢)的节奏声至今还在我耳边清晰地浮响。这就是我所爱的生活,它无论多紧张、多疲惫,都需要一点灵感和美去渗入。

商学院社团数每年都在净增长的主要原因,还在于新生可以自发再申报和组织新的社团。只要你的需求未被现有社团满足,你又有理由向院方表明可以聚拢到超过 20 个有兴趣的人,新的社团申请就有可能通过,当然如果社团好几年人数不足就有关闭的风险。比如我至今仍疑惑某些起着怪异名字的社团,什么亚当・史密斯俱乐部、圣人俱乐部究竟在举办一些什么活动。据说后来在体育类社团中,马拉松变得最为流行,许多芝大的教授也在参加。想到芝加哥的天寒地冻和地处湖边的赛道,我就暗暗佩服这些参加的学生挑战自我的精神。每个人都需要有社会归属感,社团就是我们在商学院里的小社会,这些小社会也让我们本身在摆脱孤单之余变得更为丰富。

社团的存在对于商学院来说是一个锻炼学生领导力的重要渠道。毕竟学院正式的学生会"内阁"人员太有限了,这么多号称有卓越领导力的学生进来如果没地方施展才华也是一种教育的浪费。社团无疑是一个皆大欢喜的办法。每个社团一般都可以设立多名 co-chair,即联席主席,如此一算,超过半数的商学院学生都至少是一个"官",有自己的一亩三分地,不亦乐乎。好在一方面要自负盈亏,另一方面要接收会员的评价和学校的定期评查,这些大大小小的"官"们也大多都是热心敬业的好同志,为学子们创建着每届独特的体验。

朝夕闻道，学无定术

Show me the poof（告诉我你的论据）与How’s so（为何如此）是教授最常对学生的追问。这种实践作风让我在做人做事上受益无穷。

芝大教义——海德园精神

美国是个讲究个性的地方，所以这里的高校也都秉承着自我的个性化教义。芝大长久以来就以学院派自居，来了以后发觉，确实在这里茫茫白雪的冬天里，回家做学问可能是唯一的出路，所以这里的诺贝尔奖学者辈出。商学院虽然更面向社会化的职业教育，但作为大学的一部分，自然也在潜移默化中向学生传递着海德园的学者精神。

你的诗篇是什么？

从第一天入学起，这里最明显的精神就是独立。“Flexibility”（灵活性）不是一句空话，来了就要全权自主选课。“Challenge Everything”（质疑一切）也不是当初印在宣传手册上一句空洞的院训，上课的时候需要时时质问教授；与同城的西北大学完凯洛格商学院多数依靠团队作业不同，这里的个人作业量也占了一半，教授热切地希望读到属于你的个人观点。“You need to have an opinion!”（你需要自己的观点），无论在课堂，还是在课余活动中，最不受欢迎的只怕就是随声附和的好好先生，总是来一句“我同意”。有观点其实是对学生很高的要求，包括精神自由、富有胆识、敢于创新以及自主领导的多重素质。相比一个成功的企业管理者，芝大

更希望培养一个独立的思想家，并具有悯人悯世的情怀。这个理念从本科贯穿到博士，弥漫在整个海德园中。这也是为什么商学院申请文书中，芝大总会让你写“What's the pressing issue facing mankind today?”（你认为人类现在最紧迫的问题是什么？）“What has fundamentally transformed the way you think?”（什么彻底地改变了你的思考方式？）等这种与思考紧密相关的命题。

第一学期的领导力课程中，我们看了许多著名电影的片断。有一部《死亡诗社》，以前看过，但在这里重温的时候特别有感触。由罗宾·威廉姆斯饰演的老师基丁先生在教育学生时说了以下一段话：

Keating：We don't read and write poetry because it's cute. We read and write poetry because we are members of the human race. And the human race is filled with passion. And medicine，law，business，engineering，these are noble pursuits and necessary to sustain life. But poetry，beauty，romance，love，these are what we stay alive for. To quote from Whitman，“O me! O life!... of the questions of these recurring；of the endless trains of the faithless—of cities filled with the foolish；what good amid these，O me，O life? Answer. That you are here—that life exists，and identity；that the powerful play goes on and you may contribute a verse.” That the powerful play goes on and you may contribute a verse. **What will your verse be**?

Now we all have a great need for acceptance，but you must trust that your beliefs are unique，your own，even though others may think them odd or unpopular. Even though the heard may go

"That's bad." Robert Frost said, "Two roads diverged in a yellow wood and I, I took the one less travelled by, and that has made all the difference." I want you to find your own walk right now, your own way of striding, pacing: any direction, anything you want. Whether it's proud or silly. Anything. Gentlemen, the courtyard is yours. You don't have to perform. Just make it for yourself.

我们读诗写诗,并非为它的智慧,而因为我们是人类的一分子。人类充满激情。医药,法律,商业,工程,这些都是高贵的理想,是维生的基础。然而,诗歌、美、浪漫、爱情,这些才是我们生存的原因。引用惠特曼的诗"啊!我!这个问题不断重演的生命,在载运无信仰者的绵延车厢中,在充满愚人的城市之中,身处其中的意义为何?啊!我!啊!生命!答案是——你在这儿,使生命存在,使其有一致性,使这个强而有力的戏演下去,而你能贡献出一篇诗歌",使这个强有力的戏演下去,而你能贡献一首诗,**而你的诗会是什么内容?**

我们都非常需要被接受,但你们自己必须相信,你们的信念独一无二,纵使别人可能认为它奇怪、不受欢迎,纵然大众可能会说好烂。劳勃佛·洛斯特说过:"树林里两条岔路,我选比较少的人走的那条路,这就是分别所在。"现在我要你们找到自己的步态,你自己迈步的方式、姿态、方向,随心所欲。不管是洋洋自得还是傻里傻气。各位,中庭是你们的了。你们不用表演,只为自己走路。

在这里,我们需要找到自己的方向,写出自己的诗篇。

杂食性生存

芝大的另一条主要教义就是以跨学科为根基的学习。当今世界,任

何知识都需要融会贯通，没有学科可以孤芳自赏，尤其是商学院里这些面向社会与企业的课程。所以在讲授经济学的时候教授会讲幸福学，讲金融学的时候会纳入组织行为学，讲战略分析时领悟博弈论，讲领导力的时候需要心理学等等。

对于一贯杂食性的我，这正对极了脾胃。美国的学校大都允许学生跨学院选课，包括一些著名的本科导论或高深的博士课程。原本以为在这里不会买闲书，商学院上课通常是案例与讲义，书都是辅助性的，偶尔有一些强制规定的教材，也可以从图书馆或上一届同学那里借到。但事实上，我还是买了许多闲书，走的时候放满了两个大书架，以至于毕业回家时哪些书送人，哪些书带回来都挣扎了好久。当然，这些书大多不是以前看的小说诗歌，都和商学院课程有些关联，受教授推荐的“闲书”。比如前财长描写金融危机的《危机边缘》，芝大教授写的《魔鬼经济学》，或者类似小说描写史上经典并购案例的《门口的野蛮人》等。时间有限，我远没能看完这些买来或借来的书，但现代社会需要一种对海量信息掌握的广度，我学会了挑些重要的章节来读，结合课程，力求形成健全的知识结构。

到第二年的时候，我觉得第一年贡献给找工作的时间太多，而宝贵的学习时间已所剩无几。同学们也都有此感，于是第二年出现了自觉学习的高潮，大家都分头去旁听那些之前没有机会或没能竞标上的课，希望在毕业前能尽量从海德园中再汲取一些养分。越听就越觉得自己的浅薄，光是商学院里开出的近百门课程，两年中我们也只能选取二十来门，余下的探索似乎没有穷尽。虽然有许多人现在对 MBA 教育持讥讽态度，觉得远不如工作中实践经验来得直接。确实，纸上得来终觉浅，欲知此事需躬行。然而正因为我们一生无法从事这么多种类的工作，在读书期间形成一个完备的硬性知识与软性技能相结合的能力体系才尤为重要。就像一位我喜爱的教授说的，“两年中学习的知识也许你们踏上工作岗位后大部分很快会忘记，而只记得并运用那一部分与你当下工作有关的内容。比如搞金融的也许不会再记得营销之术，分析助理也许一下子用不上什么领导力与团队管理心得，然而我们商学院所做的是打下你的根基，使你对各类知识与技能产生一定意识（awareness），这些意识在日后会慢慢浮现，你将会在长期的职业生涯中受益”。

物种在进化，有一颗好学之心总是没错，所谓技不压身。科技发展太快，哪一天我们现在奋力苦学的知识也许就变成了屠龙之技，所以“活到老，学到老”的古训有其真谛。只不过作为现代人，我们应该开明地去接触和试着消化各类食材，怡情养性的甜点没准以后就成为你的主食。乔布斯也没有料到大学时学的书法会奠定今后苹果电脑独特的美学界面，你说呢？

爱我，就证明给我看

实证主义在西方根深蒂固，至今盛行。西方哲学的本宗是分析性的，对于东方的神秘的“形散神不散”完全无福消受。因此，这里不仅是自然科学，人文与社会科学也绝大部分采用了实证主义的思想。而芝大又特别强调论据的实证基础，因此与我校密切相连的热点名词无外乎是“量化分析”、“事实依据”、“实验论证”、“经济学派”这几项，以至于从前北美的商学院便划分以哈佛商学院为首的案例派和以芝大为首的理论派。现在当然大家都我中有你，你中有我，趋于大同了。

不过有时，我也觉得学校把知识太当回事了。开学与毕业典礼上，学院主任本人就是个经济学家出身，所以他殷切寄语新一届的学子们能谨记芝大校训“益智厚生”。在世界陷入危机的时候，从西方的三重自救（宗教、知识、审美）上至少可以找到知识自救。一开始对这种学院派气息太重有点不以为然甚至觉得好笑，后来慢慢在学习生涯中体会出其好处。

两年中所有学的课几乎没什么能靠“吹”过关，哪怕一开始我以为的那些软性课程比如战略、营销、行为科学等等。没有事实论据，就不要随便写假设。一方面，商学院告诉我们要珍惜和尊重自己的直觉，但另一方面光有直觉是无法立足的，实践直觉是真正值得骄傲的事。“Show me the proof”(告诉我你的论据)与“How's so”(为何如此)是教授最常对学生的追问。这种实践作风让我在做人做事上都受益无穷。

是的，爱我，就请证明。

成也 study group，败也 study group

来商学院之前，和某位师姐聊天，我当时惶惶地问去之前都要准备些什么呀？她略略沉思，然后来了一句高度总结："不必准备什么，商学院生活需要有两个核心技能，一是能熬夜，二是能 free-ride（占别人便宜），两者有其一便可。"果然，这句"要么靠己，要么靠人"的话得到了高度应验。

所谓 free-ride 的背景，指的是在商学院里各门课程大体上都需要成立一个 study group（即学习小组，3—5 人不等，在选课之后至第一堂课间由同学自发形成）。因为在西方，许多课堂作业与任务都是按小组来完成的。如此一个制度，便不可避免地出现了分工不均，有的组员相对懒惰，贡献较少，即成了那个占便宜的人。当然，学期结束的时候每个组员都要填写匿名互评表，上报教授。如果哪位同学实在太不像话，贡献率很低，遭到别的组员的一致恶评，自然就会影响分数。所以，教授从一开始就会警告大家重视队友对你的评价。当时有一个著名的例子，某位美国同学上课勇猛发言，口若悬河，过往经验也极为丰富，教授和大家得出的一致印象都是此君是该课上表现最好的几位同学之一。结果后来传出他的分数为 D，这在商学院是极为罕见的。教授在后来的课上经常说起此君的例子，原来他在期末互评中，小组给他的平均分为 2 分（满分为 10），令教

授大为吃惊，因为这样的低分简直是史无前例的。于是教授最终给了他一个D。此君气不过后来找教授申诉，教授关起门来扔给他看互评表的最终平均值和评语，他无话可说。教授说"If everyone in your group thinks you are an asshole, then I have to give you a D。"（如果你的组员人人都觉得你是个混蛋，那我也只好给你一个D了）

由此可见学习小组有多重要。事实上，远不仅是你的成绩与此有重要关联，我深刻地感受到几乎每一门课我的学习所得仅一半来自课堂，另一半都来自于学习小组。小组成员的水平与投入程度直接与我能学到多少息息相关。

中国人喜欢扎堆组在一起，但和老外组队学习往往有意料不到的启发。我有一门创业实验性课程是和美国黑人、白人、印度人以及法国人共同组队的，大家各自谈论自己国家的创业理念和文化，十分有趣，给同样的命题赋予了不同视角，一下子学到了几国的文化和创业政策。而商学院里最好的外国朋友也往往是靠study group交到的，因为一个学期下来，每周都见面讨论使每个人的特性都为他人所熟知。另外，与外国人形成学习小组无形中会逼着自己表达。老外喜欢个性化的观点，不屑于人云亦云的附和。"What do you think?""What's your take on this?"是他们最常问你的话。多读书不代表会思考，知晓却不一定能表达。必须要有观点，有假设，有论据，积极参与学习小组恰是训练自己的最佳无风险方法。

像伍迪·艾伦说的，人生最重要的是出席。首先要跨出自己的熟悉地带（comfort zone），与众多陌生的外国同学组队，让别人开始接纳自己，这恐怕是最难的第一步。所以，每次新学期第一堂课最重要的任务不是听教授讲大纲，而是快速搜索匹配队友，大家八仙过海，各显神通。那堂课的间歇永远是最热闹的，是大家又一次认识彼此的机会。如果第一周过去还处于单吊状态，便只能苦苦发信给全班同学，求众队好心认领或教授随机分配。在学习小组这件大事上，切记不可沦丧主动权。两年由始至终，学校都在直白地告诉我们请掌握自己的命运，为自己的学习体验负责。

OB——商学院里的人情练达与世事洞明

回想起商学院里各式各样的课程，我最为钟情的当属组织行为学(简称 OB)这一系列。说起来奇怪，中国人向来对 OB 课不是嗤之以鼻便是敬而远之，原因也很简单，就是这种着眼于人际关系与所谓领导力的学习的软性课程对找工作来说没什么实际作用。不难理解，一样花了这么贵的学费，有可能的话大家都愿意把精力放在诸如财务和投资课程上。

我当时纯粹是抱着好奇心选修了一门初级导论，心想这种课程任务也不会太重，就当听听说书，调节一下生活好了。没想到选上的教授是个纯学院派，布置的阅读量奇大，我那时已上了差不多一年的课程，已自有对付的办法，准备随便读读，持着蒙混过关的心态。结果这门课的教授讲课虽然算不上精彩，甚至有些照本宣科式的乏味；但由于本身的内容是介绍 OB 学科的各种经典理论和心理实验给初学者，我从第一堂课开始就被深深地迷住了。破天荒地跑到书店把指定的辅助书全买了，一下子就是七本，当天夜里就像看小说一样开始阅读。“人的思维是怎样受心理模式影响的呢?”“为什么人们的成见难以改变?”“如何使你的故事打动听众?”“所谓的理性选择存在吗?”“群体效应对我们作决策有怎样的影响?”等等一系列社会心理学问题在我看来都比算现金流和建立财务模型有趣得

多。原本就是世事洞明皆学问，人情练达皆文章。

芝大基本教义中的跨学科学习理念在OB学派上发挥得尤为明显。该学科发展到今天实际上是结合了心理学、社会学、经济学和幸福学在一起，教育学生制定出更好的商业决策。我初尝乐趣后，下一个学期决定继续选修芝大赫赫有名的华裔奚恺元教授的行为决策课。说起来，奚教授真是华人的骄傲，他的英语并不算非常流利，演讲方式十分平淡，语速与老外相比可以说是相当慢，而且长相平平无奇，两眼还是千度以上的深度近视，上课常常看不清谁在举手。但他的课是芝大商学院里可以排进每学期“最贵”的前五门，每次开课都座无虚席。我当时竞标了五轮，倾尽所有点数，依然一座难求，最后我只能去旁听。但即使是旁听，这怕是我听讲的最认真的课程了。奚教授果然有两把刷子，能以一种少见的冷幽默把决策涉及的行为心理元素阐述得极其明晰而发人深省，大家哄然而笑之余都佩服得五体投地。

与别的老师不一样，他不针对学生，却喜欢自嘲，总拿自己开涮。但恰恰是这种自嘲让人事后觉得他自信、有见地，但又毫无架子。第一堂课他介绍自己时就说，他是沦落来了美国，因为由于当年的深度近视，他没有资格参加中国高考，只能流放前往夏威夷大学读书。坏事亦是好事，一切皆取决于你的视角。奚教授调侃他的眼疾在美国可算符合特殊残疾人士定义，所有的朋友都乐于带他出去吃饭，因为残疾人士有专门的停车位，不用付钱，因此他口福不断。众人大笑，有一个学生不相信地问他“How far can you see?”奚教授一抬头，答“I can see the sun”。大家对这种脱口而出的智慧赞叹不已。

看我这么起劲地上这门课，室友不禁好奇地问我到底学到了什么。我一时也答不上来，因为OB是一种认识世界与自己的方法，运用得好每天都可以有新的为人处事的变化，但确实没有堂而皇之的一二三四五可

以说得上来。我们学到的大多是一些小小的处世原则：比如作为老板，你是发固定等额的工资呢，还是留一笔钱当奖金呢？OB告诉你人们对不确定性有期待，而对积极事物的期待本身就是愉快的过程。所以即使钱数相等，也建议留一笔作为意外的激励。但你要是想宣布一个坏消息，比如炒人，那就一天也不要多给雇员猜测，今天就当面开销了。这种小原则也可以利用在个人感情上，比如提前几个月告诉女朋友要去一个浪漫餐厅用餐，她可以因为这个期待一直高兴地生活这几个月，哪怕最后取消了，也已经为她营造了一段时间的乐趣。每次上课，我们就是在讨论诸如上述期待效应一样的各类原则，并分析其中包含的比较与对比原理、概率、回归平均、心理暗示等等对我们作决定的影响，从而一定程度上理清思维定势，扫除盲点，解除偏见。

我至今难忘的是奚教授最后一堂课的实验，往常他经常在上课之初让学生们现场就某个问题展开调研，并以此为引子来阐述这一堂课的观点。这一次，他是在最后十分钟才进行了这个实验。命题是让全班每个人自己想定一个由0到100中的数，然后你设想一下全班的平均数为X，最后你把X的2/3作为答案填下来上交。当场开验，猜中或者最接近实际答案的学生可以得到一瓶奚教授带来的私藏红酒。大家听后面面相觑，完全摸不着头脑，这算哪门子的问题！没有方向的我们，都大概填了一个数上交了。五分钟后，教授开始在讲台前拆开小纸片，让助教在黑板上登记数据。一开始都是一些50、22、67之类的数据答案，大家还是一筹莫展，这时教授叹了一口气，说“0，终于有人写了0”，然后黑板上出现了第一个0，接着一些别的高低数字，后面又出现了若干的0的答案。最终全班平均值大致在27左右，有两三位同学答案最为接近，有幸成为赢家。教授向他们表示祝贺，并送上了红酒，那几位同学为自己的幸运又兴奋又茫然，但大家心里依然不知道这一切是要说明什么。

这时教授公布了谜底，他指着黑板上那好多个 0 说:“每年我如果做这个实验，都总会有写零的学生，我想说这些学生永远做不了赢家”。大家都心头一震。然后教授又指着少数几个高于 70 的分值说，“这些人也很难赢，但是也许好一些”。大家大笑起来。这时教授说，“这个实验最核心的任务是请大家估测全班的平均数，即 social norm 是什么，猜得越准的人越接近成功。我想说的是，如果一个人可以了解到 social norm 大致在什么地方，并且他只需比此领先一小步，那么他就是这个社会的大赢家，众人都会当他是意见领袖。最难之处当然不是领先一步，而是清晰地认知你周围这个小社会的平均值是什么，不了解环境与态势的人无法成功。而我们的社会总有一些自认为极度聪明的人，就是这些零值选手，他们觉得依照纯粹数据归纳法的理性推断，所有的人的平均值就应该是 0。然而他们不知道这个社会不会所有人，甚至只有很少一部分人，才会作出纯理性判断的事。所以靠纯理性行动的人在社会上永远赢不了”。这恐怕是我在商学院听到最为发人深省的结语了。我呆坐了半晌，回味着这个实验所揭示的哲理。脑子里竟一下子闪过哥白尼，是啊，如果领先于时代太多，下场竟然是被活活烧死。当然，我对其日心说对人类的贡献无意诋讽，只是这个时代的活法已然改变，我们不需要太多自命不凡的孤胆英雄。要有所成，就必须对自己和对环境有深刻的把握。萨特说，他人即是地狱，这句话我终于读出一些意思来了。

斗胆一试法学院

美国大多数商学院设有一定的学分，可以让学生选修其他学院的课程。我在最后一个学期狠了狠心，选修了一门法学院的课程——投资交易结构。

素闻法学院是美国几大职业学院中读书最为疯狂的学院，其学习压力之大在坊间流传得神乎其神，尤其是法学院第一年的新生几乎无从休息，朝夕只争分数。这与美国法律界，无论是律所还是执法机构，都对成绩非常重视有关。我把心一横，豁出去了，好歹来了一回，怎么样也得体验一把。商学院第一年不也熬过来了吗？怕什么！

然而上课的第一天我就萌生了打退堂鼓的念头。这门课的规定教材是一套五厚本的"卷宗"，每本超过 1000 页，我从书店里拎回来时手不停发麻，暗自琢磨这可如何是好啊。授课的 K 教授就是这套卷宗的作者，也是一位在芝加哥某著名律所的资深合伙人。K 教授已年过六旬，但精神矍铄，语速奇快，思维之敏捷让我等年轻人完全跟不上。他上课时倒是不停地和蔼微笑，但不知道是不是心理原因，我总觉得这微笑背后暗暗透着杀气。心想上就上呗，总不至于过不了吧。最后一个学期了，老师总要照顾一下的。于是，便硬着头皮接着上了。

过了第二周便不能再退课，此时我真的开始深深后悔了。我发现法学院与商学院的学法完全不一样，没法偷懒，许多法令真的需要读懂。而法律文件的阅读难度绝对比商学院的案例枯燥上千倍，而且从句套从句的繁复句式简直让人欲哭无泪。我破天荒地在最后一个学期开始频繁出入法学院图书馆自习了，重新做回好学生。因为我发现除了下苦功，这门课毫无捷径可走。如果不读明白主要的法律思想，上课完全是抓瞎。教授上课完全不会讲任何原理，他认定我们课余时间都看明白了，直接从应用入手，请同学分析，我不禁冷汗直流。我开始明白法学院是怎样一种魔鬼式的学习方式，开始知道每夜读书用尺量真的不是一个笑话，开始对这里凌晨三四点还在游荡的学生无比同情。我一边狠狠地大口喝着咖啡望着无边无际的卷宗宝典，一边有点幸灾乐祸地自我安慰：再不济我也就这一门课，他们却需要过三年这样的生活。不过，打那以后，我确实对法学院高山仰止，尤其对录取的中国学生，那是怎样一种地狱式的磨炼啊，商学院与之相比实在是太小儿科了。

这种日子持续了十周，终于熬到头了。老实说，我当时只想快快毕业，结束这场战役。但考试周真来的时候，我竟第一次产生了恐慌。按理说我也是国家从小培养、身经百战的选手了，然而我真的没底。浏览了教授发下来了几份过往试题，我几经绝望，都是一些宏大的论述题，要答到什么程度才能得分好像完全没有章法。我诚惶诚恐地向周围法学院同学打听他们如何准备。不想他们也一脸焦虑地回我说，好像没什么办法，就尽量多写些点吧。一刹那，我觉得仿佛回到了高中考政治的体验。生怕自己被挂掉，晚节不保，我给在哈佛法学院的好友打了个电话详细咨询了一下，她也竟然给了我同样的六字箴言，无他，就是“不要停，多写点”。

考试那天，一共只有两个小时，完全开卷，八道大题。我只记得右手几乎没有停过，写尽了两支笔芯，完全处于疯狂状态，记得有个什么相关

的知识点就赶紧往上填，密密麻麻。两小时像是一场速记比赛，全班所有人都在奋笔疾书。我那时体会到好友让我不要停的意思，停下来就来不及了，我用这种速度勉强在钟声响起时答完最后一道题，右手近乎要虚脱了。

考完后，我都没有从这种状态中恢复过来。这究竟是在考什么呀？我不解地再次打电话给我的好友，“我这么一通乱答能行吗？学生的好坏怎么能看出来呀？”好友在那一头笑了起来，告诉我法学院的考试都是这样，因为法律就是考一种判断和说服力，其实任何一个考点相关的正面和反面的法令点都很多，关键就看你，第一知识点是否完备，第二看你能不能形成自己的论述，能否合理地自圆其说。基本上没有 100%的正确答案。我细想一下，好像还真是这么一回事。

事后我一直担心自己潦草飞舞的字迹能否被助教看懂，所幸这门课总算有惊无险地通过了，让我顺利毕业。不过我想此生，与魔鬼代言人这个职业是彻底绝缘了。

凶险考试周

虽说从小到大也算在考试上久经沙场，虽说芝大对成绩有不公开政策，但真的考试来临，大家依然会紧张一下。芝大采用学季制，所以每年三季，夏季除外，一季为十周，第十一周便是全校的考试周。这一周全校的图书馆都会基本通宵开放，供大家临阵磨枪。基本上考试形式也就是堂考和带回家写两种形式，堂考基本也都是开卷。

这里学习最大的挑战是时间管理。考试周大家一般都在一周内有三到四门考试，不免焦头烂额。最要命的是学季制使考试前几乎没有任何缓冲区间，每堂课因为只有十周授课时间，教授们都把十堂课塞得满满的，有的教授还另加一两堂额外讲座，一些基础性的知识平时由助教每周再找时间补讲。如此一来，每周都需要消化新的知识，加上预习下一周的许多材料，平时遑论有时间复习了。第十周的周末开始，大家才真正开始复习迎考，加上周末，一般也就三四天时间便要走进各门功课的考场。这里临时抱佛脚这一招确实不太好使，而平时掌握得好期末就相对可以平稳过渡，不然即使是开卷考试，你连知识点在哪里也得找半天。

说到开卷考试，教授们都十分“慷慨”，让大家可携带任何参考书、笔记、计算器等，最有趣的当属作弊卡(cheat sheet)。即便是闭卷考试，也可

以带这张作弊卡。所谓作弊卡，就是一张 A4 纸，上面你可以事先抄写好任何重要的理论、公式或其他任何相关信息，带入考场。基本上考试周头上一两天大家都在疯狂地赶制各自独门作弊卡。这居然也成了一门学问，看过不少美国同学的作弊卡后，我惊叹他们的创意和努力。有人使用缩印技术，把许多张 ppt 都放进 A4 纸上，要另外带上放大镜进考场；还有人用绣花小楷密密麻麻地抄上前两年的考题答案，第一次发现一张 A4 纸的容量可以如此之巨。最夸张的是，有些以题难出名的教授无微不至，事先就把作弊卡制好，发给全班，意思就是“你也别费心思整这些了，我都帮你做好了，你也不一定能做出这些题来”，着实令大家十分惶恐。另外有些恶作剧的教授则会在考试结束后，收上所有学生的作弊卡，评选出前三名最佳作弊卡，还发给学生红酒或巧克力之类的礼物，令人啼笑皆非。

芝大以学院派自居，而学生也一向以“nerdy”(书呆子气重)出名。我一直以为商学院不至于如此，直到我听到一个中国同学的笑话。此君考试周在图书馆里奋发自习，一个晚上狂拟作弊卡，终于制好，兴高采烈地在午夜时分回家。不想可能一时太兴奋，走到一条僻远的路上，被一个黑哥们盯上了以枪顶着打劫，索要了他全部细软(整个书包里有钱包、笔记本计算机等)。此君在求情时竟然没有要回诸如像学生证这类的重要证件，而是说“请把那一张作弊卡给我留下吧，求求你!”事后传为逸事，大家忍俊不禁。到危急关头，富贵不能淫，贫贱不能移，威武不能屈，我校同仁最后竟然为了一张作弊卡折腰。

开卷考虽然当场的两三个小时会忙得不亦乐乎，但好歹有个时限。更折磨人的无疑是回家考试(take home exam)，各门课的教授均想着给你一到两周时间呢，你总该上交份像样的东西吧。如果有人不幸所有考试都被要求是回家形式的，他最后一周绝对需要手脚并用。一般教授在回家考试题中扔出一份厚厚的案例材料让你悉心分析，你不但要研习这

份材料及其数据，还需要额外做些研究和阅读，回顾所有学过的知识点，以求写出一份有理有据的最终论述来。教授们通常都会公布一个截止时间，比如某天下午五点。这些规则基本上说一不二，没赶上时间大哭求情也没人理你（由于期末论文较长，所以一般不采用电邮或系统上交，大家都得自己负责打印和装订，亲自送交）。大家在这种时候，个个都是苦思冥想，熬个通宵，撑到最后一刻，生怕自己漏写了什么。于是到四点半时，学院的机房打印机旁都会排起长长的队伍，大家纷纷踩着截止期限把论文装订好交到教授办公室。我自己有一个凶险的学期就碰上两门课的回家考试撞在同一天交稿，奋战了两个通宵，喝了若干杯咖啡后，终于完成。不想遇到一个大雪天，校车临时停开，便激出一身冷汗，肾上腺素立时飙起，一路紧赶慢赶地跑到学校。虽然是天寒地冻，我却大汗淋漓地冲进打印室。直到赶在教授要离开办公室前两分钟交了给他，那时候差不多人就只剩下一口真气了，这时你会体会到什么叫解脱。

考试试卷以及论文都会在下一学期开学时发放到学生的信箱里，有任何疑议都可以申请谈话和重新评分，在可追溯性和透明性上力求公平。时间，真是治愈心灵的良药。过了假期，再收到这些试卷，无论分数是否理想，都似乎变得更容易接受，上一个学期末的焦灼感已经烟消云散了。毕竟，又是一个新学期开始了。

跟投资银行家学谈判

在伦敦商学院的三个月里，我上了四门课，其中最喜爱的无疑是谈判课了。谈判课将组织行为学的精髓完全发挥了出来，在短时间内要你了解对手，设计方案，达成帕累托式最优的共赢状态。我们的美女教授教得很好，从“道”和“术”两个层面把谈判这事说得比较透。事实上，在第一堂课上，她就告诉我们谈判不限于外交或商业，我们生活里每一天每一件事其实都是谈判，大到找工作，谈恋爱，小到讲房租，买东西，无一不是。西谚里有句露骨的话说得很在理：You don't get what you deserve; you get what you negotiate（你不会得到你应得的，你只会得到你谈判争取来的）。“道”说完后，我们还学了很多“术”，包括许多 hardball tactics（硬球谈判术）。东西方在这方面的心理学上其实有很多相似之处。比如我们常说的“一个唱红脸，一个唱白脸”就是西方的 Good Cop and Bad Cop（好警察与坏警察战术）。这一招在情报局审问犯人时也很有用，先作个恶人，把你威胁一通让你心理防线崩溃，再来个怀柔，从宽处理，犯人也就配合地招了。又比如“当机立断”（Take it or leave it）战术，设定好一个相对高的底线再也不改，这需要有坚守的气势，半途变节就不管用了。

光说不练是不行的，这门课有意思的就在于老师每教你一招，你就可

以当场演习。每堂课有一半时间都是互相组队，实战练习。从一开始的两两谈判，到最后的三轮小组对抗谈判，阵容越来越大，谈判主题也越来越复杂。我观察到了几个有趣的现象：

首先在谈判这件事上绝对男女有别。女生倾向于达成一致，不论代价高低如果存有和平解决方案，女生不介意吃点亏也会谈下来。而在男生的眼里就连这种无伤大雅的课堂练习也并不是一场零和游戏，赢对他们至关重要。这一点从每节课两两谈判的结果就可以一目了然。一般女女组合或男女组合达成一致结果的时间总比男男组合快，另外，从含女生组合的结果分析上一般总是男生获取了更高分值，即女生吃了些亏。除了统计达成结果的时间、最终交易值、双方赢利点之外，还有在规定时间内未达成一致的组合，即 Impasse（僵局）。显然，僵局绝大多数是男男组合，而且令人吃惊的是僵局数目之多，有时可占全班组合的一半。怪不得，有人说，这世界如果是女性领导，便会和平得多。男性与生俱来的侵占性可见一斑。

其次，这些战术固然重要，但在实战中演技与气势是决胜关键。这一堂课我又有幸与 EMBA 资深学员一起上，而分到的小组中竟然有一位欧洲某著名投行的合伙人。显然此大佬天天的工作就是谈交易，绝对是只老狐狸，我们便以他马首是瞻。第一次参与小组谈判，我就被他多变的作风所震惊。按照所给条件，我们这一方已占据相对有利地位，有很大的盈余空间。但此君一上来就给出一个极为苛刻的开价（opening price），把对方逼到几乎没有任何赢利可能的角落里。对方无奈地说这样的话没法谈，我们这位老大便开始声泪俱下地诉苦，说我方如何不容易，完全赚不到什么利润，大家都听得暗暗好笑。怎奈对方一时还是无法接受，大佬便佯怒，洒了水杯，作势挥

袖而去，演技当真十分了得，吓得对方赶紧求他回来，最后竟然勉强接受了这个不可思议的价格。下课了，我不禁跟他说，演得太好了。这位银行家笑着说，对呀，就是要摸准对手的底线，一鼓作气压下去。好狠呐，我不禁吐了吐舌。

最后三堂课我们进入了为时三轮的劳资双方经典谈判，最终结果将作为小组成绩记录在案。最后一轮时，我非常不幸地被三位队员一致要求作主谈判手(chief negotiator)。由于前两轮我一直偷懒，不太上心，这一次就被推到风口浪尖作为资本家要去狠狠地镇压工会，责无旁贷。队友们先说这次换一个女性，看看有什么不同的效果。后来开会讨论激烈，一干人都纷纷表示前两轮对劳方太过仁慈，这次一定要给他们点颜色看看。前面两轮都没讨到什么好处，最终轮居然指望我！谈判从来就不是我的强项，也很久没有当泼妇了，那一天走进谈判教室，正在感冒哑着嗓子的我觉得焦急而绝望。不过真硬着头皮上场了居然状态不错，以至于一场下来被队友们评价太过凶悍。最后十分钟我口干舌燥，不愿恋战，抛给劳方一个最终方案提议，take it or leave it。怎奈劳方还是纠着一个条款不同意，我立马说那就散会不谈，你们明儿就罢工好了。急得队友再三挽回，最后硬是和对手达成了一个我觉得不怎么合算的交易。散场的时候我还入戏太深，很愤慨队友们没能将原则坚持到底，结果却招来恶评“小荷同学，没想到你可以这么强硬啊”。唉，这年头就是人难做，谁想当资本家去大裁员啊。我虽不是雌老虎，也不是 Hello Kitty。虽然很好说话，也不代表虚弱。虽然一向很宽容，也不代表没有原则。

从头至尾，教授希望我们知道谈判中最重要的一件事是要永远知道自己的 BATNA (Best Alternative To a Negotiated Agreement)，即最佳替代方案，这样才能保护自己，确保不必要签下一桩太过于亏本的买卖。

最后，我记得有位同学向教授提问："Do I still work on my BATNA if someone proposes to me?"(要是有人向我求婚，我是不是也要继续好好想下 BATNA?) 全班大笑。另一位同学抢着回答："It is love, not a negotiation!"(这是，爱情不是谈判!) 确实，并不是每件事都应拿来谈判的。

大雪中探访A&F门店——赤裸猛男营销术

从第一份工作开始，我一直对消费品品牌战略很感兴趣，所以在伦敦商学院的时候选修了一门品牌艺术的课程，教授是一位风姿绰约的意大利女郎。虽然她的英语有严重的意大利腔，但她一身GUCCI的妖娆打扮还是吸引了我全部的注意力。这位教授是芝大的博士，秉承了我的母校严谨的实证主义作风，所以她布置了许多实地考察作业，让学生造访案例上提及的品牌门店，深入了解品牌的内涵与消费者体验。起初，为了省事，我就选了苹果品牌说故事，苹果的门店体验全球都差不多，而且容易理解。没想到班上写苹果的人太多了，于是教授决意让我们多去找几个“梨”来感受一下。我被分到了A&F (Abercrombie & Fitch)这个服装品牌。这是一个在美国青少年中有口皆碑的潮流品牌，价格不菲却十分热销，没想到在英国市场上也这么火。

这个作业如果在芝大布置，教授多数不会让我们进城去找门店探访，必然会让我们搜集各种营销数据，用量化方法分析为主。我窃喜伦敦的学习还是多了几份感性的味道。话说平时英国经常阴雨连绵，我小住了一段，已充分了解到在欧洲有晴天是一件多么令人雀跃的事了。轮到我去门店探视的那周，居然下起了十八年来未见的大雪，晨雪积到膝盖这么

深，地铁与车辆都部分停止运营了。本想逃开芝加哥的大雪，没想到有些命中注定的事是逃不掉的。这样的雪天，呆在屋里也是一种浪费，于是乎我勇敢地开始踏雪寻衣。

找 A&F 门店花了比我想象中多得多的时间。这家店虽说在市中心，但位置却不落在诸如邦德街或摄政街这些更多人流的高街上，反而选在高街岔道的一隅，不仔细找第一次一定会错过。后来才知道这是有意为之，这个品牌就是本着酒香不怕巷子深的宗旨，让消费者来找它，真是好大的架子。一脚深一脚浅地终于来到 A&F 所在的那座白色独栋房子前，瞬间被它家门口的两位赤裸猛男震到。虽然在美国也听说过此品牌喜好招俊男靓女为模特服务员的习惯，但并未亲身体会过。这零下十来度的大雪天里，两位身高一八零以上、带有六块腹肌的型男穿着牛仔裤，赤裸着上身，带着招牌微笑与进店的每一位客人留影。这份工作果然不是一般人能做到的，我一边感叹着，一边就被其中的一位帅哥一把拉了过去，还没摆好姿态，就被宝格来定格成相了。一旁拍照的少女火速递给我相片，一边热情地拉开门把我迎进店里。后来在学习中我才了解到这进店绝招为 A&F 带来了巨大的人气，听说无数中年妇女都愿意来这家青少年服饰潮一把，可能也是受到帅哥热烈拥抱的缘故。

一进门店，就被极为暗沉的灯光、野性的音乐和四壁上挂着的各种鹿首包围，仿佛就置身在一个森林中探险。常有顾客抱怨他们门店的光线太暗，不利于挑选衣服。而 A&F 管理层多年来充耳不闻，依旧我行我素这种野路子，自然因为喜欢它这种奇特购物环境的忠实铁粉数不胜数。说实话，它家盛产的牛仔裤、套头衫、衬衫等从样式到布料可算稀松平常得很，但是品牌打造的体验实在一流，所以溢价明显。我从门店回来开始做研究，写作业时，发现他们号称的目标群体是 18～25 岁，而这些人大多是学生，又要来买这么贵的普通衣服，又要倡导我行我素的潮流，终于明

白原来敢情目标客户就是“富二代”呀！不过现在穿衣界线已越来越模糊，中年人穿A&F的也日益增多，品牌的定义逐渐走向了大众化休闲。A&F确实是一个极佳的营销案例，正所谓三流的卖产品，二流的卖品牌，一流的卖理念。

回到课堂上，教授以A&F为例为我们讲述了品牌营销中的两极化概念(Polarized idea)，通常有些品牌因为个性十足，人们对它爱憎分明，而有些品牌是好好先生，所以不会呈现出两极化的曲线。但多年研究发现，两极化的品牌总是易被人们记住，其价值总体超过那些“平均”品牌。

其实，人也一样，我们不可能让所有人都喜欢上自己，塑造好自己一致性的品牌形象，与我们想与之为伍的人关联就好。

破茧而出，自由无边

亦舒总结得真是到位：一切的一切，皆只因世面见得少。

X Challenge——必经的通宵磨炼

北美商学院两年中充斥着各式各样的学生挑战赛，名号经常是 X Challenge，有些是学校自己组织的，有些是公司赞助的，有些是区域性的，也有些是全球性的。主题从创业计划、案例分析、股票投资、扑克游戏等等不一而足。基本都是学生自由组队报名参加，学校把各种信息下放到社团，由学生干部自己组织淘汰或选拔。

刚进校的时候，一方面我也怀着找工作的实用主义，另一方面也确实时间不够用，没有怎么过多关注这些比赛的信息。到了第二个月，比赛信息自动涌进我的邮箱，如洪水猛兽之势般挡也挡不住。一时间，我的邮箱里每天都能有新的比赛冒出来：Deloitte Case Challenge（德勤案例分析大赛），Credit Suisse M&A Challenge（瑞信企业并购大赛），New Venture Challenge（校际创业大赛），US Stock Pitch Challenge（全美股票投资大赛）……我叹一气，觉得芝大商学院的院训“Challenge Everything”还真是应景。

看得多了，我也有点蠢蠢欲动，后来也报名参加了两个比赛 IPO Challenge（企业上市模拟大赛）和 Global Business Challenge（全球商业案例大赛）。事后我觉得上一届师兄给我的忠告太在理了：“甭管得不得奖，

也别不好意思，来了就总要挑一个去参加一下，不说是要如何完整你的商学院经历，主要咱得时常给自己创造个机会，拉出来溜溜。”

我和三个中国同学组队，报名参加的第一个企业上市模拟大赛可以说是每年一年级新生里参与人数最多的比赛，一届 550 人中有 300 多人参加，主要因为投资银行是当时同学们找工作的首要方向，而上市又是投行最主要的业务之一。大家初来乍到，都想通过大赛顺便了解一下流程。比赛历时一个周末，周五早上投行俱乐部通过邮件统一发题，各团队有 24 小时时间作模型、写报告和排练，周六全天开始抽签轮流进行各团队上台演讲，名次于周日上午决出。前两名将代表学院继续进入全美范围内角逐。

周五晚上商学院整栋楼灯火通明，所有的供小组学习的房间都被预订一空，大家都在紧张地讨论和分配工作。一昼夜的时间毫无宽裕可言，从厚厚一本公司简介开始研究战略，制定方案，建立模型，计算结果，到准备演讲稿有无数的任务要完成；加上还是和几个同学首次合作，彼此还要熟悉风格，最后还得统筹格式和准备预演，大家都一阵手忙脚乱。到了半夜，整个楼里又开始洋溢起披萨的风味，原来大家都心照不宣地叫了外卖。这会儿到了最紧张的时刻，大家都尽量想在午夜前得出基本估值方案，至少可以留出几小时睡眠，省得周六演说万一抽到靠前的话没了力气。但工作量还是比想象中大出许多，我的记忆中没有小组在午夜前完成任务，大家基本上都通宵作业了。我和队员们工作到凌晨四点左右，才差不多大功告成，这时候我已经都睁不开眼了。两位男同学很绅士地送我们两位女生先回去睡一会儿，他们中一位留着继续调整格式，另一位队长开始准备演讲的材料和任务分配。我睡到大概七点半，收到通知，我们组被安排在周六中午 12 点开讲。

队长让我们九点整再次回到学院集合，再看一遍材料做出最终稿，十

点钟送去打印，并开始分配每个人的演讲部分。这基本上是大家入校后的第一次公开演讲，不免都有些紧张。几位队友水平都很高，我们总体顺利完成，发挥得不错，也顶住了评委团的犀利提问。虽然我们并没有入围前两名，但这次体验使大家对投行工作有了一个实际性的亲身体验，而且着实通过演讲给自己壮了壮胆，不用说还有通宵工作后的团队情谊自然过硬。

后来我又和两位美国女生组队参加了一次全球案例分析比赛，还主动担纲作了队长，异常兴奋。然而美国同学比中国同学难管多了，发散性思维一旦漫无边际地聊开去，收也收不住。我常常扮演恶人，告诉她们时间到了，该各自去干活了。这个比赛历时比较长，有三周时间可以调查研究，但通宵达旦是总也少不了的。有一次，我们在一位美国女孩家中讨论，结果硬是让她俩从严肃的商业话题演变成了真心话大冒险的游戏，令人哭笑不得。虽然那一天晚上对比赛案例分析上毫无突破，但几个人关系确实拉近了一大截，不再那么停于表面。在与她们亲密相处的这段时间里，我第一次感受到中美两地教育习惯对人的能力形成的巨大差异，她们总是赞叹我分析和结构化问题的能力，而她们无边的想象和创意一边让我摸不着头脑，一边却总能让案例的方案呈现柳暗花明的一面。我们的案例是帮一家有机食品公司重塑品牌，使之起死回生。有机与环保这类题材总能激起美国人民很大的热情，与我在一旁奋力从各种数据里找出论证的关键和探索可开发的新市场的角度不同，另两位美国队友则对如何提出一个环保标语和设计环保的运输路线情有独钟。她们一致反对我那全盘以数字为基础而过于理性的报告。我无奈之中，只能大幅修改，加入了许多她们提出的、当时在我看来并不重要的"软性"内容。

报名参赛的时候我纯粹是为了参与，想多了解一下美国的咨询公司运作，从来没有抱着可以在美国获奖的念头。然而使我吃惊的是，最后我

们胜出(取得芝加哥地区季军)。全靠了她俩富有激情的演讲和有创意的低碳举措打动了评委团。那一天,我收到了来美后第一张由别人付给我的个人支票,五百大洋!所以,我日后遇到学弟学妹们,也常鼓励他们参加这些比赛,不试怎么知道?大胆拥抱意外,生活中永远有惊喜。

商学院毕业后自己实际做咨询顾问的经历印证了当初的比赛结果。我已不再坚持100%靠逻辑来以理服人的理念,以情动人这项能力我慢慢意识到实在更难习得,而这往往也是在现实生活中更为有效的。毕竟,我们需要说服的就是人这么一种复杂而满怀情感的动物。

创业实验课——感受创业真人秀

芝加哥由于其区位经济优势（美国金融交易、物流基建、医疗器械行业的中心）、市政府的重视（近年来兴建了许多创新孵化园区）以及两所主要大学（西北大学与芝加哥大学）引领的创业方向专业（Entrepreneurship），正在迅速崛起成为美国继西海岸之后的又一创业热潮所在地。

芝大商学院近年来试图改变世人对其根深蒂固的金融派印象，积极建设营销和创业两个分支学派，特别是创业方向，不仅成立了创业中心帮助在校学生课余找寻各种创业公司实习的机会，还举办每年一度的创业大赛，更在课程设置上推出了一种全新的小规模 Lab course（实验课）。即除了每周的正规课堂教学外，由教授带队，选中的学生在课余被派到指定的创业公司去为其服务一个学季，记入相应学分。这类课程数目不多，投入量很大，也异常火爆。我也在后来选择了一门实验课，为芝加哥当地有名的 Technori 创业社区做义工，为其设计在别的城市的推广活动，工作期间常与教授、团队和客户天马行空地讨论，并实地到这里的创新工厂"1871"观察，深受其创业气息鼓舞。它的明星秀场节目给我感受最深，在这里表一表。

本城最近一年来最有名的创业社区节目便是一档名为 Technori

Pitch 的真人秀场活动，每个月末举办一次，人次达 500 人，场场销售告罄。该活动由 Technori 社区组织发起，每次有五到六个创业团队在舞台上讲述自己的创业想法，并接受现场提问。我因为帮忙建设该社区的缘故有幸前去免费观摩。那天下着小雨，活动设在市中心 JPMorgan 大厦的礼堂，晚上 6:30 入场。令我吃惊的是，前来参观的观众并不是我想象中清一色的年轻人，反而有许多 50 岁以上的中老年人士，男女各半，络绎不绝，当真座无虚席。看得出许多人是刚下了班匆匆赶来，一边坐下，一边开始嚼三明治当晚饭。

7 点开始的秀场活动延续到 8:20 左右，准时开始，没有中场休息，没有一句废话，我惊叹于每个环节时间得以精确地控制，团队演讲时图文并茂，对答过招时锋芒毕露，无缝连接，看得非常投入而过瘾。整场活动安排如下：

- 10 分钟社区组织者介绍背景与目前创业趋势。
- 20 分钟 Keynote Speaker（某位创业成功人士）演讲及回答主持人提问。
- 50 分钟创业团队演讲，每队有 5 分钟演讲及 3 分钟提问时间。3 分钟由主持人现场通过网站接收到在场观众的提问，进行快速筛选。

结束后有兴趣的人士可以继续到旁边一家赞助的酒吧里继续结识交流（networking）。在这里，创业团队的人可以有机会认识风投人士，想创业的人可以试图找到志同道合的伙伴组建团队，对创业有热情的学生可以加入该社区等等。本来，networking 就是美国商业人士日常生活工作中重要的一部分，而通常每个月末的这一天这个人群都要到午夜前才会散去。

事后和制作人聊天时得知，这些创业团队为了争取曝光机会，会较早通过各种渠道将方案送入 Technori，每个月按内容与行业进行遴选后，Technori 于秀场活动的前 15 天通知入选团队，并在事先安排短暂的演讲培训。

我听到的五个创意都非常新鲜，分别是：

- BirdFeud：帮助广告公司针对品牌在社交媒体上创建可控话题的高质量实时辩论 live debate，以极大地提升品牌影响力。
- Matchist：帮助美国众多网络开发工作者寻找工作的平台，并能保证按时付款。
- Mirrorgram：在 iphone 平台上开发一款 app，利用平衡理念处理照片，营造多维非凡效果。
- Parsecco：为自由工作者开发的类似 linkedin 平台，打造项目叠加式的互相评价的真实个人简历，方便雇主与工作者互相寻找。
- Stockmfg：鼓励新锐服装设计师创意，根据样品及在线预订免费为设计师进行量化生产，并在线销售给消费者。

散场后，大家都在热烈讨论这几个创意，看好哪个，为什么，等等。这也是五家创业公司做广告的大好时机，所来的观众都可以限时注册，收到各种相关的促销邮件等福利。我正一边走出去一边和旁边的同学讨论时，一位走在我身后的老者冷不丁对我说："First time here?""Yes."他眼睛里放着光应答："It's really awesome, isn't it?"我突然明白这个秀场带给这些老者怎样一种焕然一新的力量，它更多的意义并不在于这些创业团队，而在于受众，持续点燃和鼓舞着城市中关于创新的激情。

曾经我以为墨守成规的美国中西部，其夜幕下竟如此充满活力，看完秀场也无法不感叹有些核心的能力要素在中国教育体系中的丢失：

> 比如讲故事，表演，创新、想象，社交等。我印象很深的是主持人对那位成功人士(Mr. Orlando Saez)主题演讲后的提问(此君正在进行第三次创业，曾在500强高科技公司、市政府与风投基金都担任过要职)：人生的哪一段是对他后来的成功最为重要？他出乎意料地说是在大二时，突发奇想，报名参加了佛罗里达州一个表演学校的暑期班，学习并扮演了两周的小丑。那个短暂的小丑表演经历启蒙他从一名电脑理科男变成了一个表演家，对他日后胜任多种不同工作裨益无穷。

就像他说的，从来没有刻意创新，而是追求多元化生活(diversity)的本性乃是一个正循环的过程，一旦你勇于走出不同的第一步，便更容易跨越到更多的圈子里。别人看你总像是在不停地冒险，但其实你自己随着经历的叠加和更开阔的心境，反而觉得越前行越安全。真的，有什么理由不勇敢一点呢？

竞选，拉选票，自我推销

受其国情影响，美国个体的参政议政意识普遍很强。公平选举、全民投票反映在商学院日常生活中就是推选学习小组组长，参加比赛组队选举队长，还有就是选举各种社团与学生联合会的负责人。对于社团一年一度的选举，校方几乎从不参与，都由学生们自由组织，选举结果上报学院知晓即可。为什么公众演讲术在西方是一门那么重要的领导技能，就是因为候选人都需要时刻上台讲话，回应公众，并自我推销。大的社团为了彰显民主，每个被提名或自愿报名的候选人都需要经过这一番台上检验，接受会员公开投票，以决出联席主席最终名单。

回想我在国内大学时期也曾有一两年在校学生会工作，也遇上过学生会改选的事，但对流程印象模糊，好像也有过拉票竞选的环节，不太记得代表们曾有在台上的风采，但最终记得由团委老师等拍板，选定了诸多学生干部名单。在这里，我参加了亚洲学生会的主席竞选角逐，可算是生平第一次主动竞选，站到台前为自己拉选票。我虽然没有成功，但对这次经历有很深印象。凡事都需要经验，个人魅力不是一天可以铸就的。

亚洲学生会因为覆盖学生面广，所以除中国外，来自日本、韩国、新加坡、泰国等地的学生代表踊跃参选的很多。竞选设在一个中午，之前两周

原先二年级的负责人就早早在网站上接受报名，并刊登出候选人简介供会员熟悉。竞选当日抽签决定上台发言顺序，并在演说结束后接受当时二年级在任主席们的提问，由在场与线下会员的投票数决定最终人选。虽然毕业后在工作中也时常对着客户或团队需要做演说，但却反而没那么紧张。工作时的演说还是就事论事，为了完成一个客观的任务而存在。而这里的竞选是自己给自己揽来的活，是向别人展示自己的个人魅力，反而特别难。短短五分钟，一时间不知道说什么和怎么说。难怪有人说自我介绍的开场白永远是一件难事，要在短时间之内把自己最有意思的信息，最核心的观念传递出去，让别人立即对你这个人留下深刻印象，岂是易事？

我抽中的顺序比较靠前，发言和回答可谓中规中矩，我虽然发挥自如，并不怯场，但自己感觉没有太多亮点。在这点上，我不得不承认男生似乎比女生在演讲中更有优势，比如他们会更多地开玩笑、使用夸张的手势、高喊一些口号等来调动气氛，使我暗暗为他们叫好。很少有机会让我同台与十多个竞争者同时作为参与者和观察者，又迅速地收到集体的反馈。这个现场就像镜子一样反射出我的不足之处：比如我从别人的表现中发现我的步幅不够，僵在一角，很少走动，我的语速过快，音频过低，我的手势太过拘束，中心信息似乎没有被足够强调，也好像没有设什么环节与观众互动等等。这些清晰的感受相信只有一个参与者才能亲身体会到。

与此同时，有一位和我很熟的中国男生的演讲出乎了我的意料，他平时英文口语一般，也不是特别有表达力的那种人，但是竞选日他却一改常态，不仅在台上侃侃而谈，而且说话方式也很生动有趣，得到了全场的一致喜爱，看得我目瞪口呆。我在结束后向他道贺，并问他怎么做到如此漂亮的演讲，他说："无他，就是每天都在房间里对着镜子排练好几遍，像观

众一样琢磨着自己还可以怎么说更好，熟练了就好像不太害怕，越来越好了。”“台上一分钟，台下十年功”，一点不假。有勇气走上台是第一步，不断彩排是第二步。听了他的话，我不由自主地想起交响乐大指挥家Robert Shaw说过完美的演出没有偶然：“Such spontaneity is a lie. The real reason for that fantastic eruptive communion—repeat, the real explanation is the week after week tenacious, restless search for discipline in rehearsals. In art, as in a good many other affairs of men, miracles don't just happen. They are earned.”（自发性是个谎言。造就惊人完美的真正原因就是不断重复，周而复始，无停歇地纪律性彩排。不仅在艺术领域，人类的其他领域也是如此，奇迹不会这样轻易发生，而是靠辛苦挣来的。）

之后我当选了规模更小的中国学生会联席主席，在商学院也发了点声，做了点事，让自己这段生活有更多的印记。与其他的负责人一起，为二年级师兄师姐举办有新意的辞旧典礼，为一年级新生撰写“过来人”的求职学习心得，一起珍惜我们在最美好的年华遇到来自中国的同窗的你。

彩排也许止于选举，为观众的台上表演也许已经结束，但在台下的演出仍在继续，不辜负自己投给自己的那一票。

另外，听说近几年北美商学院开始与时俱进地正式开设竞选管理这门课，帮助学生制定竞选计划，募集资金，挑选竞选顾问，选择政策立场，组建政策团队，公开演讲，还有研究拉票技巧等。我觉得这绝不仅限于乐于从政或服务于公共事业的学生，人这一生都有其需要服务的对象，小到家庭，大到社会，如果可以深入你的“选民”，了解你的“产品”，赢得“选票”，相信你就可以更好地主宰好自己的那一份生活。

练习武艺，自如进出谈话圈

西谚里有句话叫："talk your head off"，差不多意思就是说到虚脱。虽然有些夸张，但在讲究社交的西方，找工作中一大部分都是和不同的人说话。说话这件事看起来虽小，却大有讲究。比如说什么，握手问暖寒暄时与高谈国家经济时显然内容大不一样；比如怎么说，以一个问题还是评论的形式；再比如何时说，一群人讨论或一对一讲话时什么时候说什么显然也很重要。说话这件事突然变成了一门难度极高的功课，因其微妙而不可控，远甚过会计财务。对于中国学生而言，尤为如此，然而社交谈话对于在任何地方行商而言都至关重要。

投资银行与大企业相比之下，对这些社交能力更为看重。在正式发出面试邀请前，往往有数轮的非正式社交谈话邀请。形式多种多样，可以是简单在校园里派个公司代表与学生闲聊，也可以请有意向的学生喝咖啡、吃晚饭。投行出手向来阔绰，经常还会邀请一些学生参加酒会和打高尔夫的活动。通过这些非正式活动，公司得以有机会仔细观察学生的言行举止，判定是否邀请他们进入下一轮。所以这些貌似休闲的活动好比鸿门宴，常常分外凶险，一个不小心就上了黑名单。学校的职业中心给了我们许多这方面的金科玉律，例如：

- 千万不要在公司代表面前一个人滔滔不绝，独占谈话空间。
- 千万不要只顾着吃供给的食物，要时刻注重仪表。
- 千万不要不打招呼就自行离开。
- 活动结束一定要写感谢信。

我一年级参加过不少投行的活动，感觉这些“小”谈话事件最为让人闹心。如果人家发了邀请，不去肯定是不行的，显得没有诚意，如果去了，就必须穿戴整齐，拿出十二分的精神去参与。通常投行在每一场活动中会派出若干名代表，因为去的学生更多，形成最常见的格局的几对一的小圈子，就可以形成所谓的“圈子式聊天”。这种聊天实际操作起来，我常常感到力不从心，对有些社交达人式的同学可以在多个圈子里游刃有余感到由衷钦佩。因为是多对一，所以过于羞怯而一言不发是肯定不行的，必须要适时发表一些个人观点，好给代表留下印象，但也不能独占鳌头，自顾自说，让别的同学没有机会，显得过于霸道。所以最难把握的就是见缝插针的说话时机，什么时候可以附和前一位同学，什么时候适于展开另一个话题都需要见风使舵的观察力。为什么学院不建议我们碰那些供给的食物，也好理解。站在圈子里，连代表们都不吃东西，你也不好意思一边吃东西，一边发问。通常那些美丽的食物真的只是个手上的装饰。对于我们这些本来对美国经济、政治与历史就没那么多了解的中国学生来说，去之前还需要准备好“弹药”，比如看看当天的华尔街日报，知道最近的热点交易，了解这家银行最新的动向，对某些宏观经济问题形成看法等。这形势真是又要马儿跑，又要马儿不吃草。

另外，聊天中最折磨人的就是离开一个圈子去下一个圈子的顺利衔接。大家都想把一场活动充分利用，所以要在有限时间内尽可能与不同代表谈话。然而从一个圈子离开也有很大学问，最忌讳的就是自己静静

地离开，总需要与代表打声招呼。而如果之前你在这个圈子还一言未发，就说要走，也显得格外怪异。而离开了前一个圈子，进入下一个圈子时也有讲究，因为别的圈子已然形成，作为一个外来闯入者，你必须要平滑而自然地进入，而不显得过于突出或笨拙。比如，你可能需要站在新的圈子旁边先听一会，然后适时发表个观点，再对代表顺便进行一下自我介绍。所以，这个过程实际操作起来不但很花时间也很有技术难度，这种圈子式聊天对于中国同学来说，难免被视为畏途。常常一个晚上，一片面包也不敢吃，到处站圈，站到双腿发酸，但只是做了大部分时间的陪客，找不到合适的机会说上话，不免沮丧万分。

来商学院之前，我从未料到聊天有这么大的作用和难度。其实这种休闲而开放式的双向观察，体现在西方文化的方方面面。比如，申请商学院时，学校希望学生能造访校园，过来试听课，发了录取通知后，学校又会邀请你见各地的校友或组织特定的开放日活动，希望你再次深度了解学校。公司招聘也是一样，恨不得你能在求职信上报出一串已见过的员工名单或多个活动记录方能显出你对这家公司是真正的情有独钟，非君不嫁。相比这些自由约会可以让人对决定深思熟虑这一点来说，我以前读书或找工作的过程只能用简单粗暴来形容。或者更准确地说，在评判标准不多元化的情况下（比如仅在声名、收入上），人与组织的基因匹配度被大大弱化了，反正各个组织的同质性也很高。而商学院里哪怕是同一行业的不同企业都在声嘶力竭地告诉你，“我们和他们有多么不一样！”

无论这些企业间是否真的有差别，这场弥漫在谈话圈的硝烟最后警示着我：人以群分，在选择前请尊重自己的个性，聊得来确实是共事的基础。

永远的巴别塔——与老外交友有多难?

前面说过,商学院除了学习与求职外,最重要的一件事就是社交。对于初来美国的中国学生来说,可能一开始的文化冲击还没过去,就要开始与老外热络地聊天,不像博士生或别的学院,商学院给的缓冲时间更少一些。

美国学校招收国际学生历史都很长,自然经验丰富,所以开学伊始都会举办一些针对国际学生关于应付文化冲击的讲座。这些讲座都很不错,不仅会介绍美国的大体文化以及疏通国际学生常遇到的困难,还会发放一些俚语或典故表帮助大家更快地融入。虽然学校已属尽心尽力,但真正的融入功夫只有每个人自己心里明白。我记得初到美国求学的时候,感觉自己完全是个生活的低能儿,原先那一点点英文的优势很快就荡然无存。比如刚走进校区时,正巧有几个学生在草坪边打球,有一个人对我高喊"Heads up!"我一惊地连忙把头探出去,谁知道被球打个正着,又有谁知道这句俚语是让你小心避开的意思?!第一次去饭店里正式点菜时,我真希望自己知道所有色拉酱和调味汁的说法,或者就随便给我一点什么,对着彬彬有礼的侍者一道道点菜简直就是活受罪。这时候,纵然你有满腹 GRE 词汇,也是一筹莫展。我们之前学的英语与生活本身实在没

什么关系。

商学院特别为学生社交设立了许多渠道：比如芝大每周四晚上都有在城中酒吧聚会的俱乐部活动（TNDC-Thursday Night Drinking Club），可以说这是商学院里最受欢迎的非正式社交活动。我自开学前的夏令营旅游中就见识了酒精对于西方人社交之无可取代的地位。这一点也在我去伦敦商学院交流中得到了再次印证。与我们在城中各种酒吧打游击战，一周换一个地方不同，伦敦商学院附近就有个酒吧，每周五下午到晚上包场给那里的学生活动，称为 Sundowner。同样，那也是伦敦商学院里每周最为热闹的社交活动，没有之一。事实上，我一学年下来只去过一次，因为我由始至终对在酒吧里和陌生或半陌生同学聊天喝酒这件事毫无兴致。虽然我还算一直都是个开明的人，平时在工作之余也会和同事或朋友泡泡酒吧，但对为何能在酒吧里能"Have Fun"一直不明所以，对这么多西方同学能一醉到天明更觉得不可思议。好吧，对我来说，理想的相会永远是东方式的，或在茶馆里品茗，或在排档里消夜，方可以唤起我的八卦欲望和喋喋不休的倾诉。大多数从中国来的同学都不太爱去，倒不是我们的酒量没有他们好，主要还是过往的文化浸淫很难让我们爱上陌生人的酒吧。当然，我们有自己的行酒令游戏，我们更愿意和认识的人一起在家里玩。一手拿着酒杯，一手收集名片，兴奋地四处游走和攀谈这门社交技巧，我遗憾地从未学会。

当然商学院里也有更温和的方式，比如每过两三周的周五下午，学院里总会举办免费的自助晚餐会，设在一楼大堂内。所有的学生像觅食动物一样到了四点半左右都会闻着肉香从各处现身，一时间大堂内人流就络绎不绝。这种场合社交更为自然，大家实在找不到人聊天自己叼着块披萨也不会显得太窘迫。因为我们没有固定的班级和课程，除了学院的小报外我们也没什么特定的沟通渠道，所以这个晚餐会就变成了大家互通有无、相互八卦的重要场合。同时因为大家都往往三五成群地围着说话，也有机会认识一些新人。在共同数落某个变态教授，或者窥探谁谁谁的新恋情时，突然就有了共同语言和相同的价值观！

学院为创造多种多样社交形式也算是费尽心机，经常每个月周三下午还有与主任喝咖啡(Coffee with Dean)的活动，就是和学院主任喝免费下午茶。因为是设在一个大休息室内，大家基本上都是冲着好吃的饼干和咖啡去的，顺便聊聊天，至于主任他老人家来不来也没人太关心。所以墙边的一排咖啡机旁总是车水马龙，主任也很识趣，不到最后也不轻易现身，省得扫了大家自由聊天的兴致。这种场合完全就靠人搭人，你在冲咖啡时或者吃饼干时听到旁边人有什么话题，都可以随便加入。一开始的几周，学院强制让大家都带着胸牌进出，也确实能帮着记住名字。其实最管用的莫过于那本每一届的脸书(Class Facebook)，上面有每个新生的名字和照片，万一今天说过话的人想不起来名字，可以马上回家查查这本宝典。

虽说社交的方式和渠道不少，但实践证明最后深交的还是同我族类，比如中国人和来自亚洲的其他国际学生肯定比较亲近，而和老外更多的只是点头之交。曾经一度，大家对未能深度融入西方有些沮丧，特别连有些出生在美国的中国人似乎也与我们说不到一块去。后来，也就逐渐想通了，凭什么要求出身文化差异这么大的两类人能成为死党或铁粉呢？不像来读本科的十七八岁的年轻学子思维观念尚未定型，来读商学院的学生最小的也都有25岁了，在这种紧张的学制和相对成熟的年龄段下，还能深交确实有点强人所难。当然，随着中国经济崛起，越来越多的老外对去中国发展有了兴趣，所以托国家的福，我们也变得吃香起来。有部分老外怀着对东方的一腔热情会主动找中国同学攀谈，也积极参加我们中国人的活动，通常我们与这些老外都能成为很好的朋友。我们这届有位

老外同学与中国人平素交好，在我们的潜移默化下，两年后对中华文明无比推崇，毕业后直接拒绝了美国的优厚工作，只身跑到中国去成立了一个武术公司，欲把这种中华武术表演在各个城市发扬光大，这种无私壮举在他的美国故乡看来，也可算是惊世骇俗了吧。

也是到了第二年，我才慢慢体会出其实老外和我们一样也对不同群体的社交很害怕，他们也不知道如何和一群国际学生打交道。如果一个美国人和另一个外国同学独处的时候，他往往也有一样尴尬的心情，他对陌生的国家也不了解，也不知道除了天气、食品之外还能怎么样迅速和别人建立起友情。只不过，人家是主场作战，所以心理上有些先天优势罢了。相比之下，伦敦的文化要更多元化一些，学校里也不以英国人为绝对主体，各种欧洲人都带着自己国家的荣誉而来，和我同去的美国同学到了那里再也不能成为主角，每个人都要试着了解对方从哪里来。这也是为什么有过异国求学或工作经历的美国同学，比那些没有护照的美国同学对我们这些国际学生要亲切宽容得多。

由于出生和成长的文化体系、宗教信仰、生活方式等等的不同，世界上的人总难免有这样那样的隔阂和误解。像旧约里的巴别塔故事，仿佛是为了阻止人类的直通天堂计划，上帝让人类说不同的语言，使他们之间不能沟通，自此让他们各散东西。一直很赞同费孝通先生想让青年人具有的“世界主义情怀”的提议，保持敏锐的好奇心探索世界，活得博大一些。这样，我们就更容易在属于个体的国与国之间找到更大的交集，追寻同源，找回曾经失散的彼此。

人人都要上回赌桌

以前有个闺蜜对找 Mr. Right 有句良言，说为了有效地考察他，请带他去旅游或去赌场，因为这两种场合总能最见人心。商学院本来就聚集了一群自视甚高又对金钱充满渴望的学生，这些人的赌性自然不小。所以全美商学院还会举办一个德州扑克巡回赛（Taxes Hold'em Tournament)，最终的比赛在赌城拉斯维加斯举行。当时，我们学院里还有好几个中国人摩拳擦掌，跃跃欲试。

德州扑克可以说是美国最流行的赌牌游戏了，扫盲工作也在第一学期进行得很彻底。不仅学院里有与扑克相关的社团经常组织游戏活动，许多同学也是纷纷自学成才，尤其是有志于投行交易部门和各种资产管理发展的同学，对此都特别有兴趣。前华尔街交易员迈克·刘易斯的名作 *Liar's Poker* 也成为各大商学院供学生茶余饭后闲读的经典书目之一。本来女生的赌性就小一些，加上我本人以前玩扑克牌居多，真金白银的赌博在中国也没怎么参与过，但是我的室友却是位高手，她来读书之前就牌技一流，到这里后又对德州扑克极感兴趣，在家里经常参与并组织群体游戏。受她影响，我也就经常跑到各个赌桌上学习，见识一把赌徒心理。

久而久之，也看出一些门道来。总体来说，这个游戏对人的能力的考核还是很全面的，要想制胜赢大钱，除了有一定运气外，个人的绝对牌技和会观察身边牌友的相对情商是最大的决定因素。所以一般和陌生人玩更刺激，因为彼此出牌风格不熟悉，需要有很快入戏的本事。大多数女生和我的牌风类似，基本上有个止损战略，比如一局输掉四十美金后就不再继续玩了。在玩的时候，也多以稳健为主，就是有绝对好牌才会逐步增加赌注，不轻易吓唬对方（bluff），见好就收。这种战略通常只能保本或略有盈余，但要成为真正的赢家像我室友那样博得满堂彩，就不仅需要牌风变幻莫测，更要时不时摆出一张 Poker face，不让别人轻易读懂你的牌路。往往厮杀到最后，只剩下几名对手时，就更像一场心理拉锯战。能不能靠赌桌找到 Mr. Right，我不清楚，但通过这种游戏，了解同学的个性却是再好不过了。一场多局游戏下来，你大概就明白谁是靠谱的人，谁靠吹牛为生，谁比较心狠，谁比较耳根软，谁精于算计，谁一掷千金。都说文如其人，在这里说赌如其人也不为过。

我的赌瘾很小，但我却喜欢跟着我室友到处去玩，牌技增长还是有限，一般我出了局后就呆在赌桌前观察，两年中也悟到一些牌如人生的心得：

Read people（读懂对手）　牌桌上需要特别留神，比如对手抽到牌时的表情，打牌时说的话，前几局的牌风等，联系在一起就能看出一点端倪。这在职场上也是关键，体会到弦外之音，了解到大家个性对办好事都极为有用。打牌的时候扮演一个猜不透的女人往往是最佳策略，太容易被对手知道自己的风格就会常常处于劣势。所以大家都会摆出一张扑克脸，令人琢磨不透。

Necessary bluff（适当的吹嘘）　打牌是个虚实结合的游戏，一

味做老实人是不行的。适时的吓唬可以吓退对手,增加赢面。当然这需要你对自己手上的牌有一定信心,对对手的风格有一定把握。诸葛亮都要唱回空诚计呢,今天我们还是有必要运用一下古代的智慧。

Fold a good hand(忍痛适时退出) 恐怕输得最惨烈的一种情况就是你有副好牌并坚持到了最后,无奈对方的牌比你恰棋高一着,这时候牌路不佳的人,早就识趣地在几轮前就退出了,唯独你可能就赔上了身家性命。所以输得最多的人往往不是牌差的人,反而是牌相对好的人。这就是为什么忍痛退出一手好牌,需要更大的洞察力和决断力。

一般来说,入局的人越多,出现好牌的几率就越多,就越不能托大。记得曾经目睹过一局经典的牌局,最后只剩下A与B两位同学了,A同学牌技惊人,一路沉稳非凡,最后靠桌面上的牌和自己手中的三张牌已组成了Flush(同花顺),而且打头号的高牌(High card)也是个K,推出最后一手时大家都一片惊呼,实在是不可多见的好牌,胜券在握。没想到对手B是一个初来牌局的同学,经验甚少,而且就是来凑凑热闹的,不过他属于初生牛犊不怕虎,不像别人早早退出了,他一路跟追,就是想玩到最后赌一把。他手里的组合也只能赌一把同花顺,但同花顺这种牌路对运气要求较高,一般也不会轻易下注。当最后庄家在牌桌上放出最后一张黑桃A时,在后翻牌的B同学乐了,一推手竟然是一个Royal Flush(王牌同花顺),即最大的高牌是Ace的黑桃系列,是德州扑克规则中绝对意义上的最大牌路。全体同学都失声惊呼起来,这种只有在教科书里才能一见的牌局居然遇上了。大家都无比遗憾地安慰A同学,对B同学初学者的运气感到不可思议。A同学一脸苦笑,拍拍B同学的肩膀,悠悠地吐出一句

狠毒的笑话“你知道么，这是百万分之一的概率。你今天用上了，也就是说差不多你后面一生再玩这个游戏也不会再遇上了”。

All in（绝处逢生，就此一搏） 通常玩到最后总有一些本金不足的人会压上全部赌注与对手决一雌雄，而这种时候反而能吓住对手，真的出局落败的倒不多。我觉得在牌桌上和生活上一样，气场非常关键，有的选手不是靠牌，而是靠气势压倒一切。霸气的选手上来就会提高赌注，令其他人看牌的成本一日千涨，不让别的小打小闹的选手有任何机会，还没看到这霸主的牌，他就已经靠前面几轮大家所下的共同赌注赢得盆满钵满了。

Deal with your hand（打好手上的牌） 牌桌像人生，没法控制先天能得到的是好牌还是烂牌，唯一能把握的就是如何利用好时机，打好所抽到的这一手牌。烂牌总有机会翻身，好牌也不见得能赢。反而游戏时我们有一种公平心，不会抱怨发到的牌是好是坏，也不会要求重发，而更将注意力放在每一局如何打的战略上。生活上也是一样，有心胸接受不可改变的，有勇气改变可以改变的。

对于赌瘾不大的人，就不妨打打牌，打牌也是中国人消磨时间、增进友情的重要手段。我们当年旅行中在车上、机场、旅馆、饭店有空余的时间就切磋牌技。基本上每次都是雌雄大战，轮流上阵。打牌和上赌桌一样，也能展露各人不同的性格和气质，是一项具有传统意义的国粹。可惜现在少了将其发扬光大的机会，常常怀念在上海需要六人才能打的大怪路子，现在若能打上也是一种奢侈。

第二年是传说中的天堂吗?

以前《北京人在纽约》里有句话说:"如果你爱他,就让他来纽约,因为这里是天堂;如果你恨他,也让他来纽约,因为这里是地狱。"换成商学院,也差不多可以套用同一个句式。只是一般来说,第一年是地狱,第二年是天堂。当然我们这届历经全球金融危机,第二年的遭遇算个特例,后文再表。

说第二年是天堂主要是针对那些在暑假实习中便把全职工作搞定并签约的同学。对他们来说,第二年再无求职这座大山在肩,生活面目一下子从狰狞换成了可亲。甚至他们都过上了几乎放纵的生活,比如四处逃课去各地打高尔夫、看戏、旅游等。特别是其中一部分同学还拿到了高额的签约金,便立即展现出一掷千金的豪情。比如我们当中有位中国男生,拿到钱的第二天就径直去买了块劳力士表和一个高级单反相机,谁说血拼里男子不如女?我当时在香港工作的最后一天也亲眼目睹了一群本科实习生当日中饭回来,几乎每个女生都拎着个LV、GUCCI或Tiffany的袋子,那种恶狠狠的势头像是说,不论公司待我如何,犒劳自己决不含糊,真是祖国活在当下的新一代啊。

在一般年景下,即使暑假实习由于主动或被动原因没有签约的同学,在第二年也通常都比较神清气爽，轻装上阵。一来找工作这件事都摸爬滚打地学习了一年，怎么样也都会了些门道，通过实习也更知道自己与行业间的适应性，心中有数；二来不像暑假实习这件事有个时间死线放在那里，全职工作也没有人规定你一定要毕业后马上开始。许多人可以回国慢慢找，或者利用国际学生在美国享有的一年法定实习期再继续找，总之心态缓和了许多，心头那根弦终于不再那么紧绷了；三来见识了众多美国同学的潇洒，觉得之前负担的高额学债好像也没什么大不了的，虽然利息不低，那就放个二十年还呗，每个月的现金流压力算下来也不至于把人压死。尤其是许多男生借着美帝国主义的银行债觉得美滋滋的，经常教育我们这些风险承担意愿较低的女生说，好不容易出来给你一个杠杆化的机会，不用白不用，财务课告诉我们人需要有良好的负债水平。于是，在这种今朝有酒今朝醉的气氛下，大家仿佛也都豁出去了，该玩的玩，该疯的疯。把之前没时间去的酒吧、饭店、戏院等都在二年级逐一补偿回来，尽量摊薄我们的沉没成本。何况第二年本身工作机会的供给就更多，许多公司不设立实习项目，只有年度的全职工作机会，所以这时候选择面相对又大些。

虽然，我们当年外界的金融危机惊涛骇浪，大家过了最初一阵惊恐后，也发现这属于系统性风险，我们除了继续闲庭信步、兵来将挡外，并没有什么良招，活在当下确实是唯一靠谱的事。于是，大家开始好好生活：当交流生、谈场恋爱、出门旅游、去拉斯维加斯周末赌点钱、去近郊国家公园野个营、去同学家里晚上开个派对喝点酒或者开始在家里做点甜品烤点饼干什么的都有。就连学习本身也渐渐上了正轨，不再是第一年那种囫囵吞枣式的不求甚解，以求挤出时间来准备面试了，而是终于可以好好看看教授推荐的书，到处旁听一些有意思的课，参与一些自己真正有兴趣的项目了。难怪好多教授都只对二年级学生授课，一年级学生常见的三心二意和浑水摸鱼只能让教授们哀其不济、怒其不学的份儿。

与第一年相比，第二年的盲目性大大减低，大家都更明白自己的方向和定位，就连谈恋爱的成功性也是。通常第一年好多约会的情侣都因不同工作诉求或各种别的压力下以分手收场，第二年开始并坚持到毕业的大多修成了正果。另外，第二年也没了那么多初来乍到的畏惧感，随着对美国文化的日益了解，上课也可以时不时反驳美国同学一下，还可以就中国问题侃侃而谈一番，求职路上也不会轻易被公司唬倒或匆忙卖了身。这时候，顿觉亦舒总结得真是到位："一切的一切，皆只因世面见得少。"

To go or not to go
——当国际交流生的另一场折腾

西方商学院绝大多数都有国际交换项目，即互派学生来往学习，从一学期至一学年不等。多元化始终是商学院教育的一大主旨，不仅体现在客观知识上，而跨地域及跨文化的学习也常常被鼓励。进商学院前，我就盘算好要趁着两年去欧洲看一眼，当时有许多同学与我想法一致。然而真的到交流生申请的季节，大多数人便开始打退堂鼓了，不外乎一个字“烦”。通常交流都设在第二学年，而且每所学校的名额有限，所以在繁忙的第一年中又要开写若干申请作文，阐述动机。这倒罢了，但即使被选中，又面临一轮新的折腾：为了一学期几个月的交流又需要为了去新的国家而重新办入学手续、找房子、办手机、办银行卡、换汇等一系列学习外的生活琐事，势必还得再开销一笔额外花费。第二年许多同学也希望留在美国继续找工作，怕出境作交换生会影响部分面试进行。所以种种利弊分析后，真正踏上跨国交流的学生数目也不及五分之一。最终，我居然是我们那届中国人中唯一一个参与国际交流的。回想起来，那年遭遇金融危机，同学们都是多一事不如少一事，大概觉得我实在是猎奇心过剩了。

但就像兰迪教授最后一课中说的那样：“阻挡你的障碍必有其原因！

这道墙并不是为了阻止我们，这道墙是让我们有机会展现自己有多想达到这个目标。这道墙是为了阻止那些不够渴望的人，它们是为了阻挡那些不够热爱的人而存在的。”当时学院好心给有志于参与国际交流的学生填写三个志愿学校，以求最大化的匹配成功。对我来说，去莎翁故居学一口英国腔是本科学习英美文学时候的浪漫念想，而如今最好的英国商学院当属伦敦商学院(LBS)，那还有什么好犹豫的，就是它了！记得写完申请文书一个月后，学院负责人给我打来电话问我为什么另外两个学校志愿都空着没有填，我说我的唯一选择就是LBS，没被选上的话也不愿被调配。这个世界确实是“只怕有心人”的，估计学校慑于我的决心，就成全了我，挤入了前往的七个名额。

为了三个月的交换，我确实又花了许多额外精力办各种手续。比如光是事先找个短期出租、靠近学校、又不能太贵的房子就很费了一番脑筋，伦敦的物价也比美国贵出一截。后来在办各种签证以及在欧洲各地旅行时，对着不同的语言、货币、电压插座、手机SIM卡等，我不禁感叹，虽说世界是平的，文化正在融合，然而实际地域的差异性还是显著存在且不会在短期内消失。然而正因为世界如此之大，如此各异，才值得我们云游四方，培育起一种世界主义的情怀。

第一年的最后一天，历经二十七个小时长达四程的飞机后，终于从南美辗转回到芝加哥家中。在家的五个小时中重新打包，洗衣，清扫房间后，下午又提上两个箱子重新坐上前往机场的巴士飞赴英伦。坐进了芝加哥机场维珍的候机室后，当欧洲区柜台服务台小姐用一口标准的伦敦腔问我：Miss, are you travelling to London alone? 我顿时心头涌上一股难言之情：兴奋，孤单，还有一点迷茫。

八小时后随着一声巨响，班机终于着陆希斯罗机场，我还是突然感到一种振奋。走出Piccadilly line来到市中心，体力大耗的我拖着两只箱子，

一路沿街问询，终于在这个雪茫茫的新年早上来到了我处于 Bloomsbury 的临时居所。这是 Bloomsbury Group 的发源地。是的，我还没有忘记大学时代读英国文学的旧梦。Virginia Woolf，E. M. Forster，T. S. Elloit……我来啦！

不同的地域，转换的时区，振奋的心境，虚脱的身体，就这样迎来了我新年的第一天。

“动”态交流：滑雪、高尔夫，一个也不能少

谈恋爱也许用看电影、吃饭、听音乐会的方式更好，但普通交友的话除了旅游、打牌外，我看就属运动见真情了。参加群体性的体育活动总是比较有团体气氛，也比较容易打成一片，尤其在美国这个“好动”的国家。虽然我们已经丢掉“东亚病夫”的帽子很多年，但每次看到美国同学和教授热衷于运动时，我都不免感叹体育精神还是没能从根子里植进我们的教育体系中去。就算在冬天，在芝加哥天寒地冻的密歇根湖边，每天清晨，毫不夸张地说，只要我出门，就一定能看到有人在沿湖跑步。后来搬到市区，无论刮风下雨，无论春夏秋冬，芝加哥河畔每天任何时间都有老老少少在慢跑，这是一场全民运动。看看我们的教授就知道了。搞学术需要脑子和身体两手一起抓，我们有位年轻的经济学教授居然是位兼职的瑜珈教练，身材好得没话说，所有的女学生第一次上他课都只顾着眼馋了。另外那些德高望重的老教授下了课，一脱西服，也经常能在体育馆和湖边看到。更强壮、更矫健的同学普遍更受欢迎，而像美剧《生活大爆炸》里的书呆子也只有被取笑的份。做商业更不可避免需要与人打交道，赢得好感吃得开也是这个圈子达尔文适者生存主义的体现。

美国盛行的运动有很多，篮球、足球和棒球这三大球好像与女生缘分

较浅。特别是棒球，虽是美国国宝级的运动，但我从来没搞清楚过规则。学校免费请我们去看过几场芝加哥球队的比赛，旁边一个美国男生给我解释了半天，我还是觉得这比赛乏味至极，昏昏思睡。不过我郑重地提醒有志于运动的同学，了解熟悉该球赛的规则确实大有好处，不仅上课时，许多统计学、经济学的教授会引用棒球数据，面试时你也有可能遇到和你聊棒球的面试官，或者看电影也可以看懂更多像*Moneyball*这样的片子。对于中国人来说，来美国运动最多的三项是网球、高尔夫和滑雪。因为相对而言，这些运动在中国尚属精英阶层，消费不菲，而在美国却平民得多，免费球场四处可见，各种用具也相对便宜。

滑雪

滑雪是个大项目，美国和加拿大都有许多著名的雪场。所以一到寒假，各大学校都有很多学生组织滑雪之旅，这也是商学院的年度盛事之一，深受各国同学喜爱。既然来了就要试试，于是我也去凑回热闹，冬假里报名参加了一个芝加哥近郊的雪场活动。临阵才发现自己真是差得太多了，属于无知者无畏。连夜去买了雪裤，借了装备，第二天到了雪场准

备室里心还是慌慌的，虽然同学们安慰我凡事开头难，但一定是 Lots of fun！（这句“很多乐趣”是他们的口头禅）勉强穿戴整齐进入大雪场后，我便呆住了。一座一望无垠的雪山按斜度分成了若干区隔，最平滑的是绿色地带(green belt)适合新手，最陡峭的是黑色地带(black belt)，适合技艺高超型选手。关键是这里不像中国，没有教练或什么保安人员，你要上哪个带都随你，出了事也没人管。我亲眼看到好几个人摔伤在雪山上，却四下无人照应，都得自己想办法走下来。我尽管在绿带上，还是摔得七荤八素，而且我发现最惨的并不是摔倒，而是没有力气爬起来。特别是在有坡度的地方摔倒后，如果站起来没有技巧，很快又得摔一跤，别提有多狼狈了。这时候，有朋友引你滑一下或适时扶你一把，简直就是感激涕零了。我被好多同学扶了一把，才有惊无险地从下到上，又自下而上地滑了半天。第一次在山坡顶上不幸摔倒，叫天不应，浑身乏力，还好有个男生路过，救了我一把。那个时间心里哀叹，女子就是不如男啊，没力气真是不行。我们有几位男生同学当真生猛了得，原来都不怎么会，却毅然决然地偏向虎山行，只觉得无限风光在险峰。从黑带上一路狂摔，好在没有人挂彩，但鼻青脸肿的不在少数。大家下午时分都有点精疲力竭，一起下山吃个晚饭，还有些同学索性在当地泡温泉过夜了。一边吃饭，一边大家总结说，这滑雪最好事先找个教练学一学，但关键也要有不怕摔的心理。我想这真和我小时候学游泳一模一样，最关键的是迈出那不怕淹、不怕呛的第一步。中国人说患难见真情，用在群体运动上也是一样，虽然谈不上出生入死，但一起滑过雪也令大家滋生出惺惺相惜的情谊。

另外，最受中国男生同学欢迎的当属高尔夫了，在美国打的成本极低，球场资源又异常丰富。尤其是找好全职工作的男生们，到了第二年纷纷跷课去球场练球了。他们聚在一起最常讨论的话题就是买什么球杆，练到了几洞的程度。好歹这也是标榜高端商务人士的运动，我虽出身寒

门也得去见识一下。不拒绝(why not?)是我来美国后对很多新生事物的态度。很快,热心的同学帮我搞到了手套和一根七号球杆,又一次顶着无知者无畏的口号下场了。应该说,我对这项运动真没什么天赋,但我倒一直很有热情,我喜欢听球打到甜点时那“滋”的一声,喜欢潇洒的挥杆动作,喜欢可以在草地里四处走走,与人闲聊,偶尔被高手指点的随意性。

体育精神或者说奥林匹克精神千百年来被推广,意义不仅在于“更高、更快、更强”的口号,而是不管它是一种个体运动还是群体性的运动,每种运动都让你更进一步了解自己的身体,知道如何使用自己的肢体关节,知道自己的体力和局限,而这种感受身体的能力常常被我们忽略。同时它是另一种有效的语言,如果你能掌握像高尔夫这一类大众流行的运动,你就可以和更多志同道合的人在一起交流,创造出了另一个可能对话的平台。

西方盛行的远足——那些青山的缘故

十七岁的夏天偶尔有个机会第一次出国门，去加州呆了几周。招待我的一家人周末经常带我去远足(hiking)。那是我第一次理解那个字典里名叫“远足”的词是什么意思。可惜我当时不喜欢这项运动，多是不愿让他们扫兴，只好常常顶着加州炎炎的夏日，在一处处荒无人烟的丘陵地带走上四五个小时，枯燥乏味，只听得见自己的心跳。义父却一直对我说，“it’s a lot of fun”。我心里嘀咕着哪里有啊……人在屋檐下，我还是温顺地陪着他们一家走过了一段一段的山路，权当这是一种预军训，记忆里到现在只留下一种静默而忍耐的心情。

后来自己旅游多了，知道所谓远足也就是泛指远途爬山。但我从来也没有特别喜欢爬山，中国的五岳和黄山竟是无一涉足。仁者乐山，智者乐水，就算是一个智者吧，我就这么无赖地解释这个现象。虽然至今也不明白为什么古人对水与山会有智与仁的分法，但不知不觉间，我的远足次数确实越来越多，复杂的感受也是纯净的水域不可比拟的。

又有一个夏天我和龙姐第一次去香港，有个周末下午我们俩为了打发时间，去了南丫岛远足。别的旅客都是去那里的港口吃海鲜的，只有我们两个土人从岛的这头“远足”到另一头，花了差不多四个小时。山路上

只有零星的农民偶尔给我们指点一下方向，大多数时候觉得前方的路遥遥无期，而且充满危机。想用餐的时候看着山间的小店有些五大三粗的汉子在饮酒，都不敢坐下来，当时脑子里还满是港片黑帮的镜头。所以两个人一路上也没有说什么话，心里满是焦虑，只有一个念头，赶紧把这段愚蠢的远足走完，回到本岛去，也没有任何看风景的心情。远足那时变成了一个急着要完成的任务，一个对“何时了”充满绝望的代名词。

后来的旅行中不可避免地又碰到了很多段远足，心态慢慢地从急变到慢。有一次在婺源旅游，一个午后要走很长的山路，下着雨，道路十分泥泞，天色灰暗。一队人都不知道翻过山口还要走多远，所以一路上只要有迎面来的行人，都会问一下路程，所有的对面过来的行人都非常安慰地告诉我们，很近很近了，大概还有五公里吧。一开始自然大家备受鼓舞，但是走得长了，问得多了，答案都是一样的五公里，才觉得真是路漫漫其修远兮，唯一能做的就是互相打气，慢慢走下去。等到几个小时后，我们看到了目标村子的轮廓，心中自是狂喜不已，那时也遇到很多反向的游客问我们到来时的山口还需多久，我们也异口同声地说，很近很近啦。在远足途中，心理鼓励和减少恐惧是唯一可以帮助别人的事。没有漫长的跋涉，也就没有晚上吃农家菜和睡上热炕头的香甜。

再后来自己脚力长了一些，便不会在远足的时候有需要赶上队伍的急迫心，能更安然地掌握自己的呼吸，恣意停下来看看沿途的风景。有时哪怕不走完全程，不登到山顶也无所谓，见好就收。

读商学院期间多居住在大城市中，除了旅游，平时并无太多远足的机会。毕业后来到北京工作，遇上几个旧时同窗，常常周末拉着我和一些热爱远足的外国友人去爬人迹罕至的一段段郊外野长城。本来只想去香山和司马台的我，发觉和他们提议的山陵相比，前者的野趣实在不值一提。这些人显然是远足高手，深谙此道，一路爬山的时候都保持着和前后队友适当的距离，到了固定的间隔领队 Susan 会号集休息、改道或提醒后面的人关于天气和方向变化。所以不用担心在茫茫山道上走着走着没了队友，绝大多数时间是自己调节自己的状态，尽情在长城上放眼辽阔的绵延山川和层林尽染的风光。在长城上这样顶风漫走，虽然是秋凉，但那一刻觉得自己像个帝王。

处于河北天津的三界碑之行可能是迄今为止个人最惊险的一次远足。下山的时候，没有明确的山道，我左脚忽然一大步踏空，全身脸朝上瞬间翻倒下去，来不及想迅速用左手拉住旁边的树干，一定神时才发觉这山坡度之陡超出想象，我身体基本上呈 70 度，左手稍一用力挣扎顿时又下滑了两个身位，惊出一身冷汗。好在后面的队友大叫领队 Susan，她经验老到，马上疾走过来借登山杆之势把我一把回拉了上来。回到小道上继续下行时，我才发现刚才我的身体就真的离山壁一步之遥，幅度再大一些只怕就要径直翻下山去了，阵阵后怕。后面的队友们早被我吓得脸色惨白，他们离我较远，所以从他们的视角看，前面的我就像直接滚下山去，刹时不见了影踪。

回来途中 Susan 问我有没有受伤，也算是大幸，滑足摔倒之处尽是山土和软草，没有任何砖石和树刺，所以没有大碍，但却颇为懊丧，开始向她讨教登山经验。Susan 经年在全球各地爬山，和我说有一次在加拿大爬雪山时，雪山正在融化，下面就是冰河，那时她以为自己也下不了山了。所以远足常常都会面对这些意料之外的事，走得多了就要让自己对自己的身体更敏感一些，知道什么地方需要探路，什么道路适合攀登，什么速度可以长时间承受，让自己对一伸手一投足都可以非常有把握。我们费了很多力气也无非是要做好两件事，一是处理自己与别人的关系，二是处理自己与自己的关系，哪一件都非易事。

一直到现在，我想我依然还是一个更爱海的人。山的高高矗立、不怒

自威和与世隔绝的凛然总会不自觉地让我心生惧意。但与远足多年挥之不去的情分,让我不停地走出自己的界限,克服内心的恐惧,甚至可以拿恐惧说笑,也不失为一种进步。

林语堂先生曾经有一段关于青山的著述,现在读来愈发觉得有回味:

> 在我一生,直迄今日,我从前所常见的青山和儿时常在那里拾拓石子的河边,种种意象仍然依附在我的脑中。……这种与自然接近的经验,足为我一生知识和道德的至为强有力的后盾……那些青山,如果没有其他影响,至少曾令我远离政治,这已经是其功不小了。……如果我会爱真、爱美,那就是因为我爱那些青山的缘故了。如果我能够向着社会上一般士绅阶级之孤立无助、依赖成性和不诚不实而微笑,也是因为那些青山。……如果我自觉我自己能与我的祖先同信农村生活之美满和简朴,又如果我读中国诗歌而得有本能的感应,又如果我憎恶各种形式的骗子,而相信简朴的生活与高尚的思想,总是因为那些青山的缘故。

虽然远及不上先生的境界,但在这滚滚红尘中,一个心思和嗜好简朴得像青山一般的人,比如我们的领队Susan,已经拥有一种超然的感染力,令我心折。每一次远足,虽然至今还未完全同意我美国义父说的“lots of fun”,但总让我有机会得以回归那简单朴素的自然,突破自己原有的视野。

与子同行，与有荣焉

我们必须要冒险，因为更大的危险是不敢冒险。只有冒险的人，永远自由。

明星教授之我见

芝大在美国素来以学术严谨而著称，以至于在商学院的口碑上我们学院也总以偏学术的形象示人，与同城的西北大学那种享誉全球的欢快轻松的学习气氛相比，似乎听上去两校有些格格不入。可能出乎各自市场定位的不同，学校并没对此有太多担忧。但这些著名的商学院每年都极力在两桩核心供给上做着不停的竞争：生源和师资。芝大显然在后者上花了更大的气力。

来芝大之前，为了写申请文书自然会作一番学校调研，当时只发觉学校鼓吹自身无与伦比的富含诺贝尔奖获得者的那一席超明星教师团队，确实无一商学院能出其右，有六席之多的在任诺奖学者。我虽未上过这些泰斗的课程，但对这里的教授怀有很深的喜爱，两年下来对没能听尽所有的好老师的课程总不免抱憾。所有的学生争先恐后地竞标上这些明星教授的课实在情有可原。就我自己的体验来说，老师的好坏确实对一门课程的学习有着巨大的影响。

在众多明星教授里，有三位对我个人的启发最深。

Kaplan 教授——志存高远

Kaplan 教授是芝大商学院的镇院之宝之一，长年位居最受学生欢迎的前五名教授之列。他的明星课程是私募股权和创业融资。几乎所有的学生都对他又爱又惧，因为他生就一股傲气，很少有学生入得了他的法眼。上课完全不给学生任何面子，经常以无情评判和嘲讽为主，可学生还是义无反顾地频频举手。为什么呢？Kaplan 教授的课与别的课不同，几乎没有任何冷叫(cold call，即提问不举手的学生)。他的课近一半的成绩来源于上课发言，而另一半的作业与期末考试又以高难度著称，所以没有学生敢冒险不发言。大家知道 Kaplan 教授不会刻意讨好学生，或会不好意思给学生不及格的成绩。因此，他的课形成了一道奇异的风景线，那便是我们从头到尾都把手举着，巴望着被选上回答。通常越前面的问题越容易，所以每堂课前半段几乎全班近 70 个人都把手高高举起，蔚为壮观。我记得自己第一次发言时，Kaplan教授目光如炬地看着我说"Speak up! I cannot hear you!"(听不见，说大声点！)我不禁刹时脸红。事后发觉自己确实一直以来的分贝与美国同学相比轻了许多，显得中气不足。而当众发言最重要的就是先要有气场。这一点上中国同学都有些吃亏，我们习惯于反复思考，确认能够言简意赅又富有洞见地表达，如果就知道一点皮毛，未经深思熟虑的想法总不好意思拿出来示人。而外国同学则相当豪放，经常有感而发，脱口而出，哪怕是简单的概念，也不会不好意思提出来问。我后来以为这种一开始被中国学生所鄙视的"无知者无畏"的态度是相当可取的。他们很少想当然地全盘接受理论，更乐意厚着脸皮挑战定律，不怕在课堂上被教授追问而丢面子。而且长时间的发问使他们对当众发言与相互对峙毫无惧意，变得更为自信。除了受益于课程本身的内容外，Kaplan 教授鼓励学生"敢说敢问"的精神令我很大程度上改变了学习面貌，加强了自信。记得最后一堂课，Kaplan 教授在众人填完课程评估表后，意气风发地祝福我们，并希望某一天在《华尔街日报》上读到我们的故事。他说他对我们的寄语就是两个字："Aim high!"(志存高远)

Dhar 教授——言而有据

与 Kaplan 教授相比，Dhar 教授则是一位褒贬不一的个性印度老头。他教授市场营销学，以严格守旧而出名。一开始，我想竞标另一位风头更健、热情洋溢的女教授，结果没能选上，因而就在第二志愿上选了 Dhar 教授。一来对市场营销学期望值较低，心想所谓的理论以前也都略知一二，而且与财务投资课程相比，总觉得这门课应该很容易吹嘘蒙混过关；二来我对印度人没有什么好感，口音重，好斗争，只说不练，向来敬而远之。

选修这门课的时候正值冬季，即暑期实习面试的集中期，我因为飞去纽约面试而逃了一节课。按理说，商学院逃课是频发事件，学生总会因为这样那样的原因逃些课，而教授很少对我们加以指责，成绩若受影响也都自己认了，毕竟都是成年人了。而在我逃课后的第二日，就收到了 Dhar 教授亲自写来的邮件，说希望找我面谈一次，这令我大为吃惊。这种老师找学生面谈的事在中国我都没怎么经历过，外国一般也最多是助教发个邮件警告一下，这次居然要被教授训话了，令我很是惴惴不安。果然，Dhar 教授非常严格，一上来就说绝不容许缺席，再缺席一次就请我放弃该课，不会再给成绩；接下去还说我的前两篇个人作业写得很糟糕。怎么会呢？我心里直嘀咕，虽然并没有很用功学，但写写吹吹的本事自认还是可以的，怎么也不至于很差。Dhar 教授从电脑中调出我的两篇文章，指出了若干缺陷，中心思想就是你的文章完全言之无据，营销学不是软科学，每一个论点必须以数据和事实来支撑，通盘权衡作决策，如果仅是直觉和无根据判断那就是个人臆想，这里不需要散文。我只好低下了头，在看到他的建议答案前，我从未觉得市场营销的作业需要这么多计算和推理。

自那以后，我不敢再有丝毫懈怠，第三篇作业没有任何一句凭空想象的废话，他又给我写了一封信说非常喜欢我的思路和进步，我这下真是有

点诚惶诚恐。一学期两个班，他要每周看130多个同学的作业，还能这么亲力亲为地谈话和回信，实在是非常罕见。一学期下来，Dhar教授差不多颠覆了我之前对市场营销学粗浅的认识，这门课工作量之大完全出乎我的意料。但我在花了整整三天分析take-home case exam（回家考试案例）时，我惊喜地发现自己最后能够言之凿凿地运用各种数量工具，并构建出一个完整、犀利而不容轻易被反驳的结论。更出乎意料的是，Dhar教授不计前嫌给了我一个A。谁说他分外严格，不讲人情呢？

Davis教授——扪心自问

Davis教授是芝大一位功成名就、德高望重的老学者，曾经当过学院的主任，教龄达半个世纪之久。他精通会计、市场营销、战略、财务等多个领域，所以他站在高处，开讲一门古怪的商业哲学课。这门课融会贯通，集大所成，可以说站在"道"的高度，而不在于学什么"术"。我很庆幸自己有缘聆听到他的课。他的思路可以说与绝大多数商学院教授都不一样，他觉得做人的一切便是商业成功的根本，所以他总是以做人的智慧和哲学观来引领商业战略，启蒙学生自发成为领袖。《奇幻牧羊人之旅》、《亨利五世》、《艺术与物理学》这些看上去与传统商业完全无关的书籍都成为必读。"你的使命是找到你的所爱"，"要学习成为领袖，去看莎士比亚有关的国王小说"，"要成为好的领导者，请学习一点艺术，使用多种感官，而不仅仅是理性分析，来表达自我"，"世界上最长寿的动物是蟑螂，你知道他的生存哲学么？"……他随口而说的话总是让学生觉得与众不同而发人深省。

在他看来，从事商业活动只是人生的一项副产品，他更关注让学生走好自己的旅程，启发我们思考人生旅途的长期目的、阶段性目标以及到达的方式与手段，体会自己的矛盾心理，探索多种解决问题之道，针对不同

环境发展不同个性。总之，凡事无绝对，以不变应万变。

他最大的希望是大家都能诚实地对待自己，除了关注直觉外，能用多个角度来想象和对待一个问题，体会出成功和失败都有其特定的复杂性。这堂课上，我们听到许多失败的案例及他本人以前的过失，失败比成功更能给大家启发，更有人性的味道。而他布置的最终论文也让许多同学望而生畏，十五页的论文在一般的研究生院实在算不了什么，但在以职业教育培训为目标的商学院实属稀罕。这篇与教授之间一对一的个人反思性论文被大家称为甜蜜的折磨，许多学生完成这篇文章后突然对自己大彻大悟，不少人都改变了原先的职业选择。在如今这个纷纷扰扰、熙熙攘攘的社会中，将一段时间空出来，给出十来页的空间，强行迫使自己反思，也实在是一种珍贵的奢侈。

非典型客座嘉宾——敢于冒险的马戏团小丑

西方商学院许多教授上课时都会安排几次客座讲座，即请一些嘉宾来对相应的话题发表个人看法或亲身经历，让在场学生对所讨论的话题有更深入的体会。这和午饭时间的各类讲座一样总是很受欢迎，一般这类嘉宾的出现，以创业或综合管理的为多，让创始人、风险投资家或企业高管来分享他们的观点与故事。

两年中在芝加哥与伦敦五花八门的课上，确实听了不少客座嘉宾的发言，尤其是在选修创业类的实验课时，教授几乎每堂课都会请出各个领域嘉宾，让我目不暇接。从市场调研专家到品牌战略咨询师，从知识产权律师到天使投资人，从运营总监到产品开发经理，每次都被各种截然不同的知识灌得一阵阵迷糊。然而，时过境迁，对我至今还留有鲜明印象的总是那些与创业者有关的个人故事，比起那些技能性的职业经验，个人故事的穿透力和震撼力是无可比拟的。

在这些林林总总的创业者中，大多数也属“正常”范畴，比如不乏中途辍学、有多项发明创造、历经几轮融资等经历。但有一位创业者实属异类，故事动人心魄。

Rob 的职业出身是一名马戏团小丑，他的例子与正统商学院似乎格

格不入。Rob已年过六旬，但看上去异常年轻，在上课之前，他一开始坐在最后排我的旁边，笑眯眯地翻着讲义，我以为他和我一样只是个班上来晚了的中年在职学生。看到他一蹦三跳地走上台去，我才着实吃了一惊。

Rob其实是全球最大的少年马戏团Circus Smirkus的创始人，他用无比轻快的口吻回述了一个历时三载、异常辛酸的创业故事：大学毕业于上世纪60年代末，遭遇到美国社会政改时期，他天性热爱孩子和表演，想着在那个动荡的年代能做点什么。于是天性冒险的他只身来到欧洲学习，当马戏团的小丑，三年中从英国、西班牙、法国辗转到丹麦四处游历作学徒，过着有一顿没一顿的日子。偶然在哥本哈根他终于见识到了当时全欧水平最高的国家马戏团表演，他花去了最后的几块钱买了门票，演出后他跑到后台，问团里缺不缺人手。这一问使他有了面试，有了当小丑的机会。随团学习演出了若干年后，他又回到了美国，那时他觉得可以把自己过去十年的学徒经历变成教育的资本，为美国兴建第一支少年马戏团，实现自己的梦想——给孩子们一个学习并参与表演的地方，并让他们有机会真正体会一个行走在路上的艺术家的感觉。

而一开始的十年Rob时运还是不济，先后经历了遇人不淑、倒闭破产、无人相信等数个危机，一度心灰意冷。在37岁的时候，他才偶然遇到贵人，愿意助他重新开始。Rob给我们讲了一个当年的细节故事，即使重新开始后，马戏团在美国还是缺少好的教练，而当时水平最高的教练都在莫斯科，于是在迟迟未申请到签证的情况下，他又只身飞到莫斯科。这实在是个疯狂之举，他在飞机上等着可能被时刻遣回的厄运。在莫斯科机场，他装疯卖傻，还是被带进保安室，只好用仅会的几句俄语表达了他前来的目的。据他描述，三四个俄罗斯的魁梧大汉无比狐疑地盯着他，为了证明自己，他当场用桌子上的铅笔和物品表演了一段马戏，把他们逗乐了。适时聪明的Rob马上问要多少钱可买通过关，为首的大汉终于开口

说“五十美金”。就这样，他靠着可以说是完全不按常理的胆魄、耍宝和贿赂等手段，匪夷所思地进入了莫斯科。

分享的过程中有很多次 Rob 会停下来，问大家换作他，会如何处理当年面临的危机，比如当要花重额赔偿金炒去高管时，当身患癌症时，当最热爱的核心业务持续亏本时，当他的公司负债累累无以为继时，当他身为创始人最后被管理层炒掉时……一向踊跃的商学院学生，这时都罕见地面面相觑，完全没有方向。

这堂课的议题是关于公司战略与目标设定，Rob 给出的个人理解就是：

- 战略与目标是两回事，前者是个持续进行的长期梦想，既是一种祝福也是一种诅咒，热情不会消失，旅程没有终点；而后者是可以企及的，阶段性的。
- 先站出来(Put yourself out there)，不伸出手，不踏出第一步，没人能听见你的呼唤。
- 取法乎上，一定要向最好的老师、最棒的产品或最佳实践学习，不要随便对最初的梦想妥协，一次妥协就会有第二次、第三次，你将永远离梦想越来越远。
- 不要让旁人替你回答不可能，要对自己说“It can be done”(可以被实现)，然后想办法实现它。
- 将战略可视化，我们不能像他那样同时自如地左手画三角形右手画正方形，是因为我们没能将两手的路线可视化。看不到所以做不到。
- 如果你把创业变成你的个人游戏，你很难成功。创业面临的挑战太复杂太多元，所以创业者都需要伙伴，哪怕就一个。

我们被他的开怀所打动，被他的热情所感染，被他的洒脱所震撼，被他的思考所反省。与其说我们学到了什么公司战略，不如说我们又一次聆听了个人梦想。知识多未必有智慧，不要让商学院的“入世”训练阻碍个人的“出世”激情。我不禁回想起在伦敦商学院里贴着的一段王尔德写的关于冒险的诗歌“To Risk”，在此与君共勉：

to laugh is to risk appearing a fool.

to weep is to risk appearing sentimental.

to reach out for another is to risk involvement.

to expose feelings is to risk exposing your true self.

to place your ideas, your dreams before a crowd is to risk their loss.

to love is to risk not being loved in return.

to live is to risk dying.

to hope is to risk despair.

to try is to risk failure.

but risks must be taken, because the greatest hazard in life is to risk nothing.

the person who risks nothing, does nothing, has nothing and is nothing.

they may avoid suffering and sorrow but they cannot learn, feel, change, grow, love, live.

chained by their certitude they are a slave,

they have forfeited their freedom.

only a person who risks, is free.

笑有犯傻的危险，

流泪有过于感伤的危险，

爱上一个人有不能自拔的危险，

表达情感有自我暴露的危险，

在众人面前说自己的梦想，有被嘲笑的危险，

付出爱有没有回报的危险，

活着就有死的危险，

尝试就有失败的危险，

但是我们必须要冒险，因为更大的危险是不敢冒险，

那些一味安逸的人，同时也一事无成，一无所有，一无是处。

他也许会少吃些苦，但是却永远无法学习、感知、体会或者生活，

他是一个被自己的信念锁住的奴隶，永远被剥夺了自由，

只有冒险的人永远自由。

免费午餐——在味觉里相遇巧克力美女

商学院的生活怎一个忙字了得，所以学院安排各种活动时都见缝插针。一般各类讲座都安排在午饭时间，美其名曰边吃边学（Lunch and Learn），由学院赞助一顿免费午餐。大家大多数都是冲去蹭饭的，顺便可以听听各种政要名流的讲座，何乐不为？尤其到了学季中段的黄金期，一时间百花齐放，各种公司宣讲会、教授讲座、商界领袖演讲都如雨后春笋般冒了出来，常常同一个中午有三四场可听。于是大家都纷纷“到处购物”（shop around）。为了最大化效益，不少中国学生使出了有效的游击战术，即吃完甲家去乙家，把披萨、寿司、三明治统统都吃一轮。一时间，学院里人流如织，好不热闹。

我一直觉得这些无时不在的讲座，是整个商学院教育形式中极为重要的一部分，这给了学生得以接触到这些名人处世态度与智慧观点的机会。我们的人生道路也许就在某一时间听到的只字片语而有所触动，有所改变。边吃边学的午餐会恰恰就形成了这一种场力，这些看似随意的谈话和思维的碰撞，使大家在学习求职之外发现更大的天地。

在这里的两年，确实听了许多场振奋而有趣的讲座，比如统计学教授教我们如何打牌，前美国财长分享对宏观经济态势的预测，世界银行代表

讲述对发展中国家的新兴议题，百事公司高管告诉我们怎样规划新产品，刚毕业的校友回来讲述华尔街见闻，得了全美创业赛冠军的同班同学演示他们的商业计划等等。但如今回想起来，印象最深的竟是一个美国女孩 Katrina 和她所创立的 Namaste-Vosges 巧克力品牌的故事。

商学院邀请她来是因为那一年她获选进入了全美年度 25 名 30 岁以下的年轻创业家，并且就居住在芝城，有地理之便。但她的资历和这里别的演讲嘉宾相比，确实非常单薄。我去听她的讲座完全是被有现场巧克力发赠这一点所吸引，没想到一坐下来便完全被她的魅力迷住了。

Katrina 的故事因为平凡，所以动人。她从小是一个普通的美国女孩，只是上大学的时候对厨艺和旅行两件事发生了浓厚的兴趣。所以毕业后，她先去了法国蓝丝带烹饪学校学习了一段时间，然后又在欧洲和东南亚旅居了几年，在意大利、泰国、越南、澳大利亚等多国的当地餐馆里打工，品味不同的菜系。就在旅行期间，她热衷于探索结合亚洲菜系和西方饮食习惯的可能，像科学家一样每天用各种奇怪的食材调配各种甜食。她爱在巧克力中加入诸如像火腿、咖喱粉、芥末这些东方人看来匪夷所思的成分。而终于有一天，在新加坡厨房里她找到了美国人常说的那个“aha moment”，即恍然大悟、豁然开朗的时刻。于是，她兴奋地回到美国，开始用这些她自认为好吃的秘方生产和出售独一无二的体验式巧克力，通过巧克力这个媒介讲出不同文化、传统与艺术的故事。这种特殊口味和包容性的理念大受欢迎，短短几年间，她的巧克力品牌已经打入了美国众多有机食品店与高端百货公司，Katrina本人也迅速成名致富。

她最令人惊奇的是她那种特有的气质。长相甜美的她因旅居国外多年的缘故颇有些欧洲女郎的飘逸感，而一张口就能营造出一种分外开怀的气氛。她那么开心地讲着自己的故事，洋溢着一种快乐的感染力，为那个时期深受经济危机影响而有诸多求职困扰的我们带来了一抹明媚的阳

光。在宣讲自己的创意过程时，她说在所有步骤诸如得到灵感、寻求配方、调配品味等之上，最重要的第一步便是 fall in love，一定要先爱上。爱上一种美，一种好奇心，一种使命，这和她在西班牙看到高迪的建筑、在阿富汗女子美容院工作、吃到非洲土著人的主食感受到的爱是相通的。这份爱思会体现在最后的巧克力口味上。最后，她谦逊地说，自己的公司也被许多投资者看中，纷纷游说她要进行多轮投资或为上市准备，而她对这些不胜其扰，只愿自己能每天安心做出更好吃的巧克力。坐在下面的商学院学生都不禁深有共鸣，这个社会从不缺乏财务人才和资本，但像 Katrina 那种为美好生活增值的执著信念和一流的执行力才永远是稀缺的，也是商学院所不能大量供给的。我一边吃着那些奇异的巧克力，一边沉思着自己的“aha moment”和快乐之源。这难道不是教育中最大的个人问题吗?

最后我问她，为什么给品牌起一个瑜珈里见面问好的招呼语为名称呢？Katrina 说是当年旅行时的灵感，在藏语里，Namaste 是一句招呼语，意思是“I bow to the divine in you”(我向你内在的神灵致敬)。大地如此神奇，提供出如此丰盛的食材，是神让你我在味觉里相遇。

亲密敌人

像事先说好的配对一样，美国每个大城市都基本上有两个旗鼓相当的高校对峙坐镇。纽约北有哥伦比亚，南有纽约大学；波士顿有哈佛与麻省理工，一文一理守着查尔斯河；远一点到西岸也有斯坦福和公立翘楚伯克利分校把持着北加州。到了中部芝加哥，就是富人区的西北凯洛格和南边城里的我们。和写小说的二元论一样，总需要相反的两角衬托，生活才有点意思。到芝大的第一天，就会听学生和教授说我们和北面的那间学校如何如何不同。特别在一些我们的金融课程上，教授总会出其不意地讥讽说什么“很好，你们今天达到了这样的认识。如果在北边那所学校上课，我们应该在50页前就停下来了”。我相信在凯洛格求学的学生也是听到同样相反的话，比如我们这里如何枯燥无趣，泯灭人性。

多年前我就怀疑这些北美的高校都各自秘密签了“凡尔赛”条约，分配好了如何伯仲不分的界限，长期和平共存。比如哈佛领头综合管理，就没第二个学校出来抢这风头，虽然哈佛商学院的毕业生去金融的绝不会比我们学校少。而我们的同城死敌凯洛格一直以市场营销与团队合作精神著称于世，所以芝大也就不去蹚这个浑水，因地制宜地标榜自己的经济金融学派和独立思考特性。暗地里，我觉得这些都是这些学校一致对外

的营销噱头，其实我校的市场营销资源不见得输给凯洛格，他们的金融课程力量也未必不及我们。

话虽如此，但入学一段时间后，我便改变了最初判断。机构确实都有自己的性格，也会后天影响其中的学生。比如，我们学院确实每年投身金融领域的绝对人数很多，应该超过40%，加上许多课程都以经济学为基础来讲授的特色，形成了一种群体性偏理性、批判和冷静的锋芒个性。而北边的凯洛格，通过几次联谊和平素认识的朋友交流，发觉那里花好月圆的气氛果然大不同。凯洛格不像我们三面环湖，一面环“黑”，它们的地理环境更有优势一些，在芝加哥北边的富人小城，风景优美。最要命的是凯洛格的院规是一种绝对的团队合作精神，即任何课程的作业都需要学习小组完成，不像我们大概还有一半是个人所为。尤其第一年，学习小组不像我们是完全自由组队的，那里学院都按照国别、男女等因素强制给你分配好了，所以客观上造成用他们学生的话说“无比冗长”的作业流程，因为是团队作业，每周花在互相交流与讨论上的时间很多，加上老外都喜爱民主，如果有谁独自把作业都做完了，反而不招人待见。因此，他们花在搞定“人”身上的时间肯定大大超过我们，说凯洛格的毕业生善于沟通和与人合作等软性技能，我觉得也合情合理。

有一次周末去凯洛格，发现他们大部分同学都在湖边烧烤，我很惊讶于那种轻松，在那里读书的朋友说其实也没办法，他被群体胁迫了，当一个楼的同学都叫你出去，你也不好意思躲在家里做功课。即使他当时忙得要死，也只好打肿脸出去社交一下，没人在商学院里想被当作书呆子，至于功课就夜里赶好了。就连他们的教授也多次告诉他们，课可以不听，但团队活动一定要参加。我觉得分外好笑，换作芝大的教授，这种话肯定是没人敢说。怪不得每年学生私下评选的Party School（派对学校）凯洛格一定首当其冲，芝大应该都是长期垫底的。当然，这些标准大多都是由

老外评选的，对于我们中国同学来说，相信任何一家西方商学院的社交活动都足以让人疲于应付，任何时间只要有空，总有一款活动在等着你。两年下来，我从一开始对老外数理底子差，喜好胡侃的印象已大大改观。某种意义上说，我认为他们比我们体力更为充沛，也更会经营生活。中国学生的成绩好很大程度上只是因为我们花在课程上的绝对时间比他们更多而已，或者说我们不觉得闲聊有太多意义，把这种生产力转化了。

时间对大家都公平，用在哪里是看得见的。从商学院的教育来说，本来就需要三足鼎立，即求职、学习与社交同样重要，并可以相互促进。学校之间也许校风与手段各异，我们毕竟只有一次读商学院的机会，整理好自己的优先级对于这两年是一件头等大事。同城两校往往是一时瑜亮，需要互相取经。就像学院主任入学初对我们说的："我们一届有 550 名学生之多，两届就有千人以上，两年中你能认识其中多少人呢？毕业后会形成多少知心好友呢？向同侪学习与向知识学习同样重要。这个世界越来越平，以后诸位的事业也许都是跨国界的，所以打破界限，试着与你完全不同国界的同学作朋友吧，这是一次人生中难得的融合机会！"

如双生花一般，对手的存在往往警示自己某些地方的缺陷。虽然在学习中我们两校经常互相取笑，但事实上我们时不时都需要这些与己不同的"亲密敌人"。

我行我素的人生——记来自印度的另类美女

商学院除了上课学习，另一半毫无疑问就是从同学那里取经。同行的人有时比目的地本身还重要。两年中，我在这里交了很多好友，也从不同的同学身上偷师到许多做事方法，更重要的是经常受到他们不同个性的鼓舞。传播学有一个小世界理论，就是人受周围亲密朋友或同侪的影响远远超过那些所谓的榜样。不错，我们需要一些楷模(Role Model)在前方召唤，给我们勇气，但常常这些名人距离平常的生活依旧太远，我们虽然初听到他们的故事很振奋，或者在低谷时也会时不时地拿出来温习一下，但直接的效用力总体上还是平平。反而如果你的密友做成了一件大事或获取了一个什么成就，你受到的触动一定更大、更深切。因为你们是来自一国的，在同一起跑线的，见贤思齐，你会更受刺激，同时也更被鼓舞。他能做到的，你说不定也可以。人都说，榜样的力量是无穷的。要我说，在今天，同伴与知己的力量才真是不可度量的。

在我所交的外国朋友中，来自印度的美女 Shweta 成为了我的挚友，她身上反射出一种美国新移民女性的个性力量。我和 Shweta 相识于开学前的摩洛哥之旅，她为人和善，天生丽质，不施粉黛。在机场我第一次看到她时，她正在翻阅一本小说，我第一印象便觉得她卓尔不群，透着大

家闺秀的气质。上飞机时，我们正好无意间坐在一起，就开始聊起天来，颇有一见如故的感觉。听说她从著名的威斯利女校毕业后，我略有些惊讶，因为她还是带有很明显的印度口音，并不像其他在这里上大学的印度人已相对美国化了。她对此笑笑说，她不喜欢完全把口音改了，她喜欢她的印度腔。我暗暗想看来是位有个性的大小姐。她虽然比我还小上两岁，但个性却十分沉稳，十分有主见。比如一路上她只给别人拍照，自己从不留影，只有不得已的团体照她才会凑过来。她和我说，从不喜欢拍自己，因为看自己是一件无聊的事，我只好吐吐舌头，哪有年轻女孩子不爱拍照的，何况她是个大美女。到了夜间活动的时候，她会根据活动内容选择出席。如果是酒令游戏，她通常都不会来，如果是到夜市里走走，或者去跳舞什么的她会过来，总之她显然不是抱着当个“好好女郎”或指望在开学前混个脸熟的目的来的。因为我俩来自亚洲，又都对文化的话题感兴趣，个性也是沉静类型的，所以很快就走到了一起，每天在巴士上和她聊聊我们喜欢的共同作家，也觉得初到异乡的孤寂感少了许多。

旅途中有一天下午活动临时取消了，二年级组织的同学就让大家在旅店里暂时休息一下。Shweta说要不要去她房间喝杯茶晒晒太阳？去了以后，她给我泡了一杯印度风味茶，然后我们就坐到阳台上，海阔天空地神聊。不知道说到何处，Shweta 说她十分向往来芝大读书。我略感好奇，因为事先知道她原在波士顿工作，男友在纽约，妹妹在加州，芝加哥可以说她也是举目无亲。便问她为何没有申请那几处的学校或者是不是因为芝大给了她什么奖学金的缘故。她耸耸肩说，“我都申请了呀，五个学校都要我了，但是你知道我以前在 IMF 搞经济研究，最向往的就是芝大了”。我倒吸了一口气，听她继续不合逻辑地说“你知道，我爸爸最欣赏的是西北大学，我和他说我不去那里，他还是把西北的录取通知书裱了起来，放在办公室里；我妹妹听说我拿到斯坦福的录取通知，比我还高兴，但我去看了一下，那里就像在度假，没什么读书的感觉；我男朋友听说我被哥伦比亚录取了，也准备开始在纽约租一所更大的房间，他听到我不打算去简直要把我杀了。麻省理工其实也不错，但我还是觉得芝大更酷一些，你说呢?”我完全说不出话来，觉得至少中国学生是不会按她的取校顺序，当时自己巴不得替她去斯坦福或哥伦比亚。在我喃喃自语地嘀咕说“这两个学校多好啊”，她扬一扬眉，惊讶地反问我“纽约那个地方能读好书吗？治学水平一定受繁华城市影响的，太浮华了。我被录取后这五个地方我都去实地考查了，芝大是最适合我的！”我看着她，当时我觉得她是对的。中国较少有讲究“Fit”(自我合适)的文化，从来是按所谓名次取胜的。

开学后很快大家都异常忙碌，加上选的课不一样，有一阵子没有在学院里碰到她好好聊天了。再去她家的时候就是我们共同组队参加案例大赛的时候了。那时候已靠近学季末，大家一边要忙功课，一边要投简历，再搞这个比赛自然会焦头烂额。那一天，在她家里我们在赶材料，我看她挂着黑眼袋，猛喝着咖啡，问她是不是昨天熬通宵了。她点点头，说Turbo Micro快把她整疯了。我又惊叫了一声。Turbo Micro是一门高级微观经济学课，授课教授以高深和工作量巨大(每周工作量达20小时)著称，学院一般都不建议要找工作或基础不好的学生选这门课。事实上每学期选他课的学生数很少，毕竟大家都不想在第一学季过分为难自己。我说你选这课会不会有点自讨苦吃啊，她却坚定地说：“很值！我觉得这课和别的课不一样，虽然一下子没什么实际用处，但让我每周花很多时间去想一些简单问题背后的不简单。虽然很折磨人，但我确实被迫思考了很多”，她又叹了口气说，“不过期末这道论述题太难了，我一时还没想出答案”。我便不说话了，为了省事，我第一学期给自己软着陆，没敢选太高级的课程。但Shweta这种给自己找麻烦的思想严重影响了我，人有时候还是得给自己找点罪受。

到了找工作的时候，好多同学都好几条腿走路，什么行业都去投一下，全面撒网。Shweta 只投了三家策略咨询公司，我比她还着急，我说不保险的，得有个备选计划啊。她也无奈地看看我，说“别的我都不喜欢唉”，这小姐脾气上来了，谁都拦不住。真到面试时，她出师不利，连续失败了两家，等到第三家时，我都提心吊胆，她却真沉得住气，轻松地说，“前两家没 Chemistry(感觉)，希望这家会合适。不然我就去旅行了”。只能说她的运气确实不错，唯一剩下的赌注中了，而且一直到第二年她也没有在找工作这件事上纠缠过得失，可以说比起大多数同学来节省的精力和时间不是一点半点。第二年，当我又从投行折腾回咨询一轮完毕后，和她一起在学院里喝咖啡，我好奇地问她为什么不想多试试不同的工作，她一脸疑惑地反问我：“为什么所有人都建议你暑假尝试下 A，不行再回来找 B。我觉得从一而终最有效了，生活可以简单很多。”我又被噎了一下，对她这份笃定十分艳羡。

毕业典礼时最后一次见她，也见到了她的未婚夫，一位法国绅士。对此唯一的遗憾是因为档期不合，我未能在毕业后如约参加她的印度旅游式婚礼。最后离开学校时，我们闲谈到感情，我问她如何处理多年来聚少离多，两人又都个性十足的关系。她没有片刻停思，接口说：“Trust, and the freedom to be yourself in front of him. That's all.”(就是信任，以及你在他面前可以成为你自己的自由)，我一直记着她这句话，因为总结得太好了。就像安妮宝贝说过的一句中文版总结：“有力的感情，是从容不迫的，也是清淡如水的。相信彼此有漫漫长路可走，可以说完心里的话，做完想做的事，且还会有无数新天新地逐一展开。”

两年下来，我觉得许多人，包括我自己，都或多或少地沦为商学院的奴隶，不由自主地被它牵着走了很长时间，甚至会一度陷入迷失。而 Shweta 是我在这里见过的胜者，她一直能驾驭自己的生活，是自己学习、事业、爱情上的主人。也许就是这种坚定的从容总让她无往而不胜。

三人行，必有吾师

两年中结交到一批好友无疑是来读书此行中最大的收获，尤其是几位中国同学。我们那一届与后面同学不同，当时几乎所有从大陆来的学生，大概有二十位左右，都碰巧入住在海德园附近密歇根湖畔的一栋国际学生公寓里。我们那一届的感情之所以特别好也是因为夜间组饭团所致。当时第一学季大家都很忙，也都不想天天吃美国食品，所以就按五六个人的规模组成了几个饭团组，一周轮流，每个当天轮班的同学就负责烧一顿可供这么多人吃的晚饭，至少三荤三素，有了规模效应，大家反而可以吃得好些，也都整体上省力了。这个计划居然一直执行了整整一季，我们这组里还有四位男生，好几位以前都没有摸过铲勺，实属不易。大家的厨艺不用说也均有显著提升。因为大家都住在一个楼里，每周基本上都必然有在谁家打牌或聚会等活动，所以一来二往，大家的感情就深起来。听说后来读书的中国同学，经济条件更好了，全都分散地住到市中心去了，虽然生活更便利，但相应的同学间的感情也有些渐行渐远。

毫不夸张地说，遇见的每位中国同学都很优秀，但风格不一。两年里，不论是从学习小组，饭团组，求职小组，还是从其他活动中，我都或多或少地受到这些密友的影响，对人生观有很多促进。

首位室友——精诚所至，金石为开

几位室友对我的影响都很大，尤其是第一位室友佳佳，与我住了一年之久。我和佳佳在上海就认识，从前就是校友，说起来很有缘分。我最初的印象中她是位娇气的大小姐，记得我俩说好一人带个炒锅，一人带个蒸锅来美国，结果她就给生生忘记了，反而带了一个硕大无比的公仔玩具，让我第一天就气不打一处来。偶尔她在房间里看到一只蜘蛛，也会吓得魂飞魄散。

但越住得久，我越佩服她。她身上有一种不达目的誓不罢休的精神，而且她绝不会为无谓的事浪费时间。在小尝学校滋味后，她就调整战略，可去可不去的社交活动她一概谢绝，把时间都留下来给自己睡觉用。另外在找工作上，她作出了转行进入资产管理的决定。这是壁垒相当高的行业，美国基金虽多，但在商学院招外国人的名额每家都是个位数。她没有相关背景，既属于外国人又是女生，照理说实在没有什么优势。但她深思熟虑后决定这是她唯一向往的工作，不再妥协。大家都替她捏把汗。而两年后她的求职故事被我们常常引用，谁说不是精诚所至、金石为开呢?

佳佳作出决定后就将所有的课程和课余精力都转换到与之相关的方向上来。一开始找实习时她向各大基金公司投出简历，均石沉大海。最后也算运气不赖，得到了一间投行旗下资产管理部门的实习工作。虽不是她最向往的买方工作，但总是一个好的开始。我们那一年夏天，正值金融危机全面爆发。她在华尔街干了一个暑假后，没有得到全职工作的邀请。回来第二年，我以为她要放弃了，她却说比以前更确定要干这一行。第二年开学，她和我们一样投入到茫茫的求职大军中，一轮接一轮的面试，但结果都颗粒无收。这个结果也并不十分出乎意料，好在她可以回原来公司，在大家看来也没什么太大损失。但是对佳佳来说，理想未能实现无法接受。她依然在第二年的后半年里坚持给余下的各种小型基金发求职信，联系各种校友。那个时候，差不多找工作的事大家都尘埃落定了，有时间大家都出去旅游了。她却还是没有放弃，有一天早上，她和我说，有一家刚成立的对冲基金收到她的申请，愿意给她一个面试。我听着总觉得不太靠谱，但知她心意已决，就鼓励她去试试。过了一阵子，她说面试有了回音，这家基金愿意给她一个二年级的暑期实习机会，但只是实习，不是全职聘书。我一愣，觉得也太过分了。没想到她说：机会难得，我还是要去。我很吃惊她愿意再做一个第二年的毕业实习，她又不是没有工作，这真是挺给自己找罪受的。在那一刻，我觉得真是什么都挡不住一个人最真切的热爱。那个暑假，我们回中国工作的都纷纷打包退房，留在美国的同学也大都离开了芝加哥。佳佳独自踏上了去纽约找短期租房的征途，我当时看着她也有点辛酸。

到了这一年的9月底，我和佳佳竟然在北京华贸吃上了晚饭，我又一次被震惊了。原来她干了三个月后，这家基金公司据说对她表现很满意，但一时没有移民工作名额，所以她无奈之下只好8月回国，重新加入了以前的公司。那时正好她来北京做新的项目，我也开工不久，席间她踌躇地说，“你知道吗？我昨天刚收到通知，那家基金公司刚刚帮我申请到了新的工作名额，给了我正式的工作邀请，要我10月份去美国报到”。我一下子回不过神，飞过一个太平洋毕竟也没那么好玩。我们道别的时候，她虽然说她需要再慎重考虑，毕竟她的未婚夫在这里，她的老东家刚续约，如果真答应了又会是一团乱麻。但看着她倔强的背影，我预感她一定会答应。

果然，国庆节过后，佳佳又飞去了纽约，这一去就是三年。去年夏天，她作为这家基金的亚洲代表回来协助开设新的香港办公室，可算是荣归

故里，有了一个完美结局。这是我亲眼见证的求职故事，有许多同学唏嘘，如果当年也能够再坚持一下就好了。是的，佳佳与其他同学相比，只是多了一点点坚持，就是这不屈不挠的一点点坚持，使她有了一个华丽转身。她曾经说过，如果当时不抓住这个转行的机会，窗口期一过即逝，以后就更难了。此话不假，许多同学当时图一时痛快，签了投行带着高额签约金的卖身契，三年后发觉工作的满足感与佳佳相差甚远。

J. K. 罗琳借哈里波特的口说：We must all face the choice between what is right and what is easy.（我们必须在正确和容易的选项前作出选择）一时求正确，可以使长久的生活反而很简单；一时图简单，却可能长期都受折磨。

我们的主席——人不可貌相，姜是老的辣

老尹同学其实一点都不老，来学校时也不过三十岁。大家一开始称他老尹是因为他与我们大多数同学气质不同，在证监会浸泡了多年后，举手投足间都带着国家领导干部的沉稳风格。毫无悬念地在他当选中国学生会的联席主席后，我们都开始索性叫他主席，毕业到今也未改口，可见其影响力。

我对主席的敬意是慢慢形成的。入驻公寓第一天，主席便冒昧来我家探访，也是一年后我才无意间得知那天他来主要是来讨吃晚饭的，怎奈我们当时家徒四壁，百废待兴，都准备着随时泡面，根本没想要开锅。当时我只好给他倒杯水，坐在空无一物的地毯上闲聊了半小时。主席当时笑眯眯地问长问短，有股国企作风，和我以前习惯遇到的外企小白领完全不同，也全然没有什么一见如故的感觉。把他送走后，我觉得以后学习中应该和他也不会有很多交集。许多同学与我的第一印象相同，我们二十余位录取的中国同学中国家机关背景的就属他独树一帜了，想当然与他

的共同语言一定不多。而且，说实话，当时来自各种外企的我们还都有几分小清高。

但是主席的过人之处在于他高超的情商，以他的话来说这几年给领导端茶送水的功夫不是白练的。所以他虽然英文与学习基础一般，但因为与人关系好，都能混进很强的学习小组中借力。在找工作时，他更是棋高一着。主席知道这些投行与咨询之类的行业是个青春饭，不适合自己，所以从来也没感过冒。他慢悠悠地等着大家都告一段落了，开始利用国内关系找起私募基金和风投资本来，这两个行业本来就喜欢年资稍长的同学，而且面试基本就是闲聊看感觉。这就对了我们主席的胃口，按他的说法找他作个财务模型他不一定能很快完成，但聊聊天还是绰绰有余的。就这样，主席一聊就聊进了两个声名卓著的基金，让人大跌眼镜。在大家都丝毫不敢大意、做牛做马的那个夏天里，主席却说他在两处均混得很轻闲，真真气死人。

一开始，我们走技术派的都还有些不服气，觉得在这个拼不了爹的时代，出来混不就是看出身，看背景，看技术是不是过硬么？逐渐地，大家也都发觉与人相处、管理团队与洞察环境的能力才是最难学到的，也是走到上层最需要的领导技能。两年中，主席的这种能力已经发挥得一览无余。比如，他永远是男生里面的八卦信息源，所有的女生都愿意找他说心事。他买了车后，非常乐意带同学四处购物和旅游；平时经常号召同学打桌球和高尔夫；推荐给我们看好看的电影、电视剧和 TV Show；告诉我们哪里开了新店，有什么好礼品可买给父母等等。总之，也许他口语不比我们强，但他绝对比我们更深入了解美国文化，而且更懂得体察和照顾同学，办事妥贴到位，亲和力更是好得令人惊讶。另外，由于他过去的工作背景，主席懂得中国办事的特色文化，他通达的人情世故经常令 80 后的我们汗颜。

毕业后，主席在哪里，哪里就有聚会。他是我们这一届的纽带，他在北京、上海和香港都经常组织活动，宴请同学。席间他又很多次指点江山，令我们受益。比如一位同学在一家不错的公司里工作，顶头老板人很好，但能力不济，不知要不要换工作。主席干脆地点明："直系老板重于一切，换不了就走。这是对事不对人，不妨碍你和他做朋友，只是他不适合做领导。"另一位同学在谈一个国企项目，想要见面时与负责人示下好，但送去茶叶都被退了回来。主席一笑，说"原来你们还不会送礼啊。中国第一次送礼的精要在于第一，不要太金贵，否则不适合一开始的交情，人家收不下；第二，中国人含蓄，情意不需特别挑明。尤其不能当着人家一大队人的面说什么我的礼在这里。可以把东西不露声色地放下，回去打个电话告诉别人一声就好。或者现在物流时代，要张名片直接递过去就行。人家万一不喜欢，也大可以退回来"。一席话听得我们目瞪口呆，感叹自己做人需要学习的地方真太多了。不仅中国，其实哪里不是人情社会呢？商学院里我们再如何精于算计或在商言商，最终我们都是和人做生意，打交道，过日子。人格魅力之显著特征之一，就是会察言观色，以及那总能适时流露的浓浓人情味。

大勇哥——大智若愚，决不输势

入学不久，我渐渐收起初来乍到时的轻狂之气，尽量和一些来自不同背景的同学走到一起，取长补短。当时二年级有几位师兄也都给了我莫大的提携，其中大智若愚的大勇哥真乃一号人物。

据二年级师兄师姐所言，大勇哥来时也和我们这届的主席一样，因为来自国有银行，愣头愣脑，长相憨厚，大家对他要找咨询工作的想法总不抱什么信心。我第一次见大勇哥是找实习取经的时候，当时他已经成功找到了麦肯锡和波士顿咨询的工作。他给了我一份自己的简历作参考，我不觉一惊，因为上面写着他是学院公开演讲社团的联席主席，让一个中国人作这种社团的主席真是太不寻常了，何况我丝毫没有觉得大勇哥的英语能力有何过人之处。我脱口而出，“你很会公开演讲啊？”大勇哥哈哈一笑，说“好玩吧，这个社团是新的，是我组织成立的。我觉得就是因为自己弱，所以才要练么”。我一下子肃然起敬，暗暗觉得这位师兄心底的能量不可小觑。

最让我受益的是他对我进行的求职辅导。当时我找别的同学模拟了几轮面试，感觉不错，有点轻飘飘。不想和大勇哥一聊，他皱皱眉说，“还是不够火候，不能保证一击而中”。那一刻，他简直像个预言的大法师。我有些沮丧地问他是怎么准备的。大勇哥谦虚但无比诚恳地告诉我：第一，他自己商业根基一般，所以就下苦功把学校能提供的案例都研习了不下三遍，每种问题的破解关键他都记住；第二，他把每种案例的破解都尽量归结到某个数学公式，可使自己说的时候有条理，而不至于遗漏；第三，他说前三分钟最重要，又快又准就能气势如虹，在一样解出案例的前提下，解得越快自然越好。向他取完经，突然发觉真还差得远。另外，我觉察到一个人的短处也可能就变成他的长处，反之亦然。比如，大勇哥的英文口语表达力一般，所以他的说话风格非常言简意赅，没有一句废话，句句切中关键，反而让人觉得此君很有城府，智慧过人。大勇哥并不是那种自来熟的人，他总给我博大精深、韬光养晦的感觉。因我对他佩服得紧，所以就厚着脸皮多去讨教。大勇哥后来几次对我的“教育”更为形而上了。他颇有军人的风范，告诫我不打无准备之战，上了战场一定要有必胜的信念。按他的话说要有“必须拿下”的心理暗示。果然，我们许多同学后来都把这句话当成面试前互相激励的精神鼓舞，十分管用。有时人与人就差在那一点气势上。

毕业后，大勇哥是同届中晋升最快的，我丝毫不以为奇，早在商学院

我就看出他的“董事”架势。商学院的同学是个宝藏，不是每位同学都像主席一般会主动靠近你，如有机会，你应该打开心灵，多去主动挖掘与你不同的同学故事。成功的滋味或许都差不多，但走向成功的方法因人而异。这里人人平等，同学之间的不同不过是闻道有先后，术业有专攻。如果有心，你可以经常感受到听君一席话，胜读十年书。

校友何其多

校友文化在西方十分盛行，校友管理也成为高校一个单独的部门。从需求方讲，由于美国私立高校校长的主要职责就是筹款，所以与校友保持密切联系很有必要，毕竟他们是最有可能为学校捐款的人士。这些学校的捐款管理在美国是一支庞大的专业基金分支(endowment fund)，我们在商学院里还专门学过耶鲁大学基金管理的案例。而从本身供给方说，美国高校数目众多，抱团心理也很突出，尤其是本科校友的纽带最为紧密。社交聚会如果碰到校友，就会立即减少尴尬，至少可以就学校经历聊上半天。

我第一次接触芝大校友就是在申请商学院的面试上。芝大与很多商学院一样，都采用了校友面试的方法，给申请候选人提供进一步了解其他校友亲身体验学校的机会。老实说，我当时申请不同的学校分别见了每个学校的校友代表，个个都基本亲切和蔼，讲起学校来眉飞色舞，一时间环肥燕瘦，不分伯仲。第一次对校友有感觉是接到一个当时二年级中国学生打给我的录取祝贺电话(学校除了招生办打一次，还会让学生再打一次)，那位师姐回国还约我吃饭，还没去美国时就提供给我大量信息，甚至包括打包行李的单子。找到组织的感觉当然很激动，但那时更多觉得中

国人之间抱团是理所当然的，相对来说，我们总是这里的弱势群体。

而真正体会到校友网络作用的时候是在求职过程中。写商学院申请文书时，总会提及贵校有如何庞大的校友网络，相信日后可以助我一臂之力，而事实上总觉得与我何干，别人不认得我为何要帮我？所以总当这是一个学校宣传的噱头。而到了求职阶段，职业管理中心的老师经常来给我们开各种讲座，传授在美国找工作的诸多方法。有一讲就是关于校友，教我们找校友，查校友录，然后厚脸皮写电邮或直接打电话。我们几个中国人听完都互相嘀咕，这能行吗？不会太唐突吗？总之，这件“厚颜无耻”的事与我们从小受的凡事多靠自己少求人的理念多少有些冲突，因此没怎么身体力行。直到有几位同学后来和我分享了成功的经验，他们找的工作不是商学院的主流如咨询及投行之类，而是一些小的基金或专业型公司，而这些机构每年招的人很少，更不会花成本到学校来大张旗鼓作什么宣讲会，所以都得靠自己去联系。这时候，校友就发挥出了巨大的敲门砖作用，如果查到这间机构里有校友，那至少写信过去问询就可以拉拉近乎，探听情况。事实证明，校友大多数确实很热心，回复率相当高，令大家颇为感动，有些校友还特地会打电话过来给你些意见，对我等来说简直是受宠若惊。回想中国完全没有校友管理的概念，一来没地方查校友的去向，二来就算知道了联系方式，回复的可能性估计也不高。在这里，校友圈子的维持是教育理念中重要的一环，回报学校是毕业后应尽的义务。为什么风险基金业由斯坦福毕业生长期把持，大牌私募基金里近八成都是哈佛的毕业生，其中自然有肥水不流外人田的校友心态。

学校对校友的最大指望当然还是捐钱，毕竟大多数私立学校都得靠资本运作。最登峰造极的体现就是第二年毕业前的准校友捐款事件了，所谓 Class Gift，就是每一届学生毕业前向学院捐款的总额。收到这封 Class Gift 邮件的时候，我真的以为是发错了。我这头交着学费还没毕业

呢，怎么这么快就来打劫了？大家无不愤慨，大骂黑心的资本主义压榨我等的剩余价值，于是众人决定置之不顾，捐款再怎么说总是出自自由意愿，何况我们当时一穷二白，大多数人都背着高额学债。这时候我目睹了商学院高超的市场营销手段和项目管理能力，每周学院筹款办公室都会给我们全体发信，跟进捐款事项，一开始大家还哂然一笑。到后来每周学院开始公布每个Cohort（相当于一个泛泛的班级概念，入学初大家都会被分到一个80人左右的虚拟班级，方便分批领导力培训）的捐款进度，不仅有捐款人数的百分比，还有哪些同学捐款的表扬名单。更阴毒的招数是到了末尾两周，邮件中开始统计每个班级还有多少学生没有捐，这时候各班没捐的大都是个位数了，而有个别全体都捐了款的班级还得到点名赞赏。完全是迫于群体压力，我们最后都乖乖地捐了款，虽然数目不多，但好歹是尽份心意。最后一周，学院还会将这一届的总数和近几届作对比，期待能鼓动大家再掏腰包，再冲刺一下。这时我已对学院老奸巨猾、运筹帷幄的手段佩服得五体投地了，怪不得每一届差不多都能做到斩尽杀绝，一个都跑不了。

从毕业的那一天起，每个人都更新了在线校友录，我们的学校邮件也自动转了属性，变成终身校友性质。开始时不时地收到各种学院近况与各地校友活动信息。毕业后同学们奔赴全球不同城市，加入当地的校友分会。分会继续作为联系毕业生的纽带，这种系统性的校友管理使得校友网络长期富有活力而日益庞大。我记得毕业后初到北京工作时，就急忙加入了北京分会，拜见了分会总舵主，得到了日后不少求职交友的好处。最令我吃惊的是曾去交流学习的伦敦商学院，想我呆了不过三个月，伦敦商学院俨然已把我当成他们的正式校友之一了，不惜血本地往中国家里隔三差五地寄各种宣传册和信件，那个学院的邮箱由于很久不用，偶尔登录，发觉都快爆了，这份盛情真有些难以消受。

学院招生的态度在我毕业那年后也发生了转变，招生办希望启用更多的年轻校友作为招生面试官，因为这些新鲜毕业生对商学院的印象更与时俱进。所以我也开始收到成为面试官的邀请，之后我在北京连续两年为芝大商学院作招生面试。也是那个时候，我有机会翻看着学院发给我的面试表格和守则，才对考核一系列领导力与个人品质的要求有了更切身的体会，尤其是学院告诫面试官代表学校形象的诸多注意事项。这是一场双向面试，学校在选学生，学生又何尝不在选学校。余光中先生在写故乡时曾说，你走在异国之地，你就是全部的中国。我站在那边，也就是学校那刻的唯一大使。心理学上有一种偏见效应，称为 endowment effect，即人总是倾向认为或努力证明自己拥有的东西是好的，比如去的学校，学的专业等等。一个人不能同时跨入两条河流，我只来过一个学校，又如何能真实地评论别的学校？但是我深信每个人对世间的各种体验都是一种双向影响的过程。每个学校基因文化不同，也势必会改变一部分的你。选校未尝不是一种缘分，而你也应努力在每段时光中为世间、为机构、为别人留下自己的印记。

等待戈多，愈战愈勇

这世界辽阔，我总会实现一个梦……

改无止境的简历

商学院重头戏毫无疑问的是找工作，两年中大家学习与讨论的中心都或多或少与求职有关。只是大家都没料到这场游戏从入学第一天就拉开了序幕。学院职业中心办公室在还没正式上课前就发出了邮件，要求新生开始写简历，一个月内上交，打算来学校暂时休个好假的春秋大梦瞬间就破灭了。在接下去的这一个月中我的日历上充满了关于如何写简历的多个讲座，以及多轮一对一的修改预约。

起初我不以为意，修改无非是些皮毛修饰工夫，一个人原来怎么样还应是怎么样。还记得某天早上八点，我极不情愿地早起到学院听第一次简历撰写的强制性讲座，然后我不得不说西方的职业管理教育确实无比细致和实用。职业办主任上来第一句话就是，“简历是一页纸，也是你这一生最重要的个人广告，请你好好想想你将要如何推销自己”。事后，我们每个人简历改了都不下十余遍，千锤百炼后，不说丑小鸭变天鹅，也确实有脱胎换骨的功效，令我一改之前的陈见。我在这里学到的技巧不仅帮了自己，而且对我以后成为面试官看待别人也颇有用。写简历确实是一门学问，具体战术上的秘招很多，但战略上有几点特别关键：

- **必须要生龙活虎**：西方面试官大都只看纸的左边一半，即每一个短句的开首语特别重要，一开始如没抓住读者，后半句可能就没用了。因此，商学院会特别教我们一串简历专用动词，这里忌讳用名词起句，总期待你的形象主动而热情。我记得每次上讲座，都会发三张动词使用讲义给我们参考，这些词都是"大词"。诸如"整合"、"谈判"、"构建"、"带领"等等，基本上既要显出领导力，又要显出专业技能，且彼此间都不重复。经过这些"大词"的提升和精心布局，每个人的经历一下子都上了一个台阶。
- **必须要引人入胜**：资深的面试官还喜欢由下往上看，即从最后一栏"个人喜好"或"其他"开始提问或闲聊，拉近大家的距离，而对前面冠冕堂皇的教育与工作经历先置之一旁。往往这个结尾部分会成为意想不到的闪光点，所以千万不可掉以轻心。我在美国面试的时候确实如此，许多高管专门和我扯爱好，比如旅游、书籍等等，有的几乎没问任何专业问题。如果你有独门必杀绝招，必须写上！许多美国同学的简历搞怪程度常常令人瞠目结舌，比如在最后写道"爱美食，曾吃下过活蚯蚓"，"爱旅游，曾在中美洲岩洞里彻夜探险"。我也受到影响，把什么夜游撒哈拉都写上了，好让自己的简历多一点"爱恨情仇"的个人色彩。
- **必须要言之有物**：简历虽然要润色，但只要落了笔，一点是一点，每一点都必须要言之有物，干了什么事，在什么背景下，达成了什么效果，用了什么方法等等。如果简历上的内容被问倒只能自己认栽。按职业办的话说，每一句话展开都是一个丰满的故事，请大家好好回家演习，最好能倒背如流(know your stuff inside out)。人人都不敢怠慢，回家盯着那一页纸翻来覆去地说自己的故事，来龙去脉，起承转合，前因后果，一样都不敢落下。二十来年的生命线索就这样被反复提炼和折腾着。

- **必须要有的放矢：**西方在任何写作上都讲究 audience awareness，即观众意识。根据不同受众，所写的信息都需要调整。因此，对简历来说，你申请的工作方向决定了整体的语调、用词和选材。比如选择管理咨询工作的同学，一切都要往团队合作、分析及演示能力上靠，而倾心资产管理的同学，都往个人投资、数学建模、宏观经济分析上看齐。有多手准备的同学都会写出几个版本的简历，供不同行业所需，见招拆招，有备无患。
- **必须要有所取舍：**忍痛割爱也是必经的心路。无论你年纪多大，经历如何丰富，只有一张 A4 纸的空间，人人平等。所以写什么、不写什么是一个重要的战略选择命题。尤其那些工作时间与学历较长的同学，都恨不得把多个成就揉进一句话里，纸的边距也往往设到窄得不能再窄。空有满腹辉煌却写不下，这简直就是不可容忍的抢劫。

回想当年，对照着历年校友数据库，字斟句酌一番，做到各方面都浓淡有度后，自我感觉不错，感到终于大功告成了。谁知道第一轮就被职业办的助教改得鲜血淋淋。老美修改都用红笔，所以显得分外触目惊心。我小心翼翼地接过来拜读，不得不佩服他们的细心程度。大到中心思想、遣词造句，小到从字体的大小写和标点符号都给我一一改了出来。在这里，最平常的简历也都势必经过三轮修改：学院职业办一轮，配给你的学生导师一轮，参加的各种职业俱乐部每个都至少有一轮。大多数人会再找二年级的师兄师姐再接再厉地改，给至少十个人修改过决不是什么稀罕事。而且似乎有永无止境的趋势。开学那会儿，见到个二年级的同学口头禅都是“什么时候有空帮我看看简历吧”。因为每个人的角度都不

同，每个人都有新的反馈，因此总是改改不停。到了后来，其实也没什么可大改了，都在研究页面和字体的美感问题，大家都变得有点神经质了。

对于这块敲门砖，商学院让我们见识了如何精雕细琢都不为过，因为谁都不想、也不能输在“起跑线”上。

武装到牙齿

西谚有句话叫做武装到牙齿(armed to teeth),意思是准备得很充分。拿它来形容商学院教我们的求职准备,真是一点也不过分。

即使一个以前没什么求职经验的人来了西方商学院后,经过系统化的强制性加工工序,也很难不成为一个求职达人。在美国,面试是一项基本技能。不仅是正经的全职工作,他们平时申请学校、做义工、参选学生会等工作,哪一项都需要面试。这些美国学生从小到大简直是一路面霸过来的,和我们久经笔试考场不同,他们能说、能侃、能包装。入乡随俗,我们只好老老实实地从学写简历开始。

简历关过后,就是求职信(cover letter),在中国这玩意儿好像没啥用,但在美国这封信也是敲门砖,写不好也就石沉大海了。求职信里关于自己的介绍都好写,最难的莫过于“套磁”部分要如何显示自己与这家公司之间的亲密关系。这就是为什么在求职前,公司会来学校办这么多场宣讲会或者派许多大使来进行一对多或一对一聊天。前面这些功课都做足的同学,这时候手里就已拿了一叠名片,再不济也可以在信里把见过的公司职员的名字一一写上,以套近乎。

在写简历和求职信的时节,学院的图书馆里总是人挤人,大家都在狂

借各种 Vault Guide(美国职业行业指南系列丛书),希望短时间内能了解更多行业,搞清楚自己的方向。见面了最多的问题就是你找什么方向啊,于是人以类聚,新生就迅速分成了好多群体。学院求职办人手不够,发动了广大落实完工作的二年级"元老"们坐镇,给新人们讲解各种行业心得,新生们可以进行一对一预约。

求职信和简历一起发出去后,就静候各类面试邀请了。这期间,学院和社团又会给你安排各种练兵。其中,芝大最有特色当属 Winterview 和 Mocktail 了。

Winterview 与平时个人练习的面试不同,是商学院在冬季学期组织的一次集体周末活动,所有新生都要参加。大家根据自己求职的 Plan A 主方向选择分会场。上午职业办的不同老师会来讲针对所选定该职业的就业大势和面试的基本流程。二年级学生还会当场演示模拟成功与失败面试的例子。下午开始,职业办就替你配对,一对一进行两次个人模拟面试(由二年级同学担任模拟考官),还会当场拍下录像带和写下评分表,送给你回去看。最后就是秘笈大派送,把多年来各种行业面试常见的各种问题都分门别类地打印出来,供你采集。

其中最管用的就是那盘录像带了,平时从来没做过这样的练习。回家忍不住打开看看,自己的表现真是不忍卒视。就像求职办老师说的,请一定回家看,自己看自己最有用,能发现许多以前被忽视的行为表现。果然,你的姿态、语速、音调、面部表情等等都在录像带里一览无遗,令自己心惊胆战,大家那天回去看了基本都崩溃了。直面缺点虽然痛苦,但总是好事,还有时间改正。有一些异常勇猛的同学还上了瘾,继而又去职业办再约职业指导师,一次次录像,一次次自我修正。商学院这时就差没有在大堂里贴上广告词:今天你 Mock 了没?

另外,还有一场 Mocktail 也令人焦灼不安。所谓 Mocktail,就是仿真

酒会。美国许多行业的大公司在面试前后都会安排一个城市或学校内的酒会，邀请入选短名单的同学赴宴，说是鸿门宴也不夸张。当天学院里的一楼大厅改造成酒会式，周围放满了小食和美酒。你不仅要穿戴正式，手握香槟，而且要能自如地游走在场中与不同的人攀谈。严格地说，这是另一场行为面试，公司在观察你为人的社交处世能力。这场酒会大多数中国同学回想起来都觉得遭罪，你全程得风度翩翩地站着，不能坐，不敢吃，发给你的酒也只能在聊天时象征性地抿抿嘴。可是你也不能就那么杵着，得察言观色地伺机找圈子聊天。说话也不能太多，忌讳言多必失，喧宾夺主。总之，一年级新生们那天都如站针毡，而来帮忙当模拟面试官的二年级同学那天肯定是心情最爽的人，一下子摆出虚拟的银行家或大老板的派头，等待着一年级新生期期艾艾地向前来讨好自己。你说虚伪也好，矫情也罢，既然来到这场游戏，就尽量不要扫兴。事实上，我在后来面试中确实应邀赴过几次晚宴，不知道是心理成熟了一些，还是那些晚宴设置没有学校仿真的那么有气氛，我还是把学校的建议搁在一边，放开肚子吃了东家宴请的牛排、生蚝等贵重食物，不管有没有 offer，真正的美食怎可辜负，这也算是对之前那场饥肠辘辘的 Mocktail 的一点自我补偿。

等到面试季开始后，求职办又紧追不舍地发来邮件跟进大家，比如善意提醒大家要记得发感谢信，而且细致到连感谢信的多种模板也帮你写好了。我真是哭笑不得，好吧，写感谢信虽然我一直不知道有多大用或者会不会反而招来反感，但这里作为一种礼节，别人都写我不写那也是亏了。话说感谢信还真是不好写，既然要写，就不好只写一句干巴巴的“谢谢”，多数还得回忆出一些见面聊天的细节，跟进某个谈到的话题等等，为了区区一段话，不免仍要搜肠刮肚一番。怎一个累字了得！

工作细到这般田地，求职办不可谓不尽心，也不敢不用心。好歹我们

也是学校的"产品",不给这些产品加加工,找到好买家,对商学院排名和声誉也会受损,尤其"滞销"会让求职办抓狂。近年来中国大陆学生的录取人数有所上涨,窃以为也是这批"产品"好销的缘故吧。

Trek，又见 Trek

在投完简历与求职信之后，与正式面试之间有一段空档时间是暖身期，往往公司会派些代表到学校来见见学生聊聊天，但更常见的是学生自费组团去见公司的所谓“trek”活动。尤其在经济不景气的时候，学生沦为卖方市场，只好自己主动贴上去。这一步在美国很重要，美国人不爱听媒妁之言，喜欢自由恋爱，一定要是双方之前先对上眼，把背景、动机与个性了解一番后，才考虑要不要进入面试阶段。

对于这种找工作的前戏，中国同学一开始都不太适应。不就是找个工作么，居然还有这许多一套套的所谓“文化合适性”(culture fit)的社交活动。商学院的 trek 大多由各个学生社团组织，种类极多，年年规模较大的有西海岸的高科技公司团，华尔街的投行团，纽约的 500 强公司团等。对于中国学生找亚太区的工作来说，每年也少不了热闹的香港的金融公司团，大陆的咨询公司团以及私募与风险基金团。

第一个冬季假期前几天，也是各大 trek 团报名截止期。真的这么快又要回去么？我还想利用假期在美国过过圣诞呐。“一定要去吗？”我天真地问询二年级师兄师姐们，得到的一致回答是“真的大牛不用去，去了也无非就是混个脸熟，能确保上面试名单”。这话听着都像是种鸡肋式的

威胁，搞得谁都不敢不去。而且因为 trek 都发生在冬季假期里，大家都只赶在圣诞节前选一个去，有时 trek 还有人数限制，不是所有报了名想出钱的同学都能去。这时候，竞争意味就第一次突显出来。更夸张的是对每一个 trek 还要竞选团长(trek leader)，一般两到三名同学管一个团。这些团长负责事先联系各大公司，安排时间等各项具体落地事宜。考虑到团长有先接触到公司的近水楼台优势，竞选团长顿时又成了大家第一学期为找工作这件事最先竞争的目标。经过芝大市场化的选课制洗礼后，大家这时都对商学院资源有限、竞争为先的真谛早已了然于胸。

我在美国和亚洲之间犹豫了很久，最后报名参加了香港金融团的 trek，准备去见识一下。买机票的时候价钱已经很贵，只得感叹商学院里绝对是抢钱没商量，你还得乖乖地去，有种人为刀俎，我为鱼肉的凄凉感。那个假期大家可以说一天也没有休息，从期末考试周最后一天飞去香港，连着十天从早到晚会见各大金融机构，真比读书还累。每天穿着套装，人模人样地从这家银行到那家银行听各种宣讲会，准备好提问，与代表聊天，与校友喝茶。因为往往是几所商学院联合举办的见面活动，人潮汹涌，只好一路站着，虽然不乏免费酒水和小食供应，也都顾不上吃，在人群里找到个人聊上天都极其费事。中饭就是去茶餐厅快快解决，晚上回到借住的同学家，虽然肚子不饱，但连吃一碗鱼蛋粉消夜的心情都没有，急忙翻看明天的行程，去哪家公司，可以找什么人。香港这些公司的办事效率极高，这十天中还穿插着几个第一轮面试。往往今天见过的银行，第二天就让你去面试了。所以大家那几个晚上都没出来聚餐聊天，只顾着准备面试了。脚再酸痛，睡得再少，第二天还是闹钟一响，就得跳起来，打扮得像朵花一样继续精神十足地向一家公司进发。十天过得跟上了发条的陀螺一刻转个不停。

老实说，这些公司安排的介绍会和代表聊天其实都没什么营养，大家

每天只对一件事最关注，就是进门签到，好歹让人力资源部的经理知道来过了，好把自己排上面试短名单。实际上好多人签到完就溜去别家面试了。对于来和我们见面的那些银行家代表来说，他们也多半是工作得累了，找个时间出来与学生聊聊，调节一下心情。按后来我工作时带我的一位投行同事的话说，“招实习生就像每年的选秀，我有空也想去聊聊天，看看今年有没有什么美女”。一句话说得我半天接不上来，敢情我们原来就是一群秀男秀女啊。可不是么？商学院毕业生每年都是大量地批次生产，在招聘市场上简直就算是大宗商品交易。像投行这些地方，每年流水的兵就靠像我们这样的一批批填充进去。面对资本主义环环相扣的力量，我只能暗暗感叹自己在这个工业化时代的渺小。

拖着疲惫的身躯回到芝加哥，再次倒完时差后，新学季便开学了。见面后大家都在讨论各自不同的 trek 见闻，比如那些和华尔街高管们吃的饕餮早饭，在硅谷办公室看到的巨大鱼缸和游艺室等等。也许 trek 的唯一好处就是让我们在商学院开学后又一次回到了现实世界，预先展示了两年后的可能的生活情景，有了第一手的体验。有些同学参加完 trek 后，像醍醐灌顶一般，无论是完全改变了求职方向还是更坚定了选择方向，前戏的这笔旅费倒真是值了。

等待戈多——必经之痛

毋庸置疑，西方商学院的生活压力确实很大，大到什么程度只有过来人才能会心一笑。从两年的时光来看，对于要找工作的大多数同学来说，前六个月中融入异国文化、开始各种课程以及实习求职这一系列摩肩接踵而来的重压生活，绝对堪比铁人三项运动，属于令人窒息的魔鬼季。

我来商学院前本来是一个不怎么喝咖啡的人，除了以前上班为了出个通宵报告什么的才有可能去喝上一杯。到了这里开始养成了日常喝的习惯，倒不是因为入乡随俗，完全是因为真的生理需要。开始一个月我看着室友每天能喝下两杯星巴克的超大杯咖啡感到无比惊讶，一个月后，我也开始睁着睡眼惺忪的眼睛频频跑到学院里去打咖啡了。每天不足六小时睡眠，不喝咖啡提个神早上八点半的课根本听不进去。这一喝不会上瘾吧？我总是会嘀咕，室友安慰我说："怕什么，咖啡利尿，是好东西。"我就顶着这句话一路喝，但是边际效应也开始越来越小，提神的效果也日益稀落了。到了面试期时，大家手里捧的都从一开始的普通淡咖啡升级到了 double expresso，就差没去买红牛了。我曾经跑到学校的各个学院里用过餐，侦察过各学院的食品货柜，只有商学院和法学院的饮品柜各式冷热咖啡占了绝大多数空间，别的学院都是果汁、茶水互分天下的一派和谐

情景，尤其是神学院，全放着有机草本饮品，果然离上帝比较近啊。我们商学院里飘散着再多咖啡豆的香气，也无法消除那种潜在的地狱感。

除了手里的咖啡杯，大家另一只手总是死死拽住手机。到了次年1月开始陆续有面试通知时，全体同学都开始有些强迫症，上课时间也是每两分钟就看看手机信箱，生怕错过了什么。之前为了省事没有去开通语音留言功能的中国同学，这时也纷纷去录制了甜美的问候语，就怕把公司的电话给误了。尤其是求职办经常通过在线预订的方式，会定时放出一些公司多余的面试名额或者与公司代表聊天的机会供大家登记，这都属于先来先得。所以没有推送功能的手机这时看来就是一场灾难。

其实，商学院里最大的压力就是来自同侪压力(peer pressure)。原先一个人自己找工作也不是什么大事，现在变成群体行为，就大不一样了。名列前茅的商学院录取的同学，大都优秀而富有竞争心，谁也不比谁差到哪里去，气氛就更紧张。所以更多时间的煎熬来自于相互比较。本来大家还在一起找工作，虽然紧张，但这种前期的紧张带有共享性，大家同仇敌忾至少心情还过得去。一旦有几个同学先一步得到录用，一下子小团体之内就会炸了锅，心头一紧，那无时不在的达摩克利斯之剑仿佛又下垂了几公分，最可恨就是有了像 facebook 这类的社交媒体，迅速就把信息扩散了。别的同学顿时感到了前所未有的压力，输在一个起跑线上也就忍了，跑着跑着突然就落于人后怎会心甘？特别是投资银行的招聘一向靠前，属于前驱部队，他们一来校园就可以解放近一半的同学，随着越来越多的同学宣布了好消息，余下还没落实实习的同学这时就差最后一根压倒骆驼的稻草了。大家这种时刻见面都心照不宣，不是知道彼比都已找到工作的都绝不轻易提这件事，怕给对方压力。那些暂时落后的同学也最怕被人问起，后来几个月都选择独自行动。春季学季一开学，颇有些冰火两重天的感觉。一边找好实习的同学歌舞升平，觉得商学院的冲刺已

完成，轻舟已过万重山；另一边的同学还在苦苦等待，怎奈春风不度玉门关，好生焦急。那些让你关注自己，不要被同侪影响的金玉良言虽然听着很对，但根本不好使。人都是社会动物，让你完全不受同伴影响是强人所难，至少在我们那个年纪和心性是不太现实。

这个时段里，常能听到各种抱怨，最令人想不通的就是找工作这件事情具有系统性的无厘头风险，运气成分其实占了大比例。往往不是你牛掰，你的工作就一定牛掰。公司挑人的眼光有时和我们私下认定的实力大相径庭，有时可以说完全令人摸不着头脑。我曾有一周连续接到被拒的信息，心情从期待到失望到愤怒，从来没有那么低落过，真是人生中的黑暗期。老爸和朋友们都纷纷来安慰我，好友深夜里电话中的一句话我至今还印象深刻，她说："有朝一日，你也许会头也不回地放弃一些你现在费尽全力争取的东西，生活就是那么多变和讽刺。但现在还不到时候，你还得继续战斗下去！"其实回头看看，我不过就是那一周特别不顺，还谈不上惨。当时有一位非常优秀的同学运气背到了家，投什么不中什么，一来二去，中华区和北美区都连个面试影儿也没有，最后他只好远赴英伦去求职。他现在的工作风生水起已是后话，但当年真是我们的年度悲情项羽，四面楚歌，迫走异乡。而另一位同学谈不上有什么特别耀眼的过去，还要跨界转型，但偏偏就是一路见神杀神，异军突起，在众人艳羡的目光中自嘲说不拘一格降人才的好事居然落到了自己头上。两年中，目睹了许多找工作的悲喜变幻，看到了许多以前顶礼膜拜的公司最后招了一些什么人，也看到了尊敬佩服的同学都去了一些什么公司，心气平和了许多，第二年确实能说出"找工作，其实就这么回事儿"的话。

毕业三年后，大多数的同学又换了一圈工作。彼时再聚首，大家都把当年鸡飞狗跳的情形拿来当笑话说。其实，商学院教我们找工作的技术一直有用，只要自己找理想工作的精神不死，找到一份适合的好工作只是

一个时间问题。当年的残酷更多在于时间的压迫感。等待戈多乃是人生常态，那几个月的巨大煎熬虽然从长远看好像不值一提，但确实是那时要咬咬牙往前走，无处逃遁，没有替身可以帮自己走过那一道坎。

至于说运气，这位顽皮的朋友始终只是短期的过客。长期的运气就已经不是运气，而是名至实归。就如统计学比喻的，人生长远来说其实也很公平，大家都在出席概率游戏。投入大的、参与次数多的一方，长时间内总是平均赢面更高一些。

背水一战——纽约 Super Day!

第一学季时我还没有决定最终求职方向，所以打算在暑假实习中先试一下以前没有经历过的金融工作。和许多同学一样，我也投入到投资银行实习生这支求职大军中去了。一开始，我还朝三暮四地挂念着别的工作，对投行始终抱着不冷不热、姑且一试的态度，所以虽然寄出去很多简历，但心思并未完全集中在对投行实习的准备上。室友觉得我这般三心二意很不靠谱，无奈我当时也无限迷茫，想去的几家国际机构都没有搭理我，反而无心插柳的投行纷纷给我打来了许多面试邀请电话。终于有家著名投行飞到芝加哥来进行最后一轮选拔，上场以后，才发现和别的用心准备的同学相比，实在相差悬殊，好多技术问题都答不上来，羞愧得无地自容。见到别的同学纷纷有了 offer 后，我渐渐开始心慌，时间一天天流逝，被我先前不负责随意葬送掉的公司越来越多，真是追悔莫及。最后，我的可预期组合里只剩下两家最终面试日定得较晚的投行。还余下一周不到的准备时间，要不要去呢？我当时还是一心的理想主义，想等着后面出现更感兴趣的机会再好好准备。之前已被好几家投行“羞辱”的遭遇让我一时对投行心灰意冷，不想再折腾飞去纽约“自取其辱”了。

这时候我的几位商学院好姐妹对我进行了轮番至关重要的洗脑活动

和思想工作，大意是做人要接地气，后面的机会不确定性高，无论如何有机会先拿下个备选方案才是王道，几天内好好准备一切还来得及，去了就一定要有必胜的信念云云。我痛定思痛后，终于下决心好好准备，几个好友和师兄们都慷慨地帮我模拟面试，授我心得，能拿下 offer 有一大半的功劳都是他们的。其中一位师兄对我说的话最有触动，他说除了把那些什么技术性的投行 200 问背个滚瓜烂熟外，你关键要会演戏，演好第一问 why banking(为什么要做这份工作?)。你就天天对着镜子说，演到你自己都相信了就离 offer 不远了。我讷讷地说，那岂不是很假，他们应该都知道谁还不是都为了高薪和那份光鲜的虚荣么？师兄回答我说，是，也不是，投行需要会演戏的高手。正反两面的话，你都得会说，要还说得像那么回事。那样你以后做交易也可以在投资者面前吹得和真的一样，这精神本质上是相通的。我好像终于有点开窍了。

大多数投行为了效率，都会在纽约总部设一天面试日，叫 Super Day，就是花一天时间让全美进入终轮的学生飞过来一次性见多个面试官，然后晚上就出结果，这个超级日果然很刺激。我参加了两次这样的车轮大战，事后想想绝对是意志力战胜一切，一定要有口真气在，随他怎么问都不能输势。Super Day 的面试官一般都是副总裁级以上的高管，所以反而相对的技术性问题不如第一轮多，而行为式的问题更多，问题更不好回答。我就遇上了好多不按常理出牌的问题，比如某位高级合伙人笑眯眯地用很和蔼的口吻不断暗算我“你上学期学了些什么课啊?”我说“经济学……”还没说完，他立即问“学了些什么呢?”我说“市场供需关系，定价原理……”还没说完，又被断开：“那你给我总结一下经济学最精华的三条原理吧。”顿时出了一背冷汗，肾上腺素高度分泌。这厢面完，马上进入下一个房间，又是一位高级合伙人，看上去也是笑眯眯的，我知道绝对也是只笑面虎。果然他先上来给我算一道脑筋急转弯的题加一道数列问题当

作下马威。看我答得飞快，他露出满意的笑容，然后开始和我聊一些常规的职业愿景和经济大势，似乎一切都很顺利，我努力保持着一脸微笑，心想该差不多了吧。最后起身要走的时候，他突然阴阴地说，你简历上最后说你的爱好是读小说啊，我心想多半要问我读什么书之类的，正准备回答，他却话锋一转，“你觉得文学这东西对做投行有什么用呢?”，我一愣，还好反应快，吐了一句“文学可以使人平静，带来和平的心态，我想对做交易也是有帮助的”。他看着我，终于点了点头，目送我离开。我已开始头皮发麻，觉得超级日果然不太好过，咬咬牙再去见第三个面试官，这位面试官最年轻，是位副总裁，却架子最大，也不起身和我握手，也没有问好。上来单刀直入说“你就告诉我个理由为什么这么多候选人里面我得选你吧”。说罢二郎腿一翘，不怀好意地看着我。这就是所谓的压力面试吧，我只好清清喉咙，开始一套说词。他听着面部没有任何表情，继续发问，“你的简历和上一个面试者我看没什么差别，一样的本科学校，一样性质的工作，又是一个商学院，你说你们两个人我挑谁呢?”我心里嘀咕这问题分明就是个恶心的圈套，又不能说别人不好，也不能说自己不行，千万不能中招！只好打哈哈地说，还是各有长处，大家都很优秀。从头到尾，我都强作欢颜，他却从来没露出过一丝好感地把我打发了。

而在前一天的晚上，另一家投行超级日的面试结束后，宴请我们在五星级酒店吃大餐。席间高管们都轮流和我们分桌坐在一边互相聊天，一顿饭吃得要有多不安就有多不安。除了银行家，来的都是作为对手的别的商学院同学，大家同是天涯沦落人，见面时都是一种过来人的惺惺相惜。席间只有这些银行家们谈笑风生，显出作为买方的无限优越感。我们就私下里一边聊各自学校的八卦，一边尽情地大快朵颐，好歹把面试过程中所受的精神折磨都补回来，哪里还顾得上学校传授的种种礼仪。

就这样，我结束了两天的超级日。一边惴惴不安，一边患得患失地在纽约机场等着回芝加哥的班机，心头还回放着过去两天的场景，盘算着未来还有多长时间要与西装、咖啡与飞机为伍。在六点钟登机的那一刻，我的手机突然响了，是某位面试过的合伙人打来的，祝贺我得到 offer，并希望我可以马上答应。第一个 offer 终于来了！顿时无比激动，连声说一定会好好考虑。回到芝加哥家里已是深夜，打开信箱又接到了另一位合伙人热情洋溢的回信，希望在暑假一起工作云云。虽说肯定是一套银行家惯常收买人心的说辞，但在发出无数封感谢信都没有回音的时候，守得云开见月明总是欢喜。忍不住在房间里大放张惠妹的《解脱》："这世界辽阔，我总会实现一个梦……"

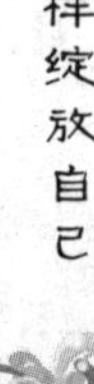

竞拍的福利——面试是硬道理

与竞标选课系统一样，面试在商学院里居然也有一个竞标系统。凡是来学校做招聘或是长期与职业办有合作关系的各大企业，每年除了自己的人力资源部门会审核学生投递的简历与求职信下放面试名额外，这些企业还会把余下的面试名额发给职业办通过竞标系统来分配。每个学生都有一千点可以自由竞标这些公司多余的名额，用完为止，过时不候。一般来说，每家公司多余的名额都是个位数，对于感兴趣的主要候选人，公司自然早早就发出了面试邀请，通过竞标进入面试程序的学生好比是后娘养的，要和正式的"储君"们一较高下。不过在美国，脸皮厚和凡事要竞争这些理念在第二年已经深入人心，大家都抱着决不辜负这一既得福利的心愿执著地竞标。真正大牌的公司也是奇货可居，如果分配得当，一千分大概也就只能去面三到四家公司，所以大家也会很珍惜这些来之不易的剩余价值。

最有意思的是许多同学明明已经找到了心仪的工作还通过竞标系统面面不休，持续"购物"（美国把这种行为戏称为 shop around）。为什么呢？大家在商学院深刻地领悟到"面试是硬道理"这句话。面试这个技能也会由量变到质变。各种类型的面试多多尝试后，你的水平自然会水涨

船高，越来越游刃有余，所以面试机会永远不嫌多。许多美国同学虽然功课不怎么用功学，但面试水平实在令人叹服，这和他们从小锻炼演讲和自我推销的表现欲是分不开的。中国同学这时都意识到此乃 21 世纪的重要技能，都决定迎头赶上，保持开放心态，不放过任何一个机会。而且虽是以替补身份进去的，也许面着面着就真的进了，也未尝可知。还有些同学更绝，专门找不熟悉行业的大牌公司去竞标，图的就是个人生完整，死也要见识一下这些公司到底面些什么，怎么选人，毕业了不遗憾，也算一种长见识的方式。有位班上的女同学就是抱着这种见世面的想法用重金竞拍得一家全美顶尖投资管理公司的面试机会，由于她抱着玩世不恭的心态也根本没有临阵磨枪，结果合伙人问她给你一百万，你准备投资什么的时候，她想了想，说“买彩票！”对方呆若木鸡，回应一句“Interesting”。可以想象一定把这位高管雷到五内俱焚，以后这则故事以无人能出其右之势成为商学院找工作时期的头号“美谈”。

对我来说，为了弥补前期未大力在美国找过工作的遗憾，我竞拍了多家美国企业。最大的感受是企业与那些投行或咨询公司的文化果然不一样，没有那么多咄咄逼人的强拳，却是一招招的温柔销魂掌和你慢慢耗，更看重你对企业的长期忠心和文化契合度。后者高强度的工作是每年铁打的营盘，流水的兵，所以招聘主管打心底里也不是很在乎你是不是对公司有什么忠诚度，只要能干几年活就算完成当年招聘指标了。而这些企业相对人才流动率低，或多或少还会把你当个“人”看。我记得面试迪斯尼的时候，那主管恨不得让我祖宗八代都交代一遍，小时候的故事也希望事无巨细地告诉她。一时间我受宠若惊，向组织交代一切备案原来在这里也是会遇上的。另一次，面试花旗全球领导培训生项目，面试官见我去过不少地方，就和我天南地北地闲聊各国文化，扯了足足两个小时，互相分享旅游趣事，结束的时候我才发现半点不了解这项目究竟要干什么活，

完全成了一个驴友茶话会，惊觉自己的侃大山功力终于有所小成。

现在回想起来，当时同学们说的要保持面试状态真是件很重要的事。很多时候，那些面试就是累积练兵经验，让你每天处在一个兴奋的备战状态，真有对胃口的公司来了，才可以发挥出最佳水平。特别是学校有这种成本几乎为零的竞拍福利体制，不利用真是太对不住自己了。畅销书《异类》(*Outlier*)说过成功的一万小时法则(即任何行业要有所成就都差不多要花上一万小时的专业练习)和我们《卖炭翁》的古训“无他，唯手熟耳”不谋而合，只是我们自小的教育体制中没有过多的职业教育和对面试的专业训练，商学院给我好好磨了磨枪，补了这一课。

其实，中国学生在这里大多还是擅长硬碰硬的技术性面试，对于美国人一上来的 chit-chat(热身寒暄)总是感到不自在，软碰软也确实聊不出什么来。一开始我总觉得是文化差异，但毕业后又回国工作了几年，开始渐渐明白与解答案例、计算模型相比，“聊天”是天底下最难的技巧，越到高层越是如此。说白了，商业社会就是人与人的交易，让别人喜欢和你说话是一切交易的开始。但若自己没有广阔的内涵和外延，又怎么能和人随便聊上天？

第六章 三省吾身，问心所向

一个人如果能在年富力强时就知晓自己一生的使命，那是最幸福的。

学前360度报告——领导力第一课

美国的商学院不论排名如何，都对领导力(leadership)情有独钟，每所学校都十分重视此项能力的培养。在来之前，申请者都写了洋洋洒洒的申请作文，需要对自己所谓的领导才能尽情吹嘘一番。但是我对这项能力如何教以及是否可教当时总是存有怀疑：也许两年能学到一些知识，长一些见识不假，而说起这么"虚"的领导力就不好说了。两年后，我的最大感受是：不了解自己的人不会是一个成功的领导者。教育除去客观知识的输入，还有一个是对一个人自身特质的关注。

事实上，我之前对领导力的理解太过浅薄。在商学院里的自我认识第一课，让我意识到领导力的基础便是一个人的自省力——self-awareness，即苏格拉底提出的名言"认识你自己"。

美国历来是一个偏向实证主义研究的国家，对于自我认识这件事，商学院也大都采用了外部心理研究机构的模型问卷在入学前给新生们测试。入学后不久，大家都会收到一份自我的检测报告，包括认识方式、表达方式、思维方式、个性心理等等一系列关于你大脑与心理运作的要素，以帮助自己理解优劣势(比如斯坦福商学院的九型人格理论，MBTI荣格心理人格测试等等)。与此同时，校方还会不厌其烦地发信给你的一些推

荐信撰写人，请他们再次为你作出360度评价。中国人的文化中较少由下级直接向上级索要反馈，哪怕是平级之间的好友给反馈的也少见。而美国人则奉行着对事不对人的原则，这种反馈机制在各大公司非常普遍，而且收到需要为你作出评价邀请的人一般都会很热情地填写。我记得开学不久，领取报告的那一天，我翻阅着所邀请的三四个以前的同事给我的评价，并没有太多惊讶，而我旁边的一位美国同学正喃喃自语："原来自己是这样的呀！"我略感好奇，侧目看到他一共邀请了12位人士给他作360度评价，不禁暗叹真是好认真。但想一想这种厚脸皮邀请多个评价人，评价人又敢于直评的文化，确实能适时让自己看到一些平时被无意识忽略的特质。

明镜一般的谏友可遇而不可求，所以更需要自己平时有一种主动索要反馈的习惯。体育运动往往都含有一种直接的反馈机制，比如打不进球是因为什么缘故，我们可以马上分析，立即练习，直到命中。而人际社会，往往一球打出去，如泥牛入海，我们并不知道自己的一句话或一个举动实际对一件事或一个人造成的效果，也许需要隔很长一段时间才能对反馈有所知晓，或者往往造成对自己和他人眼中的自己形象总会有些矛盾。对此，老美通常的作风就是厚脸皮问，"How do you think of my approach?""Are you comfortable with what I suggested?"每每在小组讨论或执行项目时，我总是对他们这种当面开销、单刀直入的直接作风尤为钦佩。其实，真的问一下也没有什么损失，恰恰是为自己的成长增加了一次机会。积少成多的效果应该是非常惊人的，而且对受众的敏感度或接收度也会相应提高，因此带来个人成功的概率也会大。

英文里面有句话 There're no silly questions（没有傻问题），常被老师拿来鼓励大家发问。提问、索要答案和思考反馈，后来益发觉是一种极其重要的、对自己负责的人生精神。所谓领导力，首先便是明白自己，领导好自己。

你是谁？——找寻心流的高峰体验

顶尖商学院里时常充斥着一种所谓的羊群效应(follow the herd)，也就是跟着大部队走的集体无意识。对于没有什么鲜明主见的同学，找工作时最容易偏向群体性的选择。以芝大为例，金融世家的氛围过于强烈，每个新生进来都不由自主地会闪过一丝作金融家的幻想。职业办的老师一来知道大家在申请文书写的热情洋溢的职业梦想多半进校后都要打折，不十分可信；二来又十分担心大家在一开学时不分青红皂白，都涌向某一类高薪的行业，失去了多元化教育的初衷。

因此，开学第一周，职业办就组织了一场为时三天名为 Industry Immersion Workshop 的活动，就是向新生全面介绍各种各样对 MBA 学位开放工作的行业，包括各自所需的核心技能、发展前景等，供大家求职参考。从早到晚，我们游走在学院的各个房间，从高科技到新能源，从房地产到医药，从风险管理到对冲基金，仿佛突然之间生活有了许多新的可能。结束后，我抱着一摞厚厚的行业材料，呆坐在教室里，彻底迷失了。耳边响起了第一天早上职业办主任的开篇讲话，她告诫我们不要盲从，要知道你是谁，并“find your flow”(寻找到你的心流，你自己的高峰体验)。“Flow”一词来自原芝大心理学大师 Mihaly Csikszentmihalyi 的同名畅销

书，其中重要的概念便是一个人最好的工作状态就是忘我的沉浸时刻，这种时刻往往同时具有高挑战性和高度个人技能吻合度，即达到心流状态。一个在这种状态的人必然是快乐的，也会觉得生命具有意义。如果不在这种最优状态，人会时常处于其他诸如焦虑、控制欲强、冷漠、提不起劲等其他次级状态。但这个问题并不好回答，你是谁？你的高峰体验是什么？什么工作会使你心潮澎湃？这些教育中的核心问题二十多年来我好像从未认真面对过，一瞬间无比焦躁不安。

毕业几年后，经过更多的经历和自省，我才慢慢有些释然。一个人如果能在年富力强时就知晓自己一生的使命显然是最幸福的。然而我怀疑大多数人并不能做到。大多数人也许是在做人生减法的过程（即知道自己不喜欢什么），通过层层剥丝去茧，最后才明了自己要的是什么。内心的小树苗自有一种向心力，年轻的时候也许容易被外界的虚荣感所笼罩，枝条容易四处挥舞，渐渐地它要植根找到特定的土壤中去生长。最可怕的莫过于浑浑噩噩地过一生，尽管外表光鲜，可内心的小树苗已然死去，内心再也没有召唤。找工作也就是找寻一种合适自己理解世界的表达方式。越知道自己，越说得清故事，越找得明白，越心安。几千年前，古希腊格言“Know Thyself”（认识你自己）至今刻在众神祇上，自有其永不过时的智慧。

申请商学院的时候，我们也曾绞尽脑汁，历数自己的成功往事、过人品质及对外在社会的贡献。但我们没有经常写下自己内心的高峰体验，比如什么事你干的时候最激动？什么时刻你最开心？什么媒介你最善于表达？有没有一些共性的东西都可使你心头开出一朵花来？让自己开心这件天大的小事一直被许多人忽略着，或许在年轻的时候，我们对开心和对自己的理解都还浅。

美国人常常说“Follow your heart”（听从你的内心），已经成为煽情的

不二广告语。对于包括我在内许多未曾给内心应有关注和解剖的同学来说，第一步应该是 Find your heart，先找到你的心，否则何从听起。一直以来，我都信奉理性至上，思考力先于感受力，分析重于想象；相信市场经济是公平的，价格是合理反映资产水平的，高薪的工种就更能体现个人能力。至于个人喜好，都可以培养，内心其实早已荒芜一片。脑子也许过度使用，但心却不知不觉地被搁浅着，以至于一时间觉得“听从你的心”这句话听来都是一个玩笑。

另外，不乏有许多人知道自己心之所向，但却没有勇气追寻，大致原因都无外乎是钱少、不安定或成功可能性低等外在因素。我有一个从小到大一起长大的同学，聪颖过人，印象中就没拿过第二名。名校本科毕业后顺利地到美国深造，硕士毕业后在一家 500 强药企做研发工作。到了美国后，他和我叙旧，聊着聊着竟然流露出无比沮丧的神情。原来他从小的梦想是做一个喜剧演员，但似乎永远不会实现了。我着实吃了一惊，这简直是彻头彻尾的教育悲剧，我从来没有发现过他在大科学家追求以外的喜剧情结。我鼓励他可以先转去西海岸工作，先进好莱坞学习一下，看看有没有机会。他很快便给我列出了一堆实际困难，于是我也沉默了。一开始，我特别理解，确实这年头谁的日子都不容易，谁不需要在现实与理想之间挣扎？有理想总是好的，我还这么心虚地安慰他。许多商学院同学在毕业时也信誓旦旦地说就做两年投行，赎了身还了债就开始干自己真正想干的事业。三年过去了，投行家们依然还在那里，那时的梦想已然太过遥远。

如果说我从我自己和同学们的经历上悟到什么，那就是什么事情都有它一定的窗口期，过期不候。当时没有发生的，以后也很难发生。读 MBA 也是属于那个年龄段的一次冲动，创业也是特定时期的活动，人生许多事都是不可逆的。所以在作决定的时候，我们要借鉴老外说的

"Now or Never"观念，把一件事放在长远的时间轴中去考虑值不值得。随着年龄痴长，生活对我们的要求和沉没成本都只会变得越来越高。最可笑的是，这一生中往往最不给自己机会的人就是我们自己。

商学院的个人年报

自开学后,时间飞逝,忽而就到了一年之末。若不是几封好友贺新年的电邮,我还没有任何在美国过新年的感觉。

人自过了二十五岁后,很多价值观、性格和处事方式似乎已是很难改变。但还是要清楚地看到自己的长处和局限,去追求和感受人生里不同的美。就像那一句在西方流传甚广的名言:有勇气来改变可以改变的事情,有度量来接受不可改变的事情,有智慧来分辨两者的不同。这一年因为来上商学院,所以有了很多机会找老板谈,看到上司给我的反馈和评价,还有为了填写学院领导力测试问卷时许多朋友对我的评估,不尽相同。自己认为的样子和不同的人认为我的样子,在不同的方面还是很有差距的。这个也很有趣,其实与不同的人相处必然流露出不同的一面,时间久了,大家看到的你就不大一样。这一年中要说个人领悟,大致如下:

1. 生命中的精灵。朋友固然是多多益善,但是能交心的一定数目不会太多。一旦有这样的朋友,你就可以无所忌禅,开诚布公,海阔天空地神聊,不必介意负面的影响,多晚打电话都可以,很久不联系见面了还是如故。每个阶段都能结交到这样一些朋友就是莫大的

福气。看到好友海日前写的几句话觉得是神来之笔，也转抄一下："我们遇到的人，大体有两种：一种是生命中的精灵；一种是生命中的过客。有些精灵如白驹过隙，但终究还是精灵；有些过客驻足良久，但终究还是过客。只是过客走的时候，我心无惦念。而那些精灵，如余音绕梁，似鬼魅萦梦，总挥之不去。"也许是从小多看武侠和学习文学的缘故，我喜欢的精灵们都带着几分侠气和一些理想主义。

2. 分开的热情。曾经读过一本吴淡如的散文集，其中有一篇名叫《分开的热情》，写出了时间管理的精髓。有些人可以三头六臂做很多件事，而且都能做得很好，有些人却不行。关键是那些能人在每个时段全心专注于那一件事，然而到下一件事的时候完全不想上一件事，全情投入在这下一件事上。我总是不够专注的，有时间利用强迫症。在看电视的时候总想着上上网、听听音乐看点别的吧，总觉得有可能就要充分利用时间，但结果就是几件事同时做都做不好。全情投入达到商学院里说的"心流时刻"，也是一种可贵的能力吧，那一刻不会瞻前顾后，心无旁骛，才会有最大的感受和收获。

3. 多给一些爱。真的可能是因为独生子女的缘故，我给家人和朋友的爱还是很不够。我们一家都很独立，爸爸妈妈都有很多自己的兴趣，不用担心他们退休没事干无聊。我以前上班的时候也很少过问家里，也很少和他们一起吃饭，不断频繁出差，后来连报平安也省了。总觉得他们应该都习惯了，现在发觉哪怕平时发一封几行字的电邮，老爸还是会很高兴。谁说关系管理（relationship management）不需要了呢？以前有个朋友每周都在记事本里排好这周要和谁谁谁打电话或吃饭，以更新圈子中的交情，把这当成是一项定时任务来做。当时对他这种行径觉得无比惊骇，现在看来是绝对正确的。再好的关系也得经营，精灵们也是人。有心还是要落实到行动上。

4. 平衡一局棋。到了商学院，时不时总有迷失的感觉。基本上隔三差五就会有人和你聊天，问你打算以后干什么，在哪里干，喜欢什么。遇上这些问题就很烦躁，大家其实还没想清楚。要找到一个可持续发展、经济回报可观、自己又爱干的事其实也不是那么容易。以前的经验告诉我，没干过讨厌的事已经是很幸运了。过去的工作中我都干着不算讨厌也不算那么喜欢的事，但因为遇上的同事都超级好，使我还是很怀念工作的日子。现在索性也不设限了，哪里的人看着顺眼，哪里的工作有健康的生活方式就不妨一试。兴趣和热情确实勉强不来。保持开放的心态，没尝试过的不一定没可能，但是也决不勉强自己。工作，生活，爱好，情感，这些对生活统统都重要。我们要有平衡感，综合得失，必要时可以学学弃车保帅，为的是下好一整局棋。

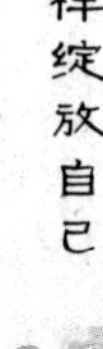

实习这场狩猎

由于实习这场硬仗就快打响，新年前后大家思索的问题也不得不和知道自己是谁，要追寻什么有关。事实上，对于商学院求职这件事，从一入学开始，你要面对的战略问题就是去哪里（在中国还是西方求职）和做什么工作这两个。这两个问题的交集直接决定了你接下去的战术，因为每个市场的游戏规则都大相径庭。

如果这个重要的"follow your heart"问题一时想不清楚，你就需要先放在一边，先解决眼前紧急的实习任务。许多同学都同意商学院最关键或说最痛苦的就是前半年的狩猎，一旦搞定暑假实习就有种轻舟已过万重山的感觉。确实不假，倒不是因为实习本身如何重要，事实上第二年换工作方向的同学不计其数。主要原因是暑假实习的空档期不管你喜不喜欢，它就放在那里，每年的6月到8月，大多数正常情况下你必须要找一个或以上的实习工作以充实这段时间。去商业机构也好，去公益组织也行，总之你不能将它荒废，否则即对不住自己的时间，也对第二年再找工作不好交代。因为档期是死的，所以就要求新生们必须在6月前找到下一站落脚的地方。压力和痛苦都来自于这条恼人的时间死线（deadline），反而二年级的全职工作，你可以毕业后慢慢找，也没有那么大的紧迫感。

既然是一场狩猎，就越早知道自己的猎场和猎物越好。基本上从战术上说有两种做法：第一种就是全线作战法，即不管什么行业，什么地域，都去一试。好处毫无疑问可以最大化体验去试错，但致命伤就是战线会拖得很长，而且毕竟每个行业壁垒不同，人会疲于应付，最后自顾不暇。一般来说，这种战术只适合于顶级大牛，或者已有回程全职工作在手的同学。如果不是，最好不要轻易试法，很容易颗粒无收。

对于绝大多数同学来说，都采用第二种战术，即一主一辅的打法。用职业办的口径说，就是有一个 plan A 为主攻方向，比如找美国的投行工作，再有一个 plan B，比如是美国公司的财务工作。两个方案应该属同一地域市场，且两个行业间应有技能相通性。这样从个人准备的时间效率上说也最为合理，面试起来说故事也容易一脉相承。当然，你可准备多个 plan B，特别是年景差的时候。通常，美国的暑假实习工作分为几拨，第一拨就是投行和咨询的主流行业，这些公司在第一学季结束就开始了各种非正式面试，到了次年 1 月中就会陆续发放实习邀请，从节奏上最为短平快。第二拨是资产管理公司，第三拨是各类企业，最后一拨多是私募基金与风险投资行业。所招人数也一般随拨次而下降。最后一拨可以持续到 5 月份才水落石出，战线拖得最长。前面还没有收获，或以最后一拨为主要方案的同学是最受煎熬的，这场旷日持久的心理战会把人拖垮。

所以大多数同学对第一拨的投行与咨询蜂拥而至也情有可原，这种战术多半可以快点解脱，到了 1 月，一旦有了 offer，许多同学原先苦苦撑着的精气神一下子就泄了，开始心花怒放，享受生活，好好读书了。本来想好的 plan B 这时也大多就算了，一来给 offer 的公司会催着你两三周内签约，二来人有惰性，总会给自己开脱和找理由，对自己说其实什么公司都差不多，不要折腾了，于是也就速速从了。平常年景里，真的坚持到最

后的勇士寥寥无几。而我发现一个有趣的现象，至少在我那一届是如此：但凡暑假实习落实较为顺利的同学，包括我在内，在第二年都经历了更为痛苦的全职工作寻找；而那些实习工作最后几个落实的同学，在全职工作寻找中都出奇地有更好的运气。所谓功不唐捐，我认为他们在第一年所受的煎熬让他们更明白自己适合哪种职业，该向哪里发展。而早早随波逐流，歌舞升平的同学却未见得能一帆风顺。

到了第二年，常有同学带着嘲讽的口气评价商学院无非是一场我们花了巨额入场费的招聘大会而已。诚然，入世的我们不是进来写诗的，如有一个华丽转身的成功就是商学院投资最大的回报。也有同学以过来人的口气教导下一届新生说，“MBA 吧，就是一场短跑，半年之内赶紧拿下！”这也没有错，前半年不一鼓作气，后面有斩获的难度只会越来越大。而每年层出不穷的经典例子莫过于新生们一开学大规模涌向投行实习，到决出实习名额，以及实习完毕后，在一张写满诱人数字的全职工作邀请面前，大多数同学都把心一横，当场“卖身”。第二年也不再折腾，从此尘埃落定。亲身经历后，发觉真的如此，人在极度疲倦（投行实习一般很苦），呈奉上高额奖金（一般当场签约的奖金最高）和想到可以免除第二年再不用折腾求职的时刻下，这种当场签约行为都堪称理性。就像好几位师兄和我说的那样，“其实当时就想找个投行实习做下玩玩的，不过真的给你了，你也拒绝不了”。就这样，顺理成章地一步步陷了下去。其实，我们自主性的能力比自己想象的少很多呢！

我一直更信奉另一句西谚“All’s well that ends well”（最后结局好就好）。实习只是一个过程，它的时间紧迫性虽高，但它真正对你一生的职业重要性不过尔耳。两三年后，你已经不会在简历上有空间放下这个几个月的实习。战术至上的观念会使我们不自觉地作茧自缚。毛主席说从战略上藐视、战术上重视是没错的。而最需要引以为戒或值得深思的则

是一时之快，或步步都好，而这是否就一定能引领你到一个春天？

我上哪座山？上错了山怎么下去？下一座山又在哪里？这些是在实习期后需要一直考虑的事。

拷问自己——商学院的普鲁斯特问卷

到了面试季，商学院里整天黑压压的，大家都每天着西装，来回在一个个面试房间里川流不息。美国整体的面试风格笔试较少，以面试为主，其中无论你准备求职于哪个行业，行为面试都是必不可少的重要一环。对许多中国学生来说，特别是男生，最讨厌这些行为面试。一方面我们自小受的教育和考试都以应试和技能型为主，最好考官出硬碰硬的技术题，回答起来爽快。而行为面试非常“软”性，准备起来没有底。无奈西方人好这口，对“人”的关注程度甚高，所以大家只好临时抱佛脚，也开始纷纷拷问灵魂。

职业办向来是个百宝箱，什么你能想到的都会给你准备好，行为面试题库自然也在其中。这些题大多数含有最高级（比如 most，best，worst）这类词汇或者以 tell me a time 开头号，总之想要短时间内穷尽你一生的高潮低谷。初看到题单时我便有不胜其扰之感，和普鲁斯特问卷一样不好回答：

- 你怎么看十年后的自己？
- 用三个词评价你自己。

- 别人又怎么评价你?
- 你最大的优缺点各是什么?
- 你收到过最严厉的工作上的批评是什么?
- 你喜欢什么风格的老板?
- 到现在为止,最大的挑战是什么?
- 最大的挫败又是什么?
- 你带团队的风格是什么?
- 你最喜欢和最不喜欢上一份工作中的什么?
- 假设这次没有成功,你的备选计划是什么?
- 为什么选择芝加哥商学院?
- 大学里最喜欢的学科是什么?
- 你对人生,最害怕的是什么?

……

同去的一个同学接过题单,没好气地说:“太虚伪了。十年后在哪里我怎么知道,这世界太多变了。我才多大啊?二十多岁有什么真正的失败可言?其实我也没带过几个人,还得硬编个什么领导风格来。为什么来芝大?因为我当时只有这一个录取啊。嗨……”这些真实的答案显然上不了台面,我们心照不宣,只能各怀鬼胎地回家继续瞎编。

其实也不能真的瞎编,回答这些题目的关键在于让面试官觉得你这个人有高度的自我认识(self-awareness),这样的人成熟度高,容易与人相处。渐渐面试有了经验后,就明白面试官大多阅人无数,火眼金睛,对你是不是诚恳,是不是有料,聊一聊便知。所以尽量显得诚实,抓住几个有特色的个人故事最为关键。

有同学形象地称美国面试为说故事比赛,也有几分真理的成分。总

之，你准备好三四个故事和自己的两三个特点，不管对方问什么，都能从不同角度套上去说。领导力、团队合作、创新精神、国际经验、伦理挑战……一般也就这么多角度，以不变应万变。

说故事却并不是中国人的强项，我们从小到大的教育里听了很多故事，看了很多故事，但没有训练写或者说很多故事。记得读到初中不久，写作文都要从记叙文转成议论文了，在议论文里强调的旁征博引、指点江山总要比记叙文里的煽情叙旧和儿女情长要显得更技高一筹。如今对待五湖四海的面试，晓之以理，动之以情则是永远不会错的。同学们都快速训练起了商学院说故事的五步法：1. 交代并渲染背景；2. 交代自己的工作职责；3. 采用的方式、方法及遇到的挑战；4. 最后的量化结果；5. 事后的反省和领悟。做到起承转合，有情节，有人物，有思想，有感情，力求在3—5分钟内把简历上的一句话演绎充分，达到戏剧效果。练到后来，自己都想吐了，多大的成就啊就吹成这样。这时候，我们真心艳羡美国学生中那些来自非正统商业背景的同学，觉得人家才是一号人物。记得我有次和一个在西点军校服过军役的美国同学进行一对一模拟面试，还好是我先说了，在我听完人家到另一个国家的战场上救下小孩的故事后，觉得自己实在没脸去说什么领导力和挑战，太小巫见大巫了。如果说，那个过程中有什么感悟，倒不是自己会讲故事了，而是听了很多别人的故事，才觉得世界很大，自己那点小荣辱根本不足挂齿。参照系不一样后，心气也就平了。

道高一尺，魔高一丈。练好了兵，最怕的就是上场碰到刁钻面试官，识破了你的招数，攻其不备，防不胜防，就会狼狈不堪。比如有位同学遭遇过一个面试官问他，你这个人的最大缺点是什么啊？此君心头一喜，马上应上了。面试官慢条斯理地接着问，那你觉得你第二个缺点是什么呢？他一惊，快速应变，又回上一个。面试官继续不动声色地说，那第三个呢？

这下他彻底崩溃无语了。按照面试官的逻辑是，前两个多数都是你准备好的，也问不出啥，第三个才是真正的缺点。

毕业过了几年，我自己也当起了公司和商学院的面试官，也一样用这些行为面试题，而且我觉得这些题永不过时。时不时地，我们需要问问自己这张题单，答案本身无关紧要，只是停下来做一点结构性的反思和总结，否则经历过的人生故事就会这样一个个白白流逝了，用点心回头去强化一下记忆，与过去的自己相处，帮未来的自己走得更远。

由创业者精神想到的——猛虎与蔷薇

二年级时，我上了许多与创业方向（entrepreneurship）相关的课程，因为我向来是喜欢创业者的。特别是以前做项目时认得一些中国的创业者，采访过一些又看过一些人的传记后，就更加敬仰。总觉得和这群可爱可敬的人相比，好多人的痛苦也算不得痛苦，好多人的成就也算不得成就。我自己人生的转折点也是意外听到一个创业者的讲座，从那一刻起就被打动了，对商业陡然有了兴趣，从而改变了我的人生轨迹。

然而却是到了现在我才说得清楚一些为什么喜欢这些人，因为他们大多是有着真性情和大智慧的那一类。

真性情的人敢爱敢恨，有勇气，能直面现实。每每提到性情中人我总会想起老王和棍子，只因他俩都有一句相同的名言。

老王和我当年属于同一批公司新入职的分析员，特别聊得来。有一次集体外出培训，晚上出去游泳，然后大家吃吃喝喝后，陆续去睡了，只有我和老王神聊上了瘾，在沙滩椅上聊到了凌晨四点，聊了什么现在大都忘了。只记得老王的名言："我去做×××事好了，难道我会死啊？"反正不会死，就硬着头皮上一下。我特别欣赏老王，一来他是个全才，数学少年班的脑子加上特别完整的人格，二来就是他内心里这种不是太把自己当

回事，没有许多面子顾虑的性情。老王要结婚的前日，我笑着揶揄他："24岁芳龄，你就这么嫁啦?"老王作出一脸苦闷状，低着嗓子和我说："唉，小荷同学，其实我早早定下宏伟的人生计划，就是29岁我功成名就的时候风风光光娶妻，衣锦还乡，可不是像现在这样啥都没有就结了。"结果老王一骑绝尘，25岁时更是有房有车有新工作，令我们同届的分析员望尘莫及，所以至今都"气愤"不已。当时，老王轻描淡写地和我说找了新工作，也让我佩服不已。他不图再花一两个月去占个升职的名额，和老东家好聚好散，在家里硬是做了几个月家庭妇男，苦苦钻研另一个与以前毫不相关的领域，自费去行业大会结识相关人士，最后真的成功了。现在老王有喜欢的风投事业，特别投入。我还时常想念当年有段时间他为了表示对我们那个魔鬼项目不满，天天蓄胡示人，口里总说着"我本是诗人，却不幸沦落到这一行"娱乐大家，让经理没辙的样子。

棍子则出身军队，在大学里是个混混。我却和棍子做了哥们，可能我也自小有点匪气，当时对特别有进取心的男生反而很害怕，而棍子却是一个可爱的流氓。有一次棍子要追我们系的系花。我还想帮点忙，不想棍子说自己会搞定。我十分惊讶，问他如何出手。棍子说就晚上跑到她教室门口，等她下课出来，和她借一步说话，把她堵到墙脚，然后说"那个谁，我们搞个对象好么?"我倒抽一口冷气，说你就不怕被拒绝么，棍子耸耸肩说："那有什么，我们那家乡都是这样表达的。再说被拒绝，难道我会死么?"

就是这句"难道我会死么"最得我心，很多时候，就退不到那个份上。老王和棍子却想得豁然，或者说与丢面子相比，他们更没法忍受自己端着，白白流逝一个机会。

所以我也特别喜欢"康熙来了"，喜欢小S，喜欢蔡康永，一个让人不能端着的节目。小S够辣(婚后好像也收敛了很多)，恬不知耻的可爱。而康永，他的《LA流浪记》让我在复习会计考试时当调料看笑破肚皮。他的

人和主持，不愠不火，亦正亦邪，包含真情。

与真性情相比，大智慧却要靠时间修炼，平时若能偶有吉光片羽的刹那，已是受用无穷。商学院的OB课上大家都学了很多行为偏见，但知道是一回事，真的能规避又是另一回事。和自己说要放下，要放得下。李安在“卧虎藏龙”中借李慕白口说：“紧起拳头，你只有你自己，松开掌心，你就有全世界。”释怀和开放，我觉得算是智慧的开始。

以前做一个项目，要采访一个在海外创业的华人，好友介绍了一个朋友Bea给我。打电话之前我问这是个什么样的女生。好友好像突然词穷，最后只发给我一篇她写的类似自传的东西，说“你自己看吧，我觉得她比较‘拙’”。读了文章，采访过后，我觉得“拙”实在是一个很精辟的总结，不像别的被采访者总显得过分敏锐，在美国生活的她虽有惊人成就，却极为拙朴，不是装谦虚，却对复杂的世界保有实事求是的迷茫和天真的探索及热爱之情。颇有点像渡边淳一写的《钝感力》，遇上“拙”的人，实在有像发现未经开采宝藏般的惊喜。

在商学院里上一门创业战略课时，又需要采访创业者，这些创业者经常面对的难题是找不到人才。我问起他们要找什么样的人，一位创业者说：“坐下来可以读书，站起来可以杀猪。”实在太绝！但若可以做到像农民般务实，又像诗人般怀有理想，自然是最好不过。

到了最后，是不是谁都在两元中寻找一个度呢？正与邪，灵与肉，理想与现实，理智与情感，个人与社会，开放与固守，敏感与钝感，有着强烈的自我，却又能轻轻地把自己融进万物……近来偶尔重看余光中先生的《左手的掌纹》，读到一则《猛虎与蔷薇》，顿时觉得先生把我想到的和没想到的都说了出来。

英国诗人萨松有一句不朽的名句：In me the tiger sniffs the rose，余光中先生译作，“我心里有猛虎在细嗅蔷薇”。先生的注解如下：

猛虎象征人性的一方面，蔷薇象征人性的另一面，而“细嗅”刚刚象征着两者的关系，两者的调和与统一。原来人性含有两面：其一是男性的，其一是女性的；其一如苍鹰，如飞瀑，如怒马；其一如夜莺，如静池，如驯羊。所谓雄伟和秀美，所谓外向和内向，所谓戏剧型的和图画型的，所谓戴奥尼苏斯艺术和阿波罗艺术，所谓“金刚怒目，菩萨低眉”，所谓“静如处女，动如脱兔”，所谓“骏马秋风冀北，杏花春雨江南”，所谓“杨柳岸，晓风残月”和“大江东去”，一句话，姚姬传所谓的阳刚和阴柔，都无非是这两种气质的注脚。两者粗看若相反，实则乃相成。

有人的心原是虎穴，穴口的几朵蔷薇免不了猛虎的践踏；有人的心原是花园，园中的猛虎不免给那一片香潮醉倒。所以前者气质近于阳刚，而后者气质近于阴柔。然而踏碎了的蔷薇犹能盛开，醉倒了的猛虎有时醒来。

人生原是战场，有猛虎才能在逆流里立定脚跟，在逆风里把握方向，做暴风雨中的海燕，做不改颜色的孤星。有猛虎，才能创造慷慨悲歌的英雄事业；涵蕴耿介拔俗的志士胸怀，体贴入微；有蔷薇才能看到苍蝇搓脚，蜘蛛吐丝，才能听到暮色潜动，春草萌芽，才能做到“一沙一世界，一花一天国”。在人性的国度里，一只真正的猛虎应该能充分地欣赏蔷薇，而一朵真正的蔷薇也应该能充分地尊敬猛虎；微蔷薇，猛虎变成了菲力斯旦(Philistine)；微猛虎，蔷薇变成了懦夫。

完整的人生应该兼有这两种至高的境界。一个人到了这种境界，他能动也能静，能屈也能伸，能微笑也能痛哭，能像廿世纪人一样的复杂，也能像亚当夏娃一样的纯真，一句话，他心里已有猛虎在细嗅蔷薇。

愿我心中，常有猛虎，细嗅蔷薇。

增加浓度，减少可能性

来美国读书前，我送别前同事W君外派去英国。他临行前和我说，不知道自己是不是老了，好像越来越懒得去结识新朋友了，我当时很是吃了一惊，他在我心中那可是个标准的派对动物啊。后来觉得这恐怕是人年纪变大的写照，浮光掠影的结识等于没有结识，应酬也可以是一件多么无谓的事。但是我们却时常流于广度，雀跃于多知道了一点知识，多认识了一个人，多看了一部电影等等。深度也许太令人害怕，也太不流行了，我们潜意识里也许就没有放那么多真心。我一直坚信真正死党的友情来自一种特定的浓度，就像电话粥也需要煲到凌晨才会显出味儿来。这好比药剂的浓度，一日三次，每次两颗，这样的服法都是有依据的，如果药量没有在一段时间里在血液里积到特定的浓度是发挥不出药效的。但我们常常会错误地以为一日一次，一次六颗或三日一次，多服一段时间的效果是一样的。生病时我们会老老实实地按点按量服药，但平时，我们也许总是在关键的时间忘了要加上两片，所以总是未到达那种生活的浓度。

在读商学院的前几个月，正在工作得焦头烂额之际，好友给我发来一篇《金融时报》的英文文章，名字叫作《延长的青春期》，写得很入味，切合这个时代青年人的状态。大体是素描现在有一群年轻人不像他们的父辈

们没有什么生活的选择，他们面临的问题是选择太多，尤其在二十几岁到三十出头这一段不知道要走出什么样的路。他们信奉一种开放和经历至上的理念，要趁着年轻时多开阔自己的眼界，多去闯一闯。于是这些人从A国毕业，去B国工作，到C国再读一个学位，再去D国继续工作，从事的工作也往往不长驻D国，而是全球到处飞。当采访这群精英，问他们是否喜欢现在的工作时，他们中许多人通常会这么回答："这份工作在智力上很有挑战性。"他们往往也有几个远距离的男女朋友，暂时不知道要几时安定下来，平时也几乎没有时间想想生活。于是累积经验值胜过一切，而承诺则被前所未有地忽视了。承诺是个重词，大家这时候不愿轻易给，有时也给不起。大家还都像孩子一样巴望着去看看外面的世界，对没尝过的糖果垂涎三尺，吵着闹着要自由，心头没什么牵挂，手里炒着短线或超短线的股票，从不知道长期是个什么概念，还没掂过责任的重量。在承诺期限来临之际，往往会死皮赖脸地再讨一段时间，说什么"让我再想想"，仿佛永远想不清楚。文章的结尾写了这样一句点睛的话："有些人可能认为这是一种青春期延长的标志。最终，他们都会意识到生活中关闭可能性与开创可能性一样重要。"

商学院里我们学习过许多案例，我主修创业方向，所以上了不少关于创业的课程。发现一个有趣的现象便是许多成功的创业者，回顾他们的历程或接受采访时常常说幸运的是当年没有选择，只有华山一条道，便咬咬牙义无反顾地上了。他们多数并不是赢在有多高的智商，多标新立异的商业模式，而只是一种近乎偏执的坚持。每当读到这样的故事，我就想，没有选择地认定目标实在也是人生一件幸事，生活霎时可以变得那么简单，那么专注，那么有方向感。大多数人应该都是慢慢在试错过程中层层剥开自我，在岁月洗礼中体会出内核因什么而发光，做完层层减法后，终于抵达那个心底的召唤。当然也有可能一生也未能达到，这得看个人

的造化了。

无论如何,从职业生涯或是生活本身的体验上说,都是一个广度与深度的平衡。一味追求广度虽然看上去无比热闹,但有时只会让我们更加迷失。当看到一个更大的世界后,我们热衷于讨论各种生活可能性,比如换几份工作,尝试一个间隔年,环游世界等等。虽然梦想没有过期时限,但我们别忘了提醒自己还应有一种能力去关闭这种可能性,维持住一份平和和富足心态。

稻盛和夫先生的《活法》中有一个论点我深以为然,他说其实不论你做什么工作,如果做这一份工作的深度足够,就可以从中体会到关于管理及人生一切的道理,因为这些真谛本质上在各行都是相通的。一朵花里见天国,他老人家就是从一家小工厂里当一个技术工人研究工艺开始,成就出了这么大的伟业。

闺蜜私语——女生的两难选择

读商学院的学生按老外的话总以 Type A 的人格居多，即比较争强好胜，力拔头筹。若非如此，大可不必举这些高额债务来牺牲两年好光景，真为了怡情养性也大可以读个别的专业。若是女生，更逃不了当女强人的标签。欧美商学院开放女性招生已有很长历史，到目前为止还是大致男女比例在七成对三成。而从中国每年过来的人数来看，基本都是男女对半，甚至以女生为多。这也不奇怪，对于商学院来说，每录取一位中国女生，就可以满足国际化和女性两个多元化指标，何乐而不为？难怪许多男生也在抱怨，谁说这就不是一种另外的歧视呢？但女生的求职道路是不是和这些男生一样呢？表面上看也许我们也在一同厮杀，一样争强好胜，但其中内心的波涛汹涌只能和女生们分享，在闺蜜私语中排遣与共勉。

来的女生已婚的也不在少数，不过大都还没有小孩。最令人羡慕的就是那种先生也在读书，甚至在一个学校或同届，那真是双宿双栖，夫妻双双把家还。有些先生不在一个国家的就需要不断劳燕分飞，在假期内互相探视，两年过得比较辛苦。这些已婚妇女的求职选择大都是与丈夫商量的结果，以最后在一个城市工作为主要目标，以某一个人找到的工作

为重心，所以她们很少选择投行或咨询这类高强度的工作，更多以企业为主。当然有少数女强人只身一人留在异乡拼搏，与先生长期分居两地，她们是商学院毕业生中的战斗机。

除了这些女生，单身女性仍然是主流，而且大多心高气傲、正当盛龄。许多同学来之前对商学院抱有除求职外另获佳偶的第二志愿，与以前的男友不是分手就是喊停。回首看看，这两年真是职业女性谈恋爱、订终生的最佳时节，过了这个村，在接下去一望无垠、马不停蹄的工作里真是很少再有个店给你坐坐。事实上，商学院的前半年在美国被称为分手季，许多美国同学由于与原先男女朋友分开两地，在一开始的高压生活下，或是火速看上了别人，或是索性离婚，都在前半年与之前的伴侣分手了。一大堆青年男女，在一个相对密闭而繁忙的商学院里，力比多无处发泄，想不出几对鸳鸯也难。然而约会不难，但真心承诺，修得终身的却总是少数。对于中国女生来说，寻觅到靠谱有志男青年终成眷属这件事的概率不是没有，只是比想象中低得多。所以第一年倾巢出动找工作的狂潮过去后，单身的女同胞们惊觉时光如水，标梅已逝，一晃眼马上要毕业了，该谈的恋爱好像还是没有出现，是落花有意，流水无情也好，是望穿秋水不见君也好，这件想要发生的事始终没有发生。老外这方面确实比较开放又讲究效率，也没有东方文化中那么多的恩义，虽然到最后也没成几对，但好些人一年级时来回试错好几回，分分合合的露水情缘倒也符合了他们“体验人生”的真谛。

于是在第二年寻找全职工作之余，单身中国女生们常常聚在一起，晚上在某人家里八卦地讨论我们的两难选择，像大学时代的卧谈一般：要了事业，会不会就没机会找到意中人？委屈了事业，那个人也能不能如愿就出现？如果真结了婚，那还要不要孩子，什么时候要？工作到时怎么办？如果两人找到的工作恰在两地，女生真的最好要放弃吗？这场旷日持久的讨论好像薛定谔的猫一样具有不可知论。时间对于女性总是苛刻而残忍的。最具代表性的就属要去投行工作的单身美女们，套用时下流行的词，就是高危剩女的代表。她们能被录用，无一例外地不是能干得体，勤劳刻苦，智勇双全，以一抵二甚至抵三。她们可以匹配的投行单身男同行们，比如我们的有些同学，正一个个意气风发地准备去香港或纽约慢慢觅妻。就像简·奥斯丁下的断言那样，“凡是富有的单身汉，肯定需要一位夫人，这已是举世公认的真理”。尽管这些男同学当时都还背着一堆债，但商学院给了他们信心，足可以长期产生稳定现金流。特别是去了香港这种女多男少的城市，他们好比是掉进了米缸，就像我后来的一位香港男性朋友说的，还在“淘米”的过程中。而对于女生来说，好像没那么多“米”可以淘，也没有那么多爱可以重来。个人追求和家庭美满如何两全？哈佛商学院的一位毕业生还为此特别出了一本畅销书，叫 M 计划(结婚计划)，讲述如何运用学到的市场原理多角度包装自己，以钓到金龟婿。可见，真爱难求对于高知女性已是个国际难题。

所以，对女生而言，放下那些纸枷锁，找到一份喜欢的工作也许更为重要。在那一段单身的年华，至少有一件心动的事让你兴奋着，让自己绽放，心头飘着花香，芬芳着自己，也芬芳着别人。

第七章

亲历危机，福兮祸兮

当你对待各类面试官的表演技巧愈发炉火纯青时，希望离你自己也就更近了一些。

香港之夏——投行血汗洗礼

春天的时候，收到了几张投行和咨询的实习 offer。比来比去，我最后还是决定去香港的投行尝尝鲜。6 月初对方人力资源部门终于办好了我的入港签证和公寓的租借事宜。提着一个箱子，我又一次飞过了太平洋，开始亲历如何把自己献身给魔鬼的日子(美国常有把去投行工作称为 sell yourself to the devil 的说法)。

我工作的那家投行坐落在中环交易广场，公司给我安排的短期住宿就在离公司十来分钟路程的一处公寓，看这架势就是为了方便我日夜加班。培训结束后第一天报到就见识了这家投行的粗暴。我工作的投资银行部和销售交易部毗邻在一个楼面上，穿过交易员的时候，就听到此起彼伏的大声粗口，我一时还以为是到了菜场或屠宰场，定睛看看这些西装革履的才俊们，心头瞬间涌上影片《鸦片战争》的镜头：林则徐与外国大使吃饭时，那彬彬有礼的老外叫了两客牛排，林大人一刀下去尽是血水，他用中文喃喃道“茹毛饮血”。

最后，我比较幸运，和另两位实习生可共享一间办公室，其余实习生就散落在开放空间里。那时 6 月尚未爆发金融危机，招的实习生中 MBA 学生也只有区区五人，绝大部分的实习生都是大学本科生。本来想第一

天再怎么样也会比较清闲，无非大家认识一下，见一下顶头上司，熟悉一下公司流程，一天也就过去了。没想到人力资源部迅速下放了诸如门卡、电脑等一系列已准备好的生产材料，有些什么表格也都可以让我们带回家填。当天上午，staffer（分配工作的人）就来找我们了，把每一个人都放到了目前进行的项目上。刚分配好没过两分钟，我所属项目的经理一个电话就过来了，叫我去谈谈工作。我终于见识了什么是"投行速度"。这第一个经手的项目是一家中国化工公司在美国的上市项目，当时已处在要备案的阶段，招股书的草稿已经出来了。经理让我先花一天把招股书相关的内容看完，并提出修改意见。其实就是打个名号好让我快速熟悉一下背景材料，这位经理自己临时有事不能再继续跟进项目了，项目组便只剩下我和另一个分析员 David，上面还挂着一个兼管的副总裁。简而言之，就是要我来主管。这位经理轻描淡写地说，"前期工作都做得差不多了，你应该没问题的"。我听着有种托孤之意，只好向 David 投去谄媚的一笑，心想"老弟，姐这厢可是要靠你了"。

果然，第一天就到凌晨一点多才离开，光收到关于项目组的电邮和 David 发给我的材料就一大叠，一时哪里消化得完。我走的时候是被几个实习生一起拉着走的，扫视了一圈，那位经理已经不在了，David 小弟还坚守着。果然越底层被剥削得越厉害的丛林法则在这里一览无余。David 是个好小伙子，他善意地和我打招呼说，"先回去吧，第一天你肯定还有些要安顿的事"。我顿时有些不好意思，好像自己偷了懒。刚厚着脸皮点了点头，想要离开，David 犹豫了一下，说"那个，有件事你最好还是注意一下"。我一惊，轻轻地走到他位子跟前。他指着电脑屏幕上一堆项目组来回发送的邮件说，"你收到邮件最好有个回应"。我挺纳闷地回道："这我知道，但好多东西我还没有看完，一时间没办法回复什么呀。"David 带着笑意望着我说："在这里，不是你要做完东西才说的。但你要回复说你知道了，让上面的人安心，否则以为你不在工作呢。”我更是不解，无奈地说“那我要回什么，难道就说我知道了，这不多余么？”David眼里的笑意更甚，估计看我就像是进大观园的刘姥姥，他说：“我就这么和你说吧，你只要回三种回复中的一种，Thanks（谢谢），或者Noted（知道），或者Will do（会做）即可。”经他一指点，我果然想起下午被抄送到的一堆邮件中有许多人三秒内回复的众多“Thanks”或“Will do”密密麻麻占了一屏，当时还觉得谁那么无聊，原来竟是个行规！这就是一种投行工作的反应速度，也算是我这个职场“旧人”学到的一堂新课。

接下去的日子和传说中没什么差别，投行工作强度大，睡眠时间少，果然不假。即使你不在一个处于高峰期的交易项目上，上边也会给你安排很多杂事，总不会让你有时间闲着。而且这里接项目越多显得越能干，下面的分析员没有一个不是三头六臂的，虽说我当年也只有二十六七岁，但却真心觉得这是一个出卖青春的地方，能熬夜绝对是项核心竞争力。作为实习生，显然只有表现得更加卖力的份。有大概十来天我手上那个美国上市项目要交付打印了，全体项目组包括一干律师和会计师们都在外租的打印屋里通宵整改文书。顶头上司的那位副总裁还算照顾我是女生，每天放我回去睡三四个小时。那几天，我基本上是凌晨三点多走，一早七点多进。有一天走的时候还叫不到车（是的，那十几分钟我也不想走），在清冷的月光下对着我的影子一步一步走回家，深刻体会到什么是生理的极限，什么是久违的热情。以至于现在留在我记忆里的只剩下天天叫来外卖的五宝饭味，实习生们在我这间屋里共同密谋的笑声，凌晨走过无数次空无一人的天桥，和清早从我办公室望出去定格在中银大厦间的能看到的那一抹蓝天。

最令人发指的是某一个周六，好不容易挨到了周末，虽说还是要加班，但至少可以睡个懒觉，也没有什么要强制去办公室的时间。于是那天

下午约了几个朋友在中环看电影，看了不到两分钟，另一个项目的副总裁一个电话过来，要我解释一些事，我花了十分钟说完了，进场开头已然错过了。过了十来分钟，她又是一通电话，问询我几个小节，我又花了近十分钟解释。等到电影开始半个小时，她又打来了第三通电话，此刻真是怒从心头起，恶向胆边生。这时再笨我也知道传递的是什么信息，只能自告奋勇地去办公室见她了。虽然全是一些没有紧急性的小事，但这一行底下人随时待命总是免不了的。这些分析员或经理都是大气也不敢喘的得一路熬到副总裁才能稍微得点闲，这时候媳妇熬成婆，出来耀武扬威也情有可原。这位副总裁丝毫也没有觉得侵犯了什么私人界线，这里不成文的守则就是百分百的时间奉献。

又过了一个多月，我已经差不多适应了节奏，渐渐改变了先前对投资银行家的许多成见。他们也大多被妖魔化了。诚然，银行家身上的两个特性太显著了：一是没有耐性，大多是急性子，什么东西的汇报或说明最好都简明扼要，时间就是金钱，什么都得用贴现率看看成本；二是苛刻到细节的完美主义，形式有时重过内容，标点符号用错，字体大小搞错的报告就不用上报了，报了也没有人看。对细节的关注度只有让我赞叹的份，尤其是在我这大大咧咧的作风遇到这些个心细如发、体察入微的男同事，万一被纠出错来那让人情何以堪。魔鬼在细节中是对这行恰如其分的描写。这行对任何形式的错误都是零容忍。讨厌银行家的人会说这是极度的肤浅文化，热爱这行的人会说这是职业化的高度自律。

来实习前，有人对我说投行里的人际关系只有两种，一种是利益关系，一种是男女关系。这两种关系我虽然没有深切地观察到，但我确实体会到了同级之间强烈的竞争关系，可能由于赏惩太过市场化，造成了这里没有过多的人讲究对公司忠诚的文化，干得好的明星级员工可以得到更高的奖金，干得不好的随时可能被扫地出门，一切都太赤裸裸。直到我干

了差不多两个月后的某天，和同事们吃饭，才后知后觉地发现当时找我做项目的第一个经理已经被裁了，我顿时流露出了无比同情。席间另一个和我平素交好的经理冷冷地对我说，“你也太温情了，这里不适合浪费你的感情，何况他拿了一大笔遣散费。高回报，高风险，这是很公平的交易”。好吧，他们大概已经麻木，没有时间怜悯。什么都用交易成本衡量的观念我始终不太能接受。

到了实习尾期，已接近金融危机的大规模爆发，香港也开始陆续不断裁人。每天下午六点左右，我都能看到保安抱着一堆黑莓机从我窗口走过，它们像是将军在战场上被缴了的徽章一样，告诉我今天又有几人战死沙场。和我同屋的另一个实习生 Alex 凑过来和我说：“你知道么，这些被裁的员工都是全程被保安盯着整理好个人物品，然后被押送出楼的，不给他们任何时间下载相关资料。”我还在暗自悲悯的时候，Alex 说这件事教会我们一件事，我迅速接口道：“是不是要注意平时多给自己备份？”不想他严肃地说，“比这更重要的是尽量不要在工作台上留放什么个人物品，不然最后整理的时候要花很多时间，还被大家看着，太没有尊严了”。我想笑但却笑不出来，这个笑话在那个夏天听起来太冷了。不过，经此提醒，我确实留意到大多数人的工作台上都很简洁，没有照片，没有花草，只不过一个私人茶杯。已经奉献了时间，就没必要再搭上感情，人拥有最珍贵的也只有这两件东西。

实习的最后一天，我们几个都有种预感：在这种大势下这次可能不会顺利拿下全职工作 Offer。果然，这天下午，人力资源经理找我们分别谈话，轮到我的时候等到的话果然是一句：“现在我们不能承诺给你全职工作。”虽然，这根本不是我理想的工作，但是从小到大，自己的价值不被认可总是一个很大的打击。公司为我们所有实习生准备欢送晚宴我也没有心情出席，一个人回到寓所大哭了一场。现在回想起来觉得很可笑，为什

么当年的自己会为了没有得到一个不在意的工作而痛哭？还不是因为自我受到了否定而心有不忿。那个时候还没有境界可以笑看风云。后来得知那届只发了一个全职邀请给另一位男生，倒也觉得心平了不少，阿Q地对自己说，这没准是老天挽救你于沉沦，及时阻止了你向魔鬼卖身。

一晃又过了三年，我的许多好友与同学现在都是各大投行的副总裁了。如果说当年三个月的实习只是一场短跑，他们都跑下了马拉松。公允地说，它没有你想象的那么糟，也没有你想象的那么好。如果说我对投行工作者反而有一点敬意，那是因为他们并不抱怨，这份工作完全是个人的选择，在位一天就奋斗一天。而哪一天他们要退出，可能比谁都决绝。这行里直言不讳、按斤论两、干净利落的交易法则，有时也让人觉得活得简单，死得明白。

亲历金融危机之兵荒马乱——美国篇

商学院第一个的中秋节，我和商学院好友C在做完暑假实习后正在九寨沟旅游。下午五点多，我们正从最后一条沟子里坐车下山，C的手机响了一下但断了后续信号。我们出了景区，发现是另一位商学院好友打过来的，走到有信号的地方C打了回去。我发现C一开始还说着我们在山里玩之类的话，突然她便不做声了一阵，一张脸沉了下来，连问几声"这是真的吗？""已经宣布了吗？""Oh, my god!"搞得我在一旁也莫名紧张。C挂了手机，凝视着我，严肃地说，"你知道么？雷曼兄弟刚刚提交了破产申请。美林可能也马上不保了，华尔街要瘫痪了"。虽然这些机构名字和我并无关联，但在西方商学院和投行浸淫过一阵，竟也有种切肤之痛。"嗯……"我还试着整理一下思绪，理解这突如其来的信息到底意味着有多严重的后果。C的反应比我快许多，她缓缓地说，"银行业应该要变天了吧，这下我们回学校第二年就有好戏看了。不过也许我们也要没工作了。"我还在发怔，试图想象这家彼岸158年历史的投行倒闭和我们这群人之间将会产生怎样的蝴蝶效应。唯一确定的是，对着那轮山边峭壁上圆圆的月亮，我们俩不再有旅游或过节的心情。从黄昏到夜晚，俩人相互对视，在九寨高原上清脑数个小时。

脑子里回转过早些时候在上学季学校里期末考试的一个情形。当时正值贝尔斯登(原美国第五大投行)摇摇欲坠之际,因为是开卷考,我旁边的某位美国男生把雅虎财经频道一直开着。两个小时考完后,他一脸铁青地对我说,“你能相信吗?贝尔斯登的股价就在这两个小时里从二十多块跌到了两块!天呐,他们马上要玩完了,但我还刚刚接受了他们的暑假实习工作!”这大概是比任何考试都更让我觉得戏剧性的一幕了,那一刻我深刻感到百年资本主义的残酷性。这家投行确实很快就完了,政府做媒,摩根大通趁机抄了底。那位同学应该没事,摩根大通接收了这一批特殊的实习生。但当时的瞬息变化令人心有余悸,我分明记得还早在几个月前,贝尔斯登作为第一批进校招聘的投行,那排场是何等光鲜耀眼,而此刻竟这般凄凉地灰飞烟灭,尸骨无存。

果然,第二年一开学,整个商学院就笼罩着一片愁云惨雾。作为一所金融大校,这里的学生百分之四十都以金融为求职方向,华尔街的溃败对同学们的打击可想而知。讨论最热的话题莫过于那些暑假做过投行实习的同学,担忧是不是能拿到全职工作,以及这家投行还能不能活到明年我们毕业的时候。现实竟比电影或小说还刺激,贝尔斯登花了几个月倒台,雷曼兄弟花了一个夏天破产,而美林的倒戈只花了一周,多米诺骨牌正以迅雷不及掩耳之势倒下去。当时就连一直高高在上,神一般存在的高盛都在考虑要变革为控股银行。投资银行这个业务名称是不是就将在我们这一届后不复存在?我们还在苦苦学习这些复杂的现代金融制度和产品,究意图什么?一位同学开玩笑地说,还是回到 barter economy(以物易物)的时代吧!

不久,《华尔街日报》刊出了前财长保尔森单膝跪求国会通过紧急援助计划(TARP)的新闻和图片,同学们无不哗然。美国财长连这招都用上了,可见当时情况坏到了什么程度。因为金融行业的波及面很大,所以无

论求职于什么方向，大家都有一种山雨欲来的不祥预感，许多同学开始重新寻找备选方案，向非金融行业进军，抛弃了当银行家的初衷。很快，奥巴马总统新政又出台了一个政策，所有和 TARP 相关的机构不得签发 H1B 的移民工作签证，大白话就是受政府担保的那些公司不得招收国际学生。这下无数同学的留美梦都要破灭，美国也不再是过去那个以移民主义著名的开放式熔炉，国内高居不下的失业率让民族保护主义重新抬头。

那天夜间，我们就听说了美林将发给我校国际学生的 offer 全部撤回，其中包括我们一位中国同学。大家都替他感到错愕、愤怒、匪夷所思。后来这样的事越来越多，所谓的一诺千金现也成了一纸空文。想想这些国际学生都是通过了怎样多一倍的辛劳才能和美国主流白人学生一起拿下这份全职工作，如今还来不及咽下去这来之不易的喜悦，就要生生吐出来。一瞬间心情从云端到泥里，是可忍，孰不可忍。

这场危机却教会了每一个人以最快的速度直面现实。虽不可思议，已经发生就只好理性接受。大家没有过多时间唏嘘感叹，曾经想凭着暑假得来的全职工作而第二年高枕无忧的准银行家们，又一次投奔到新一轮的找工作大潮中去。中国有句古话说，识时务者为俊杰，这精神真是在第二年被调转枪头的许多同学们发挥得淋漓尽致。

很多人说 MBA 的境遇与毕业时的经济大势相关度很高，确实如此。但你永远难以预测两年后的市场，你只能把握好自己。毕业后，我有机会读了保尔森的回忆录《危机边缘》。在重温这段当年历史时，前雷曼兄弟和前美林的两位总裁对待危机的反应最令我感慨。雷曼兄弟的总裁总是一副到死都不能相信为什么保尔森不救他的态度，在他看来，既有贝尔斯登的先例，况且雷曼兄弟的倒台对当时脆弱的金融业打击也不言而喻，何以见得非要他死？他的心里一定无限放大着雷曼兄弟的重要性，刻着“我

们不可能这样死去”的墓志铭。而美林前总裁却在危机还没有立即烧到自家门前，就预感到了唇亡齿寒的紧迫性，率先主动地先发制人锁定了买家，才保住了美林的半截名号。一百五十八年的卓越历史，也不能保证谁还能存活到明天。除了欣赏自己，我们更要看看自己在世界传送带上的方位。形势大过人，领导者也好，平凡人也好，都得学会顺势而为。

亲历金融危机之兵荒马乱——英国篇

读书第二年的2月底，我刚从欧洲别的国家旅行回来，正在伦敦商学院的图书馆里埋头苦赶作业。夏天实习的一个投行同事突然在MSN上跳出来向我打招呼，知道香港金融圈裁人的腥风血雨一直没有停过，我便小心地向他打听：

我：×××还在不？

M：走了。

我：×××呢？

M：也走了。

我：×××那个Star分析员总在吧？

M：走了。

我：不会吧……

M：这年头Star不Star一样裁。对了，折磨你的女魔头也走了。

我：……

M：还没完，马上还有一轮。

我：你要挺住啊！

结果就是我夏天曾经共事过的十位同事已走了八位，当即胃部一阵不适。已经离我很遥远的那个夏天突然又历历在目，与众人奋战的昼夜又一次重现。所谓的女魔头其实后来熟了也对我不薄，本来一开始都不准我周末看一场两小时的电影，中间为了无聊的小事可以不停打电话给我。于是电影也看得索然无味，项目也做得义愤填膺。但后来和她一起出差多了，发现女魔头居然是我的一位校友，而且还不断对我委以重任，慢慢地我开始觉得她也很可怜。天天凌晨我离开时不自觉地朝她的位子上瞄上一眼，总能见到她坚强的剪影埋在一堆文件中。当然按照行规是不可以有同情心的，我每次撑不住提早开溜时都喃喃自语：咱是凡人，不和神仙姐姐比。另外 W 小弟是我最喜欢的分析员，因为他从伊始就对我特别好，人也能干清秀，彬彬有礼。同作一个项目时，天天有无数杂活，每次我做到超过凌晨两点，他就执意让我回家。而等到我早上八点多进办公室时总是无一例外地收到他清晨五六点发出来的邮件，并又看到他已经在那里的满脸倦容。有一次在他出差回来和去伦敦培训当中只有几个小时可以和我进行项目交接，在说好的时间却找不到他，我甚为着急。十几分钟后，他满脸歉意地出现了，说先前一直没有时间回家，只好刚刚偷空去洗了衣服，不然晚上赶飞机就来不及收拾了。第一时间赶回来跳过晚饭，他说现在可以和我交接项目了。我看着他已经发青的脸，心里真是有冲动说，别干了，姐姐给你买糖吃。现在好了，这些神人们终于可以下凡间活几天了。

正在出神的当儿，一个死党突然也从 MSN 上跳出来说自己被裁了。我吓了一跳，老同学这绝顶人才美国毕业回去才几天啊，试用期也没过吧。当时在回不回国的挣扎中，我还力劝她回去，因为那机会实在不错。现在却是人为刀俎、我为鱼肉地悲从中来，一时间不知如何劝慰。这次危机从一开始好似天方夜谭的 CDO 金融衍生产品，到现在降到人间已波及了越来越多的身边人，也包括我自己。去年年初找实习相对有把握的情形和年底找全职工作的绝望奔忙恍如隔世。有很多人说，你们这届真是运气不好。但我想早出来一年我也许现在就被裁了，晚出来一年我可能连实习也找不到，这到底是好不好还真很难说。到了伦敦以后我的心境已有很大变化，很少去想这些心烦的事。而此刻他们的话让我顿时又想起年底时面试的日子，轮复一轮，不堪其烦，最终各家公司还是因为各种招人名额限制而吊着你，令人厌恶的暧昧。难怪一同学当年会最后忍不住大叫，“什么狗屁我都不要听，just give me a job!”

这时忽然收到提醒短信，我想起下午三点 J 约了我喝咖啡。J 是我以前在上海的同事，一位中英混血儿，当时又转回了伦敦分部工作。心想欧洲市场现在果然也惨淡，此君下午这会儿还能有闲约我喝咖啡。下午的 Trafalgar Square（相当于上海的人民广场）居然几乎所有的咖啡馆都坐满了人，连 National Gallery 地下一层的咖啡厅也没有空位，我真是纳闷，难道经济萧条让大家在工作日里都更有了闲情逸致出来赏画喝茶？J 说要不去书店走一下，我对查令十字街的几家老字号书店垂涎已久，正中下怀。正在我看到一本好书，反复斟酌时，J 突然用一种你要喝什么咖啡这么不咸不淡的语气说，“我想告诉你，我现在已经离开公司了，算下岗了吧”。我顿时一惊，“怎么可能，你这才转回来一个多月，为什么不干了，公司不是重金千里迢迢地把你重新召回伦敦的么？”J 似笑非笑，幽幽地接口道，“此一时，彼一时，现在经济不是一般的差，老板提议我接受 voluntary redundancy，我现在接受了就可以多拿一大笔解雇金。如果不肯，等着被裁也许一分钱也拿不到”。这下轮到我彻底无语了，这个世界每一天都在以比最坏的想象还疯狂的速度出牌。

“那么你准备怎么样？”

“没看见我在找地图么，明天就去利比亚旅游了，过一阵回上海

吧……”

此时，旅游业是不是也和咖啡业一样在看涨？

“Voluntary redundancy”，我念念有词，为什么我在劳资谈判模拟练习中就从来没有想出过这种词？刹时由衷佩服资本家的创造力。

生活中的惊喜和错愕一样难以预料。同在这几天，和我暑假在香港投行同甘共苦的另一位好姐妹向我汇报要做妈妈的喜讯，暂时放下工作；另一个在华尔街呆了多年的银行家哥们被裁后无奈回国，却意外找到了终身幸福。

一次危机，或许可以让我们失之东隅，收之桑榆。一场洗礼后，会让我觉得世界上有些东西始终不变的欣慰，比如朋友间深厚无间的感情，比如自己对自己的承诺，比如大机器时代旅行时还能见到作坊里代代相传的手工作品。

国际学生在危机中求职——选择的假象

进商学院的理由无论你在申请文书上写得如何天花乱坠，其实大不过三：1. 学知识 2. 找工作 3. 扩大社交圈。对于关键的找工作这一项，许多细心的申请者在申请前都会下载各个商学院的就业报告，学校也会不遗余力地刊登出所有与学校有招聘业务来往的大小公司。一时间，让申请者看得眼花缭乱，心花狂放。有这么多的选择！人都喜欢有多一点选择的权利。然而就自身以及与众多西方商学院在读学生和毕业生访谈下来的感觉，就如同某位同学大叫的一声 Choice is an illusion！选择是假象，某种意义上确实不假。

首先，来谈谈商学院在太平盛世时提供了哪些选择。以北美排名靠前的商学院为例，基本上 70%的工作去向是金融与咨询（金融以投行为主，与咨询半分天下），这两类行业是商学院的最大雇主。余下 30%是各种不同类型的公司、政府、NGO 以及各种相对小众市场的工作去向，如市场营销，房地产、供应链管理等等。从找工作现实操作的角度以及准备工作的规模经济性而言，一个人很难真正四处出击，而四处出击的人也往往较少收获好的工作（大牛除外）。用商学院职业规划处的语言说，就是你需要一个 Plan A，以及至少一个 Plan B 的组合，而且两者最好有一定的

相关性。比如主找咨询，辅以公司；主找机构投资，辅以私人投资等等。对于一个不想做这些主流行业的人来说，面对那剩下 30%的零散的机会和相对独自奋斗的状态，也许是会非常沮丧的。

其次，来看看机会成本带来的现实两难处境。作为劳动力市场的供给方，毕业生大多背了十多万美金的债务与两年的大好光阴，在中国人一向不愿负债的文化心理作祟下，一毕业从事较低收入或创业的可能性从主观意愿上说较低。另一方面，作为买方的雇主，见你一个名校的 MBA，也不好意思付得太少，从成本考虑开出的工作名额总不如初级分析师那么多。尤其对中国雇主而言，对 MBA 毕业生做到全球统一薪资水平(global pay)的还并不多，是相对的稀缺品，许多雇主也不知道该怎么用这些毕业生。而美国 MBA 教育已盛行多年，其学位普及商业基础知识的价值和分量为各大公司熟识，并且只是许多公司的一个进入门槛，是相对的大宗商品。基于这种市场情况，在海外的中国毕业生缩小自己的工种选择也不难理解。

第三，来说一下转行的可行性。大部分人来读商学院是希望有一个华丽转身，告别过去的自己，就此进入一家声誉卓著的公司开始正儿八经的职业生涯。投行与咨询之所以成为大户也是因为这两大行业从业人员的高流动性和工作的可培训性使这些公司不会过多介意你的过去(当然，我这里是特指投行部，大投行的其他部门如研究、直投、量化等还是以招收有过去相关背景的人员为优先)。然而余下的工作却没有这么特殊，大公司仍然希望你有相关行业背景，资产管理集团及各类基金公司也指望你以前就有投资经验，近几年火的私募与风投基金更希望直接招收以前有买方投资经验的人。尤其在经济大势不佳的年景中，用句势利的话描述，就是很看重出身，但我们已不能改变过去什么。当然你还是可以什么都试，真正的金子总会发光。只是你会面临一个概率问题：余下的公司本来全球员工数不大，也没有那么高流动性，危机时刻每年招收的名额更只是个位数（即便如 Fidelity，PIMCO，Cargill 这样的大公司也在全美每年招的人不会超过 10 个）。所以，当你看到这么多中国同胞，在痛定思痛后，还是义无反顾地加入投行与咨询大军，其实一点也不奇怪。

最后，不得不谈到作为国际学生的局限性。对于想毕业留美的中国同学，无疑只能申请资助移民签证的公司，这本身就在与外国人竞争不利的大前提下又设了一道严格的关卡。以美国为例，近几年 H1B 签证数发放的名额还是在不断下降，每年也只有几万个，总被早早就一抢而空。我们那一届遭遇危机，还启动了抽签制发放 H1B，更令已过五关、斩六将，终于拿下公司赞助签证的首肯，决意留下的同学胆战心惊、魂飞魄散，一个没抽中一切努力便又付之流水。所以一旦做了留美的决定，其实摆在眼前的工作出路并不太多。即使是投行前台与咨询类的主流工作，被美国公司录用也是少数。相对中国人不占优势，因为不是自小在美国长大，较难对当地市场、文化与社交有深刻了解，一定程度上还是会阻碍在这些竞争激烈的行业进一步升迁。较多中国人会选择从事金融或加入高科技公司也是因为相对而言，技术性的工作易于发挥。华人聚集在纽约与加州也是因为这两处的文化对亚洲比较开放，心理感觉会好一些。有个朋友面试时力克群雄，毕业后与美国同学一起进入中西部一家大公司当产品经理，工作稳定，朝九晚五，各项福利都很好，只是上班时间与白人竞争心理压力很大，下班了在乡间看月亮也难免无聊。要不要回国呢？不仅对于他，生活对于每个人都是这样一道充满 trade-off 的难题。另外，一般来说，也只有相对大型的公司才会资助移民签证以及有心胸接受各种国际学生。所以，放眼看去，美国虽然有那么多林林总总、数以万计的中小企业，面对中国人开放的其实比想象中少许多。

无论盛世还是危机，无论留下还是回国，找工作对于读商学院来说是个不可避免伴有痛苦但又充满收获的过程。一次次面试后，你总会被质疑，总会被挑战。当你对待各类面试官的表演技巧愈发炉火纯青时，希望离你自己也就更近了一些。

危机时代，信念之不可缺

美国这些年来每次有不好的大事发生，好像都给我撞上了。多年前我被选送来读本科的时候遇上“9·11”事件，还清楚地记得那天早上由于没有做过预习，低着头怯怯地跑进课堂，发现教授和同学都在唠叨着一个词“Twin tower”，足足一刻钟过后我才搞明白发生了什么。晚上在学校的草地上全校师生都点上了白蜡烛做起悼念仪式。“9·11”给美国人民的心灵留下了永远的创痛，我事后亲眼看到纽约那原双子塔变成的焦土断垣时也不免感同身受。这一次来读商学院又赶上了历史性的次贷危机。从8月份到现在，《华尔街日报》的头版十天有九日都在报道这家大公司亏损或是那家大银行的减值。此起彼伏的悲观预计不断，从CDO到Alter-A等各种金融衍生品的相继倒台，还不知道底在哪里。方才觉得建立在信贷基础上的发达资本市场也极度脆弱，一旦投资者失去信任，弃市而去，原来靠杠杆的多层放大效应造成的繁荣泡沫顷刻崩盘并蔓延全球。

建立信仰已是不易，重拾信心更是难上加难。我春假去墨西哥旅游前学校又发出了一轮校区枪击警示。芝加哥的犯罪率在全美一直遥遥领先，我所住的海德公园区靠城市南边更属高危地带，平均每周都有抢劫事件，造成一般周末白天也不敢一人出门去附近的超市。路上要是有几个

黑人盯上你，多半就会被抢。学校虽然花了很大力气改善治安，事实上每年也没有听说这里真的有什么同学出事，但是对社区的信心还是没了，不敢一人晚上走回家的恐惧还是在那里。西谚里说的“没有什么比恐惧本身更让人害怕”，这话真是说在点上了。

一个无论多么洒脱的人都需要依赖某种系统或信仰，比如亲人、团体、国家、理想等。以前体会不深，现在愈发觉得拥有亲人和朋友的支持与信任是一件多么幸福而重要的事。记得许多年前有一次生病住院，晚上经常会不安地惊醒，但只要有妈妈在陪的晚上，病房里有天大的吵声也吓不到我，一觉可以美美睡到中午。妈妈说那是有她在，我心安。这种信任而心安的力量如此奇妙。回想这一路父母其实对我从没有任何期许，他们只求我成为一个正直磊落、对生活有自己兴趣的人。一直以来我自己拿主意惯了，现在深深感激他们对我无条件的信任。申请去伦敦商学院交换成功后，我才发现已近破产，伦敦的生活成本比芝加哥还要昂贵得多，何况我还打算再出血本去游玩一下欧洲各国。所以基本上只能继续节省开支，这个年景中国同学们没有人申请，更不会申请伦敦。但我觉得住在伦敦或纽约这样的城市里，本身就是一种教育。犹豫了好几天，好在爸妈都支持我去，毕竟这一辈子里也不会有很多机会在伦敦住上一阵吧。当然我变得更加拮据了，所幸彼时还有位好友在伦敦与我共谈《月亮与六便士》。那么多人俯身拾起路上的便士，总也有人会抬头看到天上的月亮。我们的信念便是做人要穷而不困，潦而不倒，赊账也要听音乐会。

现在有些理解为什么科学与哲学可以殊途同归，某些大科学家居然最后也相信无法被科学证明的唯心思想。有些东西何必一定要证明，相信就好。如果我们只能靠被证明的科学知识来维系社会，是不是有点可悲？像康德说的，除了基本道义，每个人还应坚守自己的信念，营造头上的一方朗朗星空。

以前常常对外国朋友评价当代中国人没有宗教或信仰一事有些耿耿于怀，总觉得大有贬义，但我也确实说不出一套像基督教似的体系来为自己辩护。直到某次和一位英国同事聊天时，他告诉我他让年幼的儿子接受日本的空手道训练，并让他多学一些日本的武士道精神。这多少有些与心中保守自傲的英国人形象不符，我不免有些惊讶地问他，准备让儿子信什么教。他耸耸肩说，“信什么教有什么关系，这世上我只相信善意(kindness)，这才是唯一重要的”。我仿佛突然也找到了如何对待世界的答案。

毕业综合征

芝加哥的严冬向来令人生畏，有时跨度可达近半年，4 月后才能真正春暖花开。平时到了一学年的最后这个春学季，大家无不雀跃。然而，这第二年的人间四月天，却暗暗涌动着挥之不去的离别愁绪。天下没有不散的宴席，终于弹指一挥，两年时限将至，我们即将在 6 月中离开这里。

虽然大家都已不是二十出头的毛头小伙了，都历经过本科毕业和若干年社会工作，但依然没有办法不感伤地对待离别。最突出的便是各式各样在行动上的"补课"。这一学季，大家都不得再拖延，未了的心愿都必须完成，比如之前由于各种原因，许多人还没有去过这里的大图书馆，没有去过健身房，没有走访过校园全貌，没有参加过艺术节，没有听过诺贝尔奖学者的讲座，没有考驾照，没有去过城中的博物馆，没有吃过这里有名的牛排馆，没有坐过芝加哥河畔游船，没有在密歇根湖畔跑步……一时间，大家都在开着 to-do list，不能理解为什么自己竟然错过了这么多。刚来的时候，我们总觉得两年漫长，有大把的时间可以尽情安排，忽而今夏的时刻，才惊觉人的拖延症何等可怕。

除了行动上的各种"补课"，从心理上说，还有一种强烈的不舍，这毕竟也许是一生中最后一次合法的"假期"借口了，就这样被我们用到了尽

头。6月后等待我们大多数人的都是又一次迁移和高强度的工作，这最后的十周每一天过得都比以前心疼，爆发出一种集体性忧愁。想到很快大家就要作鸟兽散，这一学季的同学各种形式的聚会也是前所未有的多，各个小团体的散伙饭一顿接一顿地吃。同届的友情无疑是读书两年中最大的收益。商学院强调社交，让你形成所谓的社交网络终身受益。想一想这些同学都分布在五湖四海的各个行业中，后几年大家的跳槽和打听行业消息莫不都倚仗这些同学圈子的力量。和谁一起成长和个人学习都一样重要，同届的铁杆情分尤其不可比拟。用同学的话说，一起上过学习小组的，一起通宵参加过比赛的，一起过夜打过牌的，一起出去旅游过的，这感情能一样吗？

另外，我们这届大多数中国同学选择回国发展，但大家对要回国这件事也有复杂的焦虑心态，甚至一时恐惧大于喜悦。不是说不想回去，自然都非常想家。但是不知为何，有点近乡情怯。特别是两年没上班，自由惯了，心性散了，对于要重出江湖这件事总是有点心慌。鉴于当年悲惨的经济大环境，只能用接下去几个月时间慢慢接受现实，调整心态，回归祖国怀抱。

大家在考试、帮父母办签证、迎接亲人、安排毕业旅行和退房等事宜中忙得鸡飞狗跳时，终于，毕业这一天还是来了。美国人把毕业典礼和结婚看作是人生两个最重要的仪式，所以亲友团在那一天不计其数。我们中的大多数也都把父母、妻子或丈夫、未婚夫或未婚妻、男朋友或女朋友都接了过来，商学院里一派拍照留影的情形，好不热闹。我陪着老爸老妈在芝大里散步也有着说不出的喜悦。

毕业典礼设在海德园的大草坪上，那天万里无云，一片晴好，亲友团们都早早地坐在草坪场内恭候毕业生。我们则一大早就穿戴好了哈利波特式的礼袍和方角帽，被召集在礼堂里熟悉每一分队的出场程序。等到

芝大毕业典礼

正午礼乐一响，我们便鱼贯入场。像电影里的镜头一样，屏息听到自己的名字时，走上台去从学院主任手里拿过满是古老英文字体的学位证书，对着爸妈会心微笑时有一种特别的神圣感。总觉得中国的教育里虽不乏仪式感，但眼保健操式的教令容易让人觉得没有什么个体的重要性。虽然学院的主任肯定不认识我，估计他读五百来个名字的一天也很伤神，有那自己名字的一刻虽不足一提，但又何其重要。

美国的毕业典礼叫 Commencement，也是开始的意思，一语双关。那天毕业演讲的致词人是学院有名的国际学者 Rajan 教授，他的 *fault line* 一书因预言了金融危机而获得高盛图书奖。Rajan 教授希望我们这特殊的一届不被危机打倒，始终保持高度的商业伦理感，做一个具有芝大独立精神的人。大危机的重重阴霾敌不过这一天的晴好，乱世中唯有好好把握自己。

旅程的魅力在于旅程自身。很难说大家毕业时都达到了最初写在申

在毕业典礼上的留影

请文书里的愿望。是的，我们好多人那时还未能找到理想的工作，未能加入心仪的公司。但是临到毕业，心头只有沉淀和欢欣。意外的，我们这届碰上了百年不遇的危机，也更多地明白了自己，掌握了求职法门，交到了挚友良伴，甚至还诞生了若干"芝大宝宝"。

毕业了，一切才刚刚开始。又一次归零，又一次出发。《双城记》题记倒过来说也许是对我们这一届最好的激励：

> 这是最坏的时代，也是最好的时代；这是愚蠢的时代，也是智慧的时代；这是疑虑的时代，也是笃信的时代；这是黑暗的季节，也是光明的季节；这是绝望的冬天，也是希望的春天；我们什么都没有，我们也什么都有。

第八章

云游四海，寰宇一家

打开掌心，你拥有全世界；握紧拳头，你只有你自己。心里纯净的人，走得远。

流浪 vs.回家

读万卷书，行万里路。旅行从来都是人生教育重要的一部分，有些认知只能来自直接经验。世界地图纵然天天挂在眼前，也不及亲身感受那一片片土地的气息来得更动人心魄。从小就是旅行的爱好者，来到商学院，更要将此发扬光大。事实上，旅行在这两年已成为一种必需。既来之，则游之。在两年中的多个假期大家都会投身于旅游，特别是周边的美、加、墨，还有那从中国出发太过折腾的南美大陆。

从十七岁踏出国门开始，就一直在路上。旅行于我的意义也一直在变化。最初的时候是一份猎奇，向往生活在别处，后来慢慢有一种随遇而安，可以全世界流浪的心态，到了商学院的时候进一步觉得这是一个后天混血的过程，世界主义情怀不可能凭空养成，而是在一次次国际穿梭中才能体会。如今，我还保留着每年至少远途两次的习惯，那使我得以保持一颗敏锐而感恩的心，并且被反复提醒生活本质其实很精简，真的不需要那么多行囊。

记得初来商学院读书，在整理行李时，收到过朋友发来的一份名为“两只箱子的生活”的文件，例数着来美国生活所需带的物品清单。顿时觉得这个文件名很贴切，这些年我一直过着两只箱子的生活，芝加哥、香

港、伦敦、北京、上海，一路搬迁的旅途中，所有的个人物品至多也只有两只箱子罢了。

慢慢地，觉察出一种从外到内的变化，到了某一个阶段后，人开始向往回归，仿佛是一种地心引力。比如久居美国的华人开始回国，尝试过光鲜金融工作的同学开始重新回到企业，吃过一圈西式大餐后想念那一碗稀饭，看尽满目英文的小说后，还是要听一听周杰伦的《发如雪》。

我们这一代早就打破了“父母在，不远游”的古训，父母有时根本都不知道我们在哪里流浪。在家的时候免不了因各种代沟而争执，而一旦远游仿佛所有的隔阂都消弭了，距离就这样产生美。以前我并不是一个特别恋家的人，但商学院第一年结束回家的感觉却让我印象特别深刻。

一年结束要回亚洲实习时，便又是整理行装的时刻，还是一共只有两个箱子的资产，现在一次比一次理得快，可要可不要的一律不要。实习结束后，赶去北京与前来旅游的父母团聚。对父母尽的孝少得可怜，父母对我也一直太过宽容。以至于老爸在天安门前拍拍我的肩说，“这几年我和你妈都真的老了，真的感到有点力不从心了”，那时心里真是酸得难受。那个周末，陪着老爸在前门大街上一书店里淘书，一如多年前我们在复旦大学门口的书店淘书一样，一切好像都很熟悉，仿佛我都不曾长大。我拉父母去全聚德吃中饭，讨个彩头。可如今独生子女的家庭全聚也不过就三个人，对着早生华发的父母，第一次生出对“父母在，不远游”的感悟，第一次觉得自己即将要三十而立。

余光中先生说，故乡，就是我的祖先流浪的最后一站。英文里“hometown”一词因为有家也分外传神。想到第二天又要飞越太平洋去，和许多人说起来都是“回美国”，“回上海”，可到底是要回哪里呢？回家才是人生最美的旅行。

美国家庭开放日——感恩节感恩

感恩节之于美国人民的意义堪比我们的中秋节，也可算是继圣诞节之后的第二个重要家庭聚会日了，每年11月底时各地的火鸡销售就一路飘红，学校里的同学也纷纷赶回家乡团聚。

每年这个时候在美国，都会被请去参加各个朋友家里的感恩节大餐。记得最早一次是大学时在中西部小镇交流学习，轮上一个感恩节。我当地的义母Bonnie，一早就打电话给我要晚上来接我去她女儿家过节。虽然这节日对我毫无意义，但我也感激她念我孤苦一人在异乡，特地要让我感受一下大家庭的温暖。果然，晚上好不热闹，她女儿、女婿、两个小外孙女，外加两条大狗，一桌人就在那里忙着做各种美味佳肴。我白吃了一顿，觉得不好意思之余，总算也见识了一下美国人的中秋是怎么个过法。

后来有一次在读商学院期间受朋友邀请去一个陌生人家里过，那时我才觉得美国人的"开放"。按理说，中国人之间再亲近，到了这种节日，一般好友也很少去别人家里过节，最多都是亲人间的聚会。而美国人真有江湖侠气，来的都是客，欢迎之至，异常大度。本来，我在感恩节时放假，碰巧到弗吉尼亚州去会一个老友，我俩本没有打算刻意要过什么感恩节。去了之后，我室友的美国男友一听说我俩没安排，二话不说就坚持要

让我们第二天去山庄里和他的朋友 Eric 夫妇一起过。我俩一开始都横竖推托，觉得这层关系实在离得太远，过于牵强。但是对方坚持说欢迎我们，我们也就不扫兴了。至今我还觉得这对老夫妻平白请我们两个陌生人去用感恩节大餐不是一般的慷慨。Eric 夫妇已年过六旬，独子多年前死于车祸，他俩就养着一条狗住在附近一处山庄里。生活在乡间的普通美国人民，有一种淳朴而自来熟的热情。一进屋，Eric 就迎上来给我倒酒，参观他们的屋子，完全没有陌生人的生分。下午在壁炉前围着小狗聊天喝酒，黄昏到庄园上看看山色湖景，还没开晚饭点心吃了一轮已撑得不行。与 Eric 夫妇炉边谈话，虽是初见，却分外投缘。直到有人叫开饭，我才惊觉自己就这么肆无忌惮地卧坐在人家客厅的大沙发上，真的完全不当自己是客人了，好在美国并没有这么多忌讳。饭后，我们又围在一起闲聊，外人若看起来真当是一群老朋友。直到离开，夫妻俩还是精神奕奕，没有任何伤感。我自了解他们的家庭后，看到满屋他们儿子过去的照片，总觉得这对夫妻逢此变故，膝下无子，应该在山庄里生活挺压抑。不想他们倒是自得其乐，广迎天下客。临走前，Eric 还拍拍我的肩说，"下一个感恩节再来喔，这里永远欢迎你"。我也紧紧地回给他一个拥抱，对这种素昧平生的温暖之情深为感动。国与国之间有那么多政治、经济与文化问题要攻克，而人与人之间，地球不过是一个大村落，我们都是一样的有情人。青山绿水，后会有期。

最近一次感恩节又恰巧在美国朋友家里度过。这次是先生的同学邀请，一位华裔女生做东，一大堆国际学生前往作客。看着一大桌人吃着火鸡，感叹这里的派对赛过一个联合国。前来的同学有中国人、印度人、墨西哥人和西班牙人，东家的男友是美国人，男友来捧场的父母则是法国人。总说美国是民族的大熔炉，谁说不是呢？除了那只 22 磅的巨型火鸡提醒着我这是一顿感恩节晚餐外，别的一切似乎都与此节日无关。无论到谁家里作客，主人都会真诚地感谢我们愿意前来参加，给了他们一个做东的机会。以前我觉得这话只是客套，但后来觉察到这话说得非常真心，因为在他们看来，没了客人，或客人少了，也不成其为聚会，也少了几分欢乐。独乐乐不如众乐乐，这里有种根深蒂固的好客精神。与其“小家”私聚，不如“大家”共乐。他们见不得你落单，也不允许遍插茱萸少一人。

感恩节多给了我一次机会感恩，感谢与许多人有缘千里来相会的缘分。多年来这些在感恩节或各种聚会里遇到的人也许与我的生命轨迹只是偶然交错，但我临走前必然也会真诚地对主人说一句“Thanks for having me”。平凡的生活总因为这些小小的意外相遇和陌生人间的无条件接纳而格外美好。

南美印加文明之旅——背包精神

来了美国，两年的旅行中南美之行必不可少，这已是大家的共识。想到从中国飞一次巴西加上转机共需三十小时这件事，大家不免一边哆嗦，一边为暂有地利之便而窃喜。可惜，南美大陆还是太大，我们的时间有限，最后集体用民主表决的形式定下去智利与秘鲁两国，组成十人团，为期一十八天，可以说是我商学院经历中最大的一次集体旅行，行前连大家的电脑屏保程序都开始应景地陆续换成 Torres Del Paine 国家公园的三座圣峰、企鹅、冰川等。

旅游的流水账就不赘述了，单表一表亮点：

The Enigmatic Nazca Lines 神秘地画

几乎全程十人都未在清晨坐过这种小型滑翔机，在低空旋转看著名的神秘秘鲁地画。坐在副驾驶位的同学会感觉特别晕，但是整个过程非常好看。一共大约有二十幅地画，包括猴子、蜂鸟、外星人、蜘蛛等不同生物，惟妙惟肖。线条出奇的直，图案异常庞大，至今也是地球一谜。让我瞬间对外星人这事儿第一次有点着迷。

在秘鲁坐的直升飞机

Machu Picchu　马丘比丘

这无疑是秘鲁最为有名的景点。许多铁杆旅粉的老外是直接徒步走印加线(Inca trail),三天到一周内走遍全山。我们由于时间不够,选择坐火车直接进入山区。花了足足半天爬上山丘,看到了老峰与新峰的全景。借用某位同学精辟的总结,就是我们的长城放在了高山上,这种组合却非常震撼。大家那一日反复从各个角度拍两座山峰,直到产生严重的审美疲劳。客观地说,作为印加文明的代表,马丘比丘还是比在墨西哥看到的玛雅文明代表 Chichizen-Itza 壮观得多。一路上日照看似温和,后劲却异

秘鲁马丘比丘

常凶猛，纵然涂了防晒霜，回来后所有人都发现有不同程度的灼伤，这大概就是得见奇观的代价。

Punta Arenas/Puerto Natales　地球上公共交通所能企及的最南端城市

这一天我们赶上了冬至节气，恰是日照时间最长，从早上四点至晚间十一点。夜间七八点的日照还如平日正午一般。智利的地貌狭长多样，南部的 Patagonia 地区以雪山、冰川和大海为主，我们临海而宿，终于看到并飞越了以前在中学地理课本上多次提及的麦哲伦海峡。这才觉得有几分天涯海角的意味，顿觉三亚那块石头好像有些山寨。

Pucon　智利旅行者的圣地

这座小城是我个人全程最喜爱的地方。小小的城镇风景无比秀美，大可以呆上一周。周边丰富的地形提供了无数的野趣活动：爬火山，单人舟，多人舟，漂流，荒原策马，冰川远足等。由于时间关系，我们只能选择一部分活动，其中大家共同参与的是一天的爬火山。那是我记忆中最为疲劳的旅行，难怪同行的不少姐妹们都说，一生也就这一次，以后估计都上不来了。

说是火山，实际上已是座雪山，在城镇近郊。我们早上六点半出发，到下午约四点下山，这一天对爬山的难忘之情远远超越了国宝级的马丘比丘。当时所有人应该都是生平第一次爬雪山。此山高 3 000 来米，我们中的一队只爬至1 500米，二队爬至2 200米左右，而唯一一名女选手——我的同屋尼可同学，在四点天黑前成功登顶，成为中国队的骄傲，并亲身嗅到了火山口的硫酸灰味。还有部分男女选手企图冲上最后的 300 米，他们并非由于体能不足，而是由于速度不够快，被教练强行劝退。全程非常艰苦，每个人配上了全副登山武装，负着巨大的登山包，戴着头盔、手套，穿上冲锋衣裤、膝套、钉鞋，带着雪锄、水和干粮亦步亦趋地迈上山峰。稍一停下，内层湿透的汗衫被风一吹立刻冰冷刺骨，一旦走起来便又热不可挡。中午时分，我们在山腰稍稍停下补充一些热量，大家拿出巧克力纷纷一板一板地往下咽，连自己都惊讶居然可以把巧克力当菜吃，可见能量消耗之巨。

攀登南美雪山

下午新一轮爬山由于上午体能消耗了不少就更为艰巨。伴随着沉重的呼吸和脚步声，大家沿着之字形慢慢上山，每上升一百米都是一个胜利，那时方明白什么叫举步维艰。尤其是女生体力不强，容易经常跌倒，这时候需要用雪锄扎住地，自己站起来赶上部队，那叫一个累。途中会有游击队式的教练们帮助你站起来或扶你一把，那时候只能恶狠狠地看着他们身轻如燕的矫健背影而直流口水，对自己的臃肿无力倍感辛酸。大家的自重和体能天生不同，那一日都几乎走到极限，谁都不想提早下山。最后完全是意志力的考验，小宇宙战胜了一切。下山后无人不对王石高龄登山深感钦佩。雪山的天气下午四时左右便会天黑，所以教练们三点多便会根据各人进度判断还让不让你继续爬上去，如果时间不够就会赶

你下山。殊不知下山更累，每踩一步都得全身肌肉绷紧。有一大部分山路是靠人为地滑下去，大腿上绑一块防水布，从雪道上直线下滑，非常刺激过瘾。上山用了五六个小时，下山只用去一个小时。离开时，回望那座已经灰雾中的雪山，难以想象自己几小时前就是上面一个小黑点。每个人区区百斤上下的肉身，战胜自身重力，不断上升的游戏竟是如此辛苦。

事后没来过南美的同学听说我们去了马丘比丘，都艳羡不已，其实却远不及在我心中那一座无名雪山的攀登。是的，那座山根本算不得高，也没有名，但却留给我考验的一刻：清楚记得在到达 2 200 米地标处要决定是不是继续上爬，那才是真实的决定性瞬间，艰难而无助，听得到心灵的声音。

南美旅行令人难忘的一个主要原因就是因为相对艰苦。除去言语不通、食物不合肠胃这些常见因素外，光是几次十多个小时的过夜高原山车就够受的，好几个同学晚上都有高原反应开始呕吐，下车后没有几张脸不是青的。日晒雨淋，极冷极热的气候也一直相伴左右，最惨的就要数女生们在客栈里经常遭遇毒虫叮咬，肿起的红包久久不退。那些南美小客栈的毯子里养着冬眠的小毒虫，没被皮糙肉厚、常来常往的欧美人唤醒，偶尔遇上我们这些个细皮白肉的亚洲姑娘就是迎来了春天。就算多年吃荤后做了一回善事，阿弥陀佛。

我钟爱这次旅行还因为它让我更深地体会了欧美的背包精神(backpacking spirit)：爬山涉水，住遍青年旅舍，边走边计划下一程；永远一个背包，一本孤独星球指南和一颗无时不自由而感恩的心。一样的行程，老外统统搭起帐篷，走进山区，疾行数里印加线(Inca trail)，是真正的强悍。在沿途客栈里，我遇到许多背包客，其中长时间一路打零工、一路赚旅费、游历全球的年轻女性总让我更钦佩。我知道这件看上去很美的事要花上怎样的代价。相形之下，我们中国学子在体力和心智上冒险和吃苦的勇气要少了许多。有一种巨大的快乐只留给经过艰苦过程的人。记得某日下着大雨,和尼可同学一口气走了十四公里上坡山路,在快要绝望时最后见到了在山林掩映中静静等待我们的一大片美丽仙湖。那不是全程中什么著名的景点,但当时给了我一种近乎超现实的幻觉。背包客的成就与浪漫的快感就来自于路上这些平凡而又莫名激动的瞬间。

这一程总让我想起电影《走进荒原》(*Into the Wild*)中主人公的一段告白(如下):"不一定真的变强,而是自己感到更强。"

这一程又让我回想起大学时期首次孤身一人游历瑞士的情形。当年正年轻气盛,传奇般有一段住进群体防空洞,半夜里又被逐出火车站,拖着箱子在日内瓦湖畔的长椅上和流浪汉一起瑟瑟发抖地过了一夜的经历。现在想想不免有些后怕。但那次以后就觉得人生有时很难计划,对生活要有一种接受的心态。

旅行,成长,给自己新的机会。天大地大,不害怕自己被暴露在阳光下。打开掌心,你拥有全世界;收起拳头,你只有你自己。

伦敦商学院——优雅的孤独星球

南美归来，第二天就飞去了伦敦。抵达的当天下午，我放下箱子顾不得休息，就重新坐地铁前去商学院报到了。伦敦商学院坐落于市中心的贝克街上，我看了看地图，心想毗邻着福尔摩斯的故居，应该不难找，一路上还思忖着办完入学手续到附近哪里去填填肚子。不想刚出门就开始下起小雨，好一个英伦天气啊，我心里叹了口气。从学校附近的地铁站出来，居然遇上个不认路的好心人给我指路，害得我完全走错了方向，结果

找了半天的伦敦商学院的边门

我绕了 Regent's Park 一圈，蓦然回首，才发现安静而孤傲地守在一隅的LBS(伦敦商学院)。LBS 那块蓝红相间的学校招牌挂在贝克街上，丝毫不起眼，以至于我第一次走过时以为是某个咖啡甜品店，哪里想得到这竟是商学院的偏门。不过没有大门这一点欧美商学院倒是意气相投，西方教育机构那些示意牌总是小小地嵌在建筑物某个不起眼的地方，加上多数没有围栏，整个校区都是对外开放的，游人一不留神就走进了某个学院而不自知。相形之下，国内读书仍是一块圣地，有着宏伟的大门、门卫和围墙，不知几时会与社区打成一片。

找到"组织"后，我很快办好了手续。领了新出炉的学生卡，来到门口小店买了一杯咖啡提下神。果然，欧洲是 Costa 红色的天下，奶香味特别浓郁，而熟悉的星巴克墨绿的踪迹竟整条街上遍寻不着。

伦敦商学院内部

是的，欧洲还是很不一样。我很庆幸自己选择了三个月不一样的生活。第一天上课时我就吃了一惊，确切地说，是有点窘迫。那一天是堂小班课，我应该是课上唯一的亚洲人，也是唯一一个从美国过来交换的学生，在场的三十来个人听口音都来自欧洲。我惊讶的却是他们的穿着。在美国闲散多时，除了求职的那一段天天穿西装外，别的时间基本上就是素颜朝天，汗衫加牛仔裤即可。这次到伦敦我也只带了非常简便的日常服装。这一天还是正月里，天气十分阴冷。进来的男士基本都穿着西装，束着领带，非常有型；而女士们最让我汗颜，几乎所有女生都化着妆，穿着裙子和长靴风情万种地摇曳着进来，偶有着长裤的那一两个女生也穿着那种黑色紧身的塑形裤，外披着风衣飘飘然地进屋来，我下意识地往里坐了一下，把穿着牛仔裤的身子再埋下去一些。另外，她们中的一大半还都戴着各式漂亮的帽子，拎着精致的挎包，刹那间我有种回到维多利亚时代的幻觉。说实话，那堂课的内容我都没有什么印象了，我的双眼基本都贪婪地盯着这些女生。真是太考究、太优雅了！又过了三四天，我的初印象得到了全面印证。不仅是学生，这里的教授也比美国的教授在外表打扮上胜出一筹，特别是几位女教授从上到下穿戴得像个明星，连围巾和配饰都分外考究。同是女儿身，相煎何太急！顿时觉得自惭形秽，为了应急改善一下粗鄙的乡土气质，立马就冲去ZARA现购了裙子和围巾，免得给人丢份。

这关于“形式”的第一印象十分深刻，欧洲是分外注重礼仪和外表的，商学院自然尤甚。成为一名绅士或淑女可能是这里行商的必要条件，无怪乎英伦是所谓大学的博雅教育与绅士培育理念的发源地。我的性别意识竟在这里得到最大的启蒙。后来认识一位从法国来芝大交流的女生，进一步印证欧美之间的差距。她每天都打扮得分外精致，告诉我在法国商学院里人人都是这样，以美为先。到底是以香奈儿和波伏娃为女性代表的国度，我不由啧啧赞叹，同时扫视了一下环绕在身边的美国同学，穿着宽松套头衫、喝着超大杯可乐、用手卷着每天供应的披萨……回忆起伦敦，像是惊鸿一梦。一方水土养一方人，我觉得是女生有机会一定要去欧洲呆上一段，顺便附庸风雅一下也是好的。

言归正传，从商学院的教学上说，有三点与美国不尽相同：

第一，各国都是喜欢用各国的案例，比如我在 LBS 学的全是泛欧案例，如 Burberry，Pret a Manger，EasyJet，Zara 等，而美国的教学则被可口可乐、英特尔、谷歌所充斥。虽然这些商学院都号称国际化，但从案例选择上看，地域主义仍旧十分明显，亚洲的案例更是少之又少。从这个意义上说，自己主动带着全球观去理解商业是十分有必要的。人难免有自我骄傲与派系之争的倾向，这一点我从欧洲教授对美国文化底蕴浅薄不经意间的轻蔑，以及美国教授对欧洲懒散经营政策的不屑中都可看出一二来。所谓兼听则明，各采所长，万一被所谓国际化的光环照耀成了另一种狭隘就失去了教育最初的本意。人总固守一隅，又岂知他方风景？

第二，商学院教育在欧洲兴起相对较晚，而且这些商学院招收的学生年龄也普遍比美国大。以 LBS 为例，学生大多近 30 岁，具有丰富的行业经验。另外，与美国将 EMBA 自成一体分外教学的制度不一样，欧洲往往将这两种学生混在一起授课。我就有幸两次和 EMBA 班的同学一起上课，受益匪浅。之前说过，商学院的个人所得一半取决于你的同学。LBS 的 EMBA 是一群企业高管，年龄都在 40 岁以上，行业经验也都超过十年，这就为高质量的课堂辩论创造了条件。我第一天走进某堂战略课，当时是我第一天上课并不知情，还奇怪这 LBS 的学生为啥一半都老得谢顶了呢。在聆听这些高管同学发言时顿时感到这简直和美国不在一个水平级上。在美国，我们都是工作 3～5 年刚出道的年轻职场人士，对商业有些直觉，但经验和洞察力都没那么深，只是互相五十步笑百步的也不觉得彼此水平有什么悬殊。来到这个课堂，我对同学的发言不禁全神贯注，加上欧洲人本来说话逻辑性就强，废话极少，听得不仔细就跟不上了。我记得当时讨论一个产品开发战略的议题，我身边一位联合利华的高管就

谈了她主导开发产品组合的经验，另一个通用电气的高管分享了管理产品小组的最佳实践。在竞争战略中，何时出手(when to compete)是一个很重要的决定。在读商学院这个决定上也一样，并不是越早越成功，有时来得太早可能也无从消化。

第三，欧洲的学制比美国更灵活一些，或者说美国其实更严格一些。美国排名靠前的商学院虽然大都不给学生成绩的压力，但工作量是逃不掉的，每门课大大小小的个人作业、团队作业、期末考试或最终项目都早已排好。像芝大这样学季制的学校学习任务的频次显得更高，压力更重。而在这里我发现了欧洲多见的 Block Week 学制，即一周时间，从周一到周五将一门课完全讲完，周末考试。虽然五天里从早到晚累得半死，天天近中午就昏昏思睡。但好处是短平快，为学生的时间安排提供了大量的灵活性。比如我就靠着一次 Block Week 省出来的时间抓紧了后期的旅游计划，两手都过硬。好在 LBS 的图书馆并不是很“商业化”，还供有大量的孤独星球(*Lonely Planet*)旅行指南为虎作伥(此系列指南的创始人是伦敦商学院毕业生)，我便偷得浮生半日闲，每周在那里策划旅行，“天天向外”。

相比中国同学对美国学校的高涨热情，欧洲学校显得有些受冷遇。其实有这么多好处可能是大家申请前没想过的，后来人不妨差异化竞争，多光顾一下大西洋这一头的孤独星球吧。

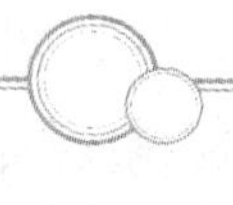

欧洲列国穷游系列

题记：

在伦敦商学院交流学习的三个月里，我利用空余时间密集性地去了好多欧洲国家旅行。从伦敦回到美国后，我变得害怕旅行，我怕旅行太过频繁造成审美疲劳，我怕自己将来失去了见到新风景的激动，我怕自己和自己某天说“嗨，这里不过如此”。有朋友问起旅行的意义，我以前一个人旅行时曾想过，觉得旅行是一种状态，让人变得敏锐、精简、感恩等等。而今我想着旅行不是一个人的事，是让你听听生你养你的广袤世界的脉动，在一脉相承的自然与人文中体会什么是休戚与共，万物有灵，有一种会心的快乐。更美好的是，在此过程中，你总会燃起对这个世界的爱意，点亮创造着自己个人传奇的火花。

汉堡——小家亲情

周末飞去看望已远嫁德国的大学时代好友晓星，这个说了很久的计划，终于这次成行。原来想去南德时转去汉堡一天看她，晓星一个电话改变了我的想法，毕竟在一起的 quality time 比匆匆为了见而见重要得多。

一别经年，时常惦念，老朋友之间也聚少离多。一出汉堡车站看到晓星，她还是一如既往的清秀可人，都看不出为人妻、为人母的样子。汉堡的房子和上海的老公寓几乎没有差别，她先生把所有当年在上海古色古香的家具都运了过来，还是一样的四米层高，白色原木的家。只是晓星多了一个小跟班玛德琳。一整个周末我们跑到当地的小酒馆里吃早饭，到当地的超市买食材回来烧饭，过着非常“乏味”的生活，基本是围着这位小公主从早到晚地转。有了孩子后，生活节奏和内容完全变了，喂五顿饭，哄睡觉，讲故事，洗澡等等。晓星很累，很开心，也很安心。汉堡本身相对于别的欧洲城市，是个极其普通的城市，我一路看着博物馆和各式城市街景时真的完全看不出有任何德国第三大城市的风貌，只觉得人烟稀少，静谧非常。反而看着晓星有条有理地打理这个家，流利地用德文到处对话，并驾车带我一路细数德国的文化，让我又惊讶又钦佩。两年半前她远嫁德国时，举目无亲，语言不通，用她的话说那段生命中最难的时刻已经过去。要放弃原来在上海的一切，学一门新的语言，融入这里保守的文化，养育一个新生命，做一个家庭主妇，爱情的力量竟可以如斯……我能够想象她所说的曾经某个时刻真的想要放弃，真的怀疑自己，但现在我为她感到无比骄傲。

和一个小生命在一起过每一天，仿佛我也在重新成长，感觉非常奇妙。每次玛德琳顽皮地让我们到处找她哄她，累得不行时，她突然用小手一把抓住我的胸口，冲我一笑，顿时就会有万千柔情涌上心头。难怪那一句“你的笑容是我今生最大的守候”的歌词是那么地传神。夜间终有时间和晓星长谈，她说两年多来最大的改变是心安的力量。这个国家很安静，可让人静下来，听一听自己心灵的深处，然而这却不是一般人可以轻易做到的。我觉着这种不再左顾右盼，让心安定需要莫大的功力和智慧，可以帮人渡过一切难关。离别的时候，晓星在街边推着婴儿车，目送我走下地铁站，我回头挥手时，看着她纤细的身影，心中无限怜惜。但晓星已不再是当年在学校里失恋时伏在我肩头大哭的那个晓星了，她变得比我想象中还要坚韧，我从她那里汲取到莫大安宁的力量。谢谢你，亲爱的！

爱超越占据之心，更多地在于相濡以沫的默默扶持。现在每当我联想起德国，没有冷酷，没有硝烟，只有那千回百转的小家柔情，以至于我后来的蜜月也特地留了一程给南德的小酒馆，稀疏平常的一顿香肠和啤酒，在昏黄的灯光下都因一种专属于小城故事的温情，而让我们久久留恋。

阿姆斯特丹——凡·高式地渴望生活

对荷兰了解很少，事实是一到欧洲就觉得自己对各国历史知识的缺乏，实在不好意思见人，若说以前学过什么，应试后到现在也都忘得所剩无几。去阿姆斯特丹前，在学校借了一本孤独星球指南，开始补课，还咨询了以前在那里工作过的几个同学。阿姆斯特丹无疑是全球最有生命力和开放的城市之一，属于它的关键词太多了：运河，木屐，郁金香，风车，喜力啤酒，性，奶酪，自行车……在其 17 世纪的顶峰期，荷兰是全球的海上霸主，贸易运输发展奇速，阿姆斯特丹一度和伦敦、巴黎齐名。今天它更多以北方水城和大量的艺术作品而闻名。两天内，我拿着青年旅社的地图在水城里暴走好几圈，可惜不到三月天，郁金香尚未完全盛开。不过第一次到一个水城，对我来说一切还是很新鲜，这里几乎没有什么现代建筑，整个城市还是很完好地维持着以前古老的建筑风貌，说是三步一河也绝不夸张。

我走得比较快，基本上把指南上的景点都去了一遍，最爱凡·高博物馆。也许和大学时读过一本凡·高传记《渴望生活》有关，一直喜欢这位天才艺术家。他画的静物张力十足，色彩感超强，尤其那种惯用的明黄与蓝绿反衬感。到了这里参观我才发现他居然受了很多日本文化的影响，

后期画的花草树木具有明显的东方感。凡·高三十七年的短暂一生中，辗转反侧地追求理想，直至饮弹自尽。他一生悲惨，靠哥哥资助，在世时不得名，被好友高更遗弃，精神错乱，割下左耳，大多数时间只有两个妓女愿意作他的模特，后期只能就地取材，专画精神病院外的花草。不过此人极端恃才傲物，不肯去专门的艺术学院学习，自学成才，觉得表达自然之美是一生的召唤。以前我看名画也只是为了看看，后来看得多了觉得名画确实有着一种与众不同、流芳百世的经典感。比如以前看到他的"向日葵"，只觉得色彩夸张而耀眼。而看得时间久了，真心赞叹这株花生命力之强简直夺人心魄，绝非池中之物。

阿姆斯特丹也是举名闻名的"性都"。这里的性博物馆和性表演每日都吸引无数游客。中国城恰就在红灯区旁，为了省钱和吃到可口的中国菜，我吃顿饭都要穿越红灯区的心脏地带。这段经历成就了我后来不俗的谈资。指南上说单身女客要特别小心，不能在红灯区拍照，这片区域其实还是被黑帮统管着。所以我只能尽量使用眼睛这感光器材了，夸张的照片一张也不敢拍，生怕自己也被活捉了去。一到华灯初上，运河小巷两边的古楼群都打出了红色灯光，无数浓妆艳抹的北欧女郎穿着比基尼就在落地窗前朝游人不断搔首弄姿，这般景色估计全球无二，让人大开眼界。同是女儿身，这般前卫和妖娆的作风让我叹为观止，甚至于都不好意思从她们窗前经过，更不敢盯着她们打量一番，这般艳福实在是无缘消受。但这城里还是专门出了个"红灯区一览"的游览项目，每晚一个小时带你走一遍。我回来就此事还问过一荷兰同学，他说其实他们就是抱有一种开放的自由观念，不想把东西藏起来。不过他们本国人自己平时都不走到那儿，那纯粹是为游客准备的。

旅行本身大多时候都是一念之间的事，永远没有完美的行程：天气，季节，旅伴，档期等，变量太多。而且海外的大多数地方来过一次，就很少

再去第二次，所以每一次成行我都分外珍惜，谁知下次来是何年。这次一时兴起来了阿姆斯特丹，虽然没有赶上郁金香和风车的时节，但我却觉得听听过去凡·高的召唤，看看晚上的红灯区，自己对生活真的没有什么可抱怨，人总要向阳生长。

Rome is not built in a day（罗马不是一天造就的）

通向罗马的道路是曲折的

这次意大利之行可说是我少有的不顺利的旅程之一。小年夜清晨五点从伦敦公寓出门，赶早上八点去米兰的飞机，居然错过了！此乃破天荒头一遭，从来不错过任何飞机的我只好在机场给家里打电话说声新年好。说起误了飞机，至今都觉得不可思议。伦敦的周末路况总是会发生一些你无法想象的事，那三个小时里我试尽所有的方法，辗转不同的路线和交通工具，最后还是只提前二十五分钟到达机场，无奈只得转搭夜里的航班。

晚上见到在米兰的两位好友时把酒言欢，太高兴了，怎么聊也聊不够。决定次日延迟一班去罗马的火车，本觉得是淡季，坐下一个班次应该不会有什么问题。结果居然火车近乎满员，先是罚款不说，再被从头等车赶到二等车，由于没有座位号，在中间两站分别被人赶来赶去。我在停车空隙使出假寐这一招，心想优雅的欧洲人就请自己随便找个空位，不至于把我摇醒赶走吧，可惜纷纷失败，狼狈不堪。

好不容易夜里到了罗马，作好心理准备进行下一轮折腾，因为订的便宜客栈在山区，离市区较远。我坐着地铁直到一处荒郊走出来，找了半天才发现了公车站，等了半晌也不见车来。于是走到车牌跟前定睛细细一看，发觉写着 ven 和 sab 的字样，直觉是周五和周六的意思，一查指南圣经果然是周日停运！郁闷中只好挥挥手叫出租车，所幸这司机比较宽厚，一路开到山区，十欧的费用只要了我五欧，大概是因为我在外衣口袋里摸了

半天，只摸出一张五块的，他误以为我没有钱了，也懒得用英文和我啰嗦。

后两天我连忙换去了中央车站附近住宿，日子便方便很多。在离开那天又上演了一出末路狂奔。本打算坐下午一点半的巴士去机场，一点钟时，我走着走着，突然发现那个遍寻不着的百年冰淇淋老店就在我旅店不远处的拐角，而且当天正值周三半价日，临时决定以此为午饭。于是背着行李赶过去，耐心排队，等我一块钱买到三个巨球的时候已经是一点一刻了，这下真是使出了五十米测验的速度奔向车站，累到快虚脱。唉，什么时候我才能优雅一点当个淑女呢！无论如何，总是提前两分钟到了，这百年老店的冰淇淋还真是没话说，不枉为其飞奔一程。

作坊式的骄傲

意大利和法国怕是欧洲最骄傲的两个国家了，从他们英文的普及程度就可见一斑。这里平均五个意大利人才会说一点英语，我和第一个旅店的老板争论取消预订费用的时候，真是把以前学的那一丁点法语单词都用上了，比划了半个小时，他才终于明白我简单的意思。身为旅店的老板只顾着用意大利文表达真是让我很气愤，要知道意大利文是适合拿来唱歌剧的，真的不适合用来争吵。

这里路边小店的咖啡，比萨，提拉米苏，冰淇淋都做得分外浓郁，好吃到极点，连我这个平素不爱喝咖啡的人都忍不住天天喝。自然星巴克和必胜客在这里是见不到任何踪影的。有趣的是它们都取灵感于意大利，由崇尚商业运作的美利坚成功地卖向了全球大众市场。而意大利的国民却不屑于这种大规模的商业模式，每个小店还是悠然自得地守着自己家传的配方，骨子里有着一份不可比拟的手工作坊式的骄傲。

与生俱来的热烈

意大利到处流着浓墨重彩的血液。比萨上洒的料，咖啡里磨的沫，建筑上刻的画，行人穿的衣裙，地铁里留的字，女人们化的妆，马夫穿的红斗

篷，无处不洋溢着浓郁冶艳的风情和一种与生俱来的热烈。意大利男人更是如此，小姑娘在圣彼得广场一站，马上就会有人上来和你搭讪，并诚恳地邀请你去喝一杯，简直是赤裸裸的勾引。平素在街头你要对着当地人拍个照，意大利人上镜欲惊人得很，都不用你求他们，便会大方地自动摆好性感的姿势，表情都立刻定格成最佳拍照模式，就怕你不好意思拍。

无所不在的历史感

在罗马街头漫步，常常会灵魂出窍，忘了今夕是何年。三步一废墟，五步一教堂，动不动名画名碑就近在咫尺，最后已经无暇分辨是出自哪一个大家之手。一个暴雨的午后，我想在广场边随便找一处咖啡店躲一下，在小巷里走着走着，万神殿突然就随随便便出现在路左边的尽头，让我顿时非常错愕，一时缓不过神来。三日里暴走罗马城，几乎没有看到任何现代建筑。从梵蒂冈到古罗马遗址再到各处广场，这里的居民想必天天过着一种时空交错的日子。大多数人生活在过去，有些人生活在未来，少数人可以活在当下。而这里时空的界线被打破，你既活在历史中，又活在此刻。

罗马许愿池

匠心之美

罗马是我见过的最美的城市。大到教堂、斗兽场、宫殿，小到路灯、雕花、橱窗都那么美，甚至“美”本身一词都在这里缺乏力度来描述。这座城池是精工出细活的活证。难以想象过去的人花五百年建一个教堂，

一旦临其境，就深受震撼，就像指南上说的“在这里，你并不因为信奉任何宗教主义而低下头”。我对着圣彼得广场清晨雾霭和圣天使桥黄昏中的那一片雕像定睛良久，心中禁不住地赞叹，世间怎会有这么壮观的杰作？西斯廷教堂顶上的创世记和波各赛画廊的镇馆之作贝尔尼尼的四件雕像是我所看过的极品，尤其是《最后的审判》和《劫掠波西比娜》。对着前者，我就呆坐在西斯廷殿中半晌，一动不动地仰视着这幅巨作，没有任何语言。后者雕刻得出神入化更让我目不转睛，这怎么可能是出自人手一斧一斧刻成的呢？那一刻了解到有一种完美真的可以称为浑然天成。我在这里的最后一天，罗马突然放晴，所有的建筑像顷刻间有了生命一般，许愿池的背景刹时一片明黄斑驳，美得无法形容。让我把前一日在大雨中走 Palatino 山丘的郁闷一扫而空，为博美人开颜一笑，等一天是多么值得！

如果说中国式的建筑是一个“巧”字，那意大利就是一个“匠”字。原始的大理石，百年的光阴，不知疲倦的雕刻，也许只是为了那一朵小花。不像恺撒大帝最后称霸时要说“I come. I see. I conquer.”有朝一日，我也要说，今生也刻了那一朵花。

情人威尼斯——玻璃之城，假面之宴

飞机晚点，抵达水城刚过情人节零时，所订中国客栈的老板董大哥依旧如约赶到桥头接我，无比浪漫！威尼斯在午夜依然灯火如昼，干净清新。可惜我的众情人们皆已入睡，我只好枕着满肚子情话暂时睡去。翌日与众朋友才开始在各岛屿的狂欢节之旅。

威尼斯的灵魂就在每年这十天的狂欢节中迸发流溢，我有幸与之邂逅。这是一个充满想象力的城市，一个流光溢彩的城市，一个将华丽演绎到极致的城市。

威尼斯狂欢节

这里盛产玻璃，各个小岛上有无数加工厂和配饰店，水城小巷的房子外墙也均粉刷得色彩斑斓，加上这两日阳光普照，比之在墨西哥见到相似的五彩山城又多了一份水样灵动的娇媚。走在这座水城里最大的不同是不需要也不能用地图，所有的小巷会走着走着就没有了前路，只能大致依着方向在迷宫里绕行，与阿姆斯特丹井井有条的水路完全不同。然而就是这样却平添了许多随性的惊喜，和好友一起，洒脱地徜徉于海边桥上，渴了就坐在阳光下吃一个 gelato 冰激凌，累了停下在岸边听一曲船夫吟唱的冈朵拉，误了船就再走一程坐下一班，兴致所至就去街边小店里买了一瓶白葡萄酒夜里与好友们对酌。这里是唯一一次我没有作过攻略，不赶景点的旅行。

对女孩子来说，最大的惊喜是与这里一家琉璃首饰店的缘分。我和好友在圣马克广场初次见这家店时惊为天人，目不转睛地对着橱窗看了很久，直到被势利的店员赶走，由于价格不菲，我们又不是轻易出手之人。一夜辗转反侧，真是叫我如何不想她？第二日在各小巷中行走居然三次撞见不同分店，每一次我们都驻足良久，想着到底去试哪一款呢。到第四次相遇时，我说这就是缘分吧，该出手了。这一次我们几乎没有还价，这么美的作品，出高价，心甘情愿。不是真金白银，不是宝玉钻石，但这一片琉璃却让我心驰神醉，三千弱水，我只取这瓢饮。

与每年一度的假面狂欢节的场面相比，任何广场古迹都不值一提。从来没有见过如此华美精巧的面具，如此宏大妖娆的场面，置身海边，被一群18世纪的假面人包围，仿佛我也融进了历史，盛装出席在某宫廷之宴中。有些美的确是超乎想象的，所以只有见到才会相信。我像个小报记者一样追了一天的假面人拍照，尤其是威尼斯著名的面具当真巧夺天工，表情生动，回眸一笑百媚生，让我顿时七魂丢了三魄。一向追求简约的我，这一次不得不为这无上的繁复华美而折腰。美轮美奂啊，心里就一直这么词穷着。加上小巷流水，斜阳窗榭，轻舟飞花，这城池怎一个“媚”字了得！

佛罗伦萨——黄昏下的诗

来翡冷翠之前，众人就和我打过招呼说看了罗马，这里就不值一看，最多可以审一审某些博物馆的内在美。所以没有抱任何期许，佛罗伦萨却用难得一见的阳光，热情地拥抱了我。那个黄昏瞬间会永远定格在我心中，就像撒哈拉的星空、智利雪山的正午和梵蒂冈的清晨。

离开百花大教堂时，心中就充满惊喜，觉得这里一点也不输给米兰大教堂和圣彼得广场。一路南行，穿过大卫像和老桥时，一抹阳光正安静地洒在湖面上，美丽不可方物。待到我拾阶走上米开朗基罗广场，俯看全城时，正值下午四时，阳光出奇地温婉和煦。零度的天气也不觉得寒冷，广场上游人如织，却分外安静，大家都齐齐坐在台阶上凝视着前方城市的景色。我也虔诚地坐下，浸沐在一种温和、安定而静谧的力量中。遥望黄昏下的佛罗伦萨，江山如画，诗意盎然。百花深红的圆顶，褪色泛黄的旧墙，座座古朴的老桥，一弯绵延暗绿的流水，由远及近，厚重隽永。其中深藏着多少艺术巨子的瑰宝和文艺复兴的灵魂。

佛罗伦萨街景

罗马的美是霸道的，不容辩驳的；威尼斯的美是妖媚的，眉目传情的；佛罗伦萨的美是温婉的，润物无声的。我静坐了半晌，平息着暴走的节奏，释怀了内心的烦躁，不由自主地想起许多过去和现在拥有的单纯的美好，辽阔的梦想。岁月静好，长路且行且远，心中有着单纯而有力的意愿，方能得到花好月圆的内心。

巴黎及近郊——蒙娜丽莎有点冷

盛名之下

和好友 X 很早就计划了巴黎之行，去过以后却不禁觉得有些失望，可能是事先期望值过高，把这座城市已等同于一切浪漫的想象。第一站来

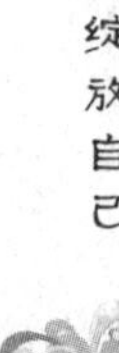

到圣母院跟前，我就忍不住说这难道就是传说中的钟楼怪人的蓝本所在地么？整个建筑比我想象中要矮小很多，内堂也和意大利众教堂不可同日而语。次日去到卢浮宫时，更觉得比之梵蒂冈和大都会都有差距。馆藏是无比丰沛，但内部馆藏的精品率却比想象中低，镇馆三女神显得有些压不住场。最有号召力的女神无疑还是蒙娜丽莎，无数游客把在二楼中央的她围得水泄不通，而这幅著名画像才不过 77 厘米高。相比之下，我还是喜欢蓬皮杜现代艺术中心，独树一帜，收的作品都很有创意，让人颇有启发。在香舍丽榭大街上和 X 特意在天黑前在挑了一处露天咖啡馆坐一坐，装模作样体会一把巴黎人的情怀。不过我们望穿秋水，那一天也没看到几个俊男靓女。最热闹的 LV 店里倒果然是有两个中国店员，由于游客太多，门口还有保安守着，一批一批放着进，俨然变成了香街上最著名的景点。

唯我独尊

法国的服务态度是我到现在为止见过的国家中可倒数的，论傲慢无人能出其右。在地铁站买票，两售票员直接视我而不见，自顾自聊天，为了赶时间我只好另找自动售票机去。卢浮宫旁这么中心地段的饭店里，菜单还是没有英文版。上来一盘光溜溜的硬面包，实在难以下咽，我向服务员索要白脱，那店员看我的眼神肯定是见了外星人，觉得这老土怎么要白脱呢，我想不然只有你才咽得下去这么硬的法式面包。最夸张在一著名的百年老店里

巴黎酒馆

用餐，买单时服务员居然说不找零。就是如果花了三十块，你只有五十块的票子，二十块就不找了。另外，法国人真的是不屑于将英文打理好，我凭着三脚猫的法语很难在这里得到理想的饮食水平，最郁闷的是来之前没有好好重温那些食物的名称，害得我甜品都不知道要哪个，侍者永远和你讲不清。建议后来人定要好好温习一下，方便点菜，至少不辜负这里是欧洲美食之邦的美誉。

法国也确实是欧洲各国中非常注重饮食的国家，各色菜系开发得比较齐全。我和X都对美食毫无抵抗之力，我们决心再语言不通也要点到正宗法国菜，孤独星球的指南在这点上还是很靠谱，连续三天依葫芦画瓢找得的法国菜都很正点。吃到了红酒炖的牛肉，鸭腿和羊肉，各色甜点和波多区的红酒，非常过瘾。连最后一天赶时间在麦当劳随意点的甜品和路边小店的烤肉套餐都无比美味！当然本着穷游的原则，诸如鱼子酱、蜗牛和鹅肝之流，就留给有钱的老爷们点了。

枫丹白露“艳遇”记

这程最搞笑的当属去枫丹白露的一天。早上出了地铁站到里昂火车站买票时，我正在想着去哪一排售票机，突然冒出一个法国人，带着工作人员的标签，问我需不需要帮助，我说要买去枫丹白露的票，他说跟着我走吧，我狐疑地跟了他几步，心想这买票自己也可以买，而且售票机比比皆是，此君怎么一直带着我上楼(当时我在地下四层)。我虽然容易相信人，不过长期旅游在外，基本的警觉心还是有的。这人看我跟得慢了，急着说你快一点啊。我想我没色没财，大白天在车站应该没事，只要他不要领我去一个什么小黑屋下手就好。就硬着头皮跟着他来到一楼大厅，他领着我去一售票处排队。我松了一口气，等我买好票，他又不知道从哪里冒出来，说“快点，一分钟后你的车要开了”，然后又领我去打票机上验票。那个机器居然坏了，他立马给我手写验票，关照我切记第二站下来。直到

那一刻我才确信真是遇到好人呐，这年头这么到家的服务人员估计要绝种了吧，一下子让我对之前巴黎众多冷遇的服务员有了极大的转念。

巴黎宫殿图

到了小镇我逛了一圈皇宫，出来时遇上一中国籍男子，要我帮忙拍张照。拍了以后我便有了麻烦，此君问我下面去哪里，我说去 INSEAD 商学院，他说他为了申请商学院，也要去那里考察一下，但英文不好，要求与我同行。我乐得助人，但也不愿更改我的行程，就说无妨，一起走吧。我俩就一起去了森林，途上我了解到此君是某政府机关的公务员，果然是朝南坐当领导惯了，动不动就使唤我给他拍个照。我自己生平最讨厌拍这些到此一游照了，心想这倒好，变成你的翻译加陪同了，还不如赶紧去商学院让他自己去办事吧。我在问路时，遇到一开车的法国大叔直接送了我们一程，直接省去了半小时的暴走。到了商学院为时尚早，此君也不急着去办事，提议吃饭，我等朋友也只好在饭厅里先坐会儿。不久朋友来了，此君也不走，只好三个人一起吃饭。饭毕，此君要我帮忙去招生办说说，已经很无奈的我想今天算是我好人做到底吧。不想招生办众官员吃午饭到了两点半也没见影子。我说自己要走了，此君说那不等了，要和我同回。我心里暗暗叫苦，车上他说你晚饭去哪里吃，这下我真的崩溃了，为了甩掉他，就问他你去吃什么，他说吃中餐比较好。我立刻说我要去吃法国菜，还好心告诉了他去中国城的路线。结果半晌后，他突然说来了法国几次其实还没吃过法国菜，不如让我带他去吃一顿。我对着这位领导，已经到了哭笑不得的地步。所以此君又跟着我去用了法国大餐，我找了一家有百年历史的"美丽年代"。吃完后他执意买了单，谢谢我对他一天的帮忙。好吧，看在他请客的份上我也没啥好计较的。最昏倒的是出了饭店，他问我晚上还要去什么地方玩。天呐，有完没完？我说要四处逛逛，让他早点回酒店歇着。此君居然说逛一逛也挺好，我终于使出了杀手锏，跑进旁边一鞋店说，本小姐要开始慢慢购物了，不一定有时间去啥景点了。终于，此君估计不想和我在女鞋店里耗着了，说要回去。心中一块大石落地，他临走前突然又问我要手机号码。我禁不住想，这出道江湖，大都是萍水相逢，你要是一帅哥我还想有点故事，这一官老爷的作风实在消受不了。只好含糊回应着说，出国多时，已不用国内手机。他还心有不甘，说那有英国手机么？我无语了片刻，说俺3月底就要回美国了，英国手机届时也没有用了，他不死心地说那还是留一个吧。我突然理解了人执著的力量，以后也得学习一下皮厚的精神啊，看，这不总能讨到一点什么！一边写下英国手机号，一边臆想着3月底前某一日看到一个中国来电是接还是不接的场面……

人都说欧洲盛产艳遇，是以为记，盼博诸君一笑。

爱丁堡——给我一个传说

妖风魅影

苏格兰的风情与英格兰果然大不同。午夜一进入爱丁堡市便觉得此城妖风四起，魅影重重。惨白的灯光打在迎面的城堡上，映衬着后方Scott Monument那哥特式的黑色尖顶，清冽的月光下不见半个人影，隐隐又听得些遥远的风声，仿佛刹时进入了哈利波特的世界。后几日听得看得多了，便知道这座城市果然与众多王室谋杀、血腥镇压脱不了干系。到处的遗址都是断头台和屠杀场。我借宿的市中心"草场牛门街"(cowgate，grassmarket)竟是过去埋葬众人的坟地，是以第一晚入睡时都觉得阴风入室，难以安枕。到最后一天我都还没敢去那个地下女巫之旅，宁可把时间放在光天化日之下。爱丁堡的建筑不知是否长年缺少维护，外墙上总累下一层黑灰色，加上建筑风格特别高瘦耸然，常给我一种妖魅之感。尤其是那座市中心的Scott Monument，由远及近的气场笼罩着整个城市。常常蓦然回首，又看到那黑漆漆的爪牙状尖顶远远在上；待到走近，又不得不赞叹这座建筑雕刻之精，虽然邪气四溢，但让人受蛊惑般地久久停留。唯一的脱逃，便要跳出这一片老城和新城的中心，走到Calton Hill山顶上去呼吸一点新鲜空气，听一听街边的风笛，并在那一片雅典卫城式的建筑中寻找到一份开阔和悠远，以摆脱中心的魔咒。

酒不醉人人自醉

去往高地的途中路过苏格兰至今为止最小并保存完好的酒庄。主人热情地接待了我们，每个人进门一杯威士忌，一路闻尽麦芽香。门前一弯潺潺的流水掩盖了门内滚滚在发酵的酒魂。酒香不怕巷子深，等到看完所有的工艺流程，最后在仓库商品店里众人纷纷倾囊买礼品时，我也准备出手。好家伙，这里什么东西都是带有威士忌风味的：威士忌咖啡，威士忌茶，威士忌果酱……主人看看我一脸的不解，忙解释说酒是我们苏格兰精神的一部分，代表着强烈和清白。当夜，我要了一点红酒，不知道是不是苏格兰的酒精特别烈还是因为我这次喝得特别快，居然喝高了，回去路上耍起了一路醉拳，差点把同行的小S同学吓死。不过愈发开始觉得酒是个好东西，那“最好金龟换酒，相与醉沧州”真乃绝句。

尼斯湖怪摆尾

尼斯湖怪的传说留传超过千年，无数后人在这一片高地湖泊中企图寻找和证明它的存在。现在是否真有这不解之谜已不重要，重要的是这一传说让此方高地平添神秘和令人向往之情。许多时候，景物本身或许平平淡淡，无甚奇妙之处，但因那背后的故事、传说或历史你便对它青眼有加，赞叹不已。我们驶入尼斯湖中央时分，一时间惊涛骇浪，放眼望去全无边际，小船之浅让我觉得如有一个大浪就有覆舟之险。当一个接一个大浪朝我们迎面卷来时，众人都哗然大惊。老船长笑说，客官们莫惊莫惊，是湖怪出来摆尾了。待驶到岸边，再回望那貌似小小的片片浪花，方知身在此间所受的波涛汹涌绝非外人看得的波澜不惊。

以前迷恋张晓风的散文，有一篇名叫《给我一个解释》，个人十分钟爱。其中的句子还记着：

> 如果有一天，我因生命衰竭而向上苍祈求一两年额外加签的岁月，其目的无非是让我回首再看一看这可惊可叹的山川和人世。能多看它们一眼，便能多用悲壮的、虽注定失败却仍不肯放弃的努力再解释它们一次，并且也会欣喜地看到人如何用智慧、用言词、用弦管、用丹青、用静穆、用爱，一一对这世界作其圆融的解释。
>
> 是的，物理学家可以说，给我一个支点，给我一根杠杆，我就可以把地球举起来——而我说，给我一个解释，我就可以再相信一次人世，我就可以接纳历史，我就可以义无反顾地拥抱这荒凉的城市。

在旅行中，也请给我一个传说。

鬼才西班牙——阳光吻过的记忆

寻访大师的足迹

在伦敦商学院学习的最后一周，顶着三个未完的期末大考，一咬牙我还是清晨飞去了西班牙，只为了三个人：达利，高迪和米洛。

达利可说是我最喜欢的一位画家，一位不折不扣的鬼才。当年在大学里学习西方美学史时，我对众口一词称赞的印象派和立体主义派都感觉平平，却对野兽派和超现实主义派留下极深印象。特别是在课本里第一次看到《记忆的永恒》这幅达利的名作时，对其意象之悠远深感震撼，怎么也忘不了。之后看过多次达利画展，对他的笔调和色彩到了非常敏感的程度。所以这次第一天就专门跑到了达利的故乡 Figueres 小镇去看他的博物馆，好得超乎想象。与一般的名家博物馆不同，达利本人的成就不限于绘画，里面放置了很多他雕塑和创意的陈列。我喜欢达利因为他有一种特殊的超越时空的想象力，把人体器官、自然万物、几何图形等都可以肆意穿插和变形，形成一种突如其来的视野，但却自有一种整体的完美和和谐。我喜欢超现实主义派可能因为那些画家大都有如此手法。第一次看到他在这幅名画中的“软钟”(soft watch)时，我就想这不是一块芝士变出来的吗？果然，博物馆披露这幅名作诞生时达利的手稿显示，确实是他某日晚餐后看着芝士，想到时间这一主题而创作的。至于图中那个变形我一直觉得是个眼睛，不能眼睁睁看着时间无可奈何地逝去，只得换一种沉睡的方式。

看过《情迷巴塞罗那》这部影片的人都一定会对这座城市心向往之，对那首巴塞罗那小调记忆犹新。我到巴城则是怀着一腔对高迪的倾慕而来。如果说罗马是贝尔尼尼一手缔造的，那现代的巴塞罗那绝对是高迪赐给人间的礼物。我走进 Casa Batillo 顿时觉得高迪的建筑不是简单受

巴塞罗那圣家堂顶

自然启发，更确切地说是受了巨大的水波影响。他的作品全部给我一种御海临风的感觉，水波的弧度延伸体现在每一处室内室外的栅栏窗户上。在顶楼最后一个房间高迪就留下一根潺潺不息的水柱，意为自然永不停流（Nature never stops flowing），是其作品最好的注脚。所以他的建筑如同音乐，会随风而动。与常规生活中见到方方正正的建筑迥然而异，我看着那些美妙的弧度和圣家堂里举世无双的巨擘光影花柱，惊叹这国度里竟出了这样一位迷信曲线的奇才。

巴塞罗那还有米洛。以前看米洛的画常有一种惊悚之感，他后期成熟的画风常带有水墨，令我总觉得他该不是受了什么东方画派的影响。果然，这次仔细一看，他确实后来去了日本，受到东方艺术的启发，所以不再模仿塞尚或凡·高，渐渐形成了自己独有的水墨抽象画派。其实艺术这东西我一直觉得无甚深奥，一千个人便有一千个哈姆雷特。能领悟出多少美，人各有异，也无关乎于艺术家创作时的心机。米洛对其绘画也有我很欣赏的注解：绘画一经诞生，便脱离我手，只求能激发看者的想象或能促进他们的冥思。想象与冥思，这两样东西便是精髓。

西班牙与意大利这对邻居地貌接近，但风格大异。意大利一直都给我浑圆壮阔的雄壮史诗之感，西班牙却是人杰地灵，鬼才辈出，是个想象

力丰富到极点的民族。

旅舍情结

写几笔旅舍(hostel)。说起来我也住过不下数十家了,与工作时住的星级酒店相比,固然异常简陋,但回想起来,总能说出好些旅舍的特色,不像酒店的记忆在我脑海中总是非常淡漠。上次小S去旅行时问我,客舍里会有一次性拖鞋吗?我暗自叹气,真是富家子弟,不识得人间疾苦。也不忿地想我20岁就出来住客舍了,这人和人命就是不同啊。这次住的一家颇有特色,主人Toti是个本地小伙,与他在南美旅行中认识的姑娘Marina相爱,两人去年开始定居到巴城,在自己家楼下开了间客舍,里面的工作人员不是Toti的弟弟就是Marina的妈妈,完全是一个家庭店。入住的时候Toti很凶悍地拿出一张纸说,给你。我接过来一看,上面第一句写着"这家旅舍是由Toti和Marina所有。他们没有结婚,但他们真心相爱"(This house is owned by Toti and Marina. They are not married, but they are seriously in love)。英文看着巨有气势,吓得我条件反射地问需不需要在为他们的爱情宣言上签个字。后几日夜间与Toti聊天,他问起我有没有想过在中国也开一家旅舍。我回想当年游大理的时候,在丽水金沙曾也动过这样的念头,但是后来旅行多了,觉得自己会受不了每一两天都要和旧人说再见,又迎来一批新人的过客式经营。我要是主人一定会太伤感。

一次"黑"遇

在Girona小镇车站,我一大早在月台等着去巴城的火车,迎来了第二次欧洲艳遇,不过这次只能说是"黑"遇。不知何时起,旁边坐下了一个戴墨镜的黑人小伙和我在月台上搭讪,上来就是"Are you Japanese?"我没好气地说我是中国人。他连忙说不像啊,我心想你一辈子见过多少中国人,也能凭空判断?然后此君又开始问我一些问题,我心里不由哀叹此人

人品太差，都是最后一程一个人背包游了，老天就不能赏个正点的么。好吧，我承认我还是有种族歧视，长成像奥巴马那样我也忍了，不过眼前这个人却连墨镜也没脱下来。后来他居然话锋一转，聊起经济危机，顶着大好阳光，我实在不愿讨论这种话题，所以一声没吭。突然他又一转话题，说要去中国，还要学中文云云，我只好强打精神为祖国文化唱了几下高调。他又问我的中文名字叫什么，我一愣，我的中文名中有个“灵”字，这用英文解释我还真不会，只好说你知道心灵“heart and soul”吧？我就是那个“soul”。在我庞大的气场下，他只好唯唯诺诺一迭声地说好名字，好名字。上了车，他还紧跟着我。罢了罢了，本来想睡个小觉也不成了。此君绝对是个花花公子，马上又问我几岁了，倒是直接得很。我说我年纪很大，自个儿猜吧。他说顶多二十、二十一，我当即出声大笑。谁让我是那种给我阳光就灿烂的人呢。他第三站就下去了，下车前还索要我的联系方式。我想想好笑，碍于礼貌，留了个电邮。他问我，“你还会再来西班牙吗？夏天来吧，我带你玩 Granada(西班牙一风景无比美丽之所)”。我倒真有了几分感动。他欢快地下车之前说，“我一定要去中国的，我们到时候见!”唯一的遗憾：兄弟你为啥不脱下墨镜呢？

他下车后，我一时全无睡意。周期性思想病又犯的我对东西方不同追求方式这一命题展开了严肃的思考。西方的人物关系总是相对来说更直接更纯粹一些，东方的人物关系总是承载着很多的恩义和历史。谁欠谁，谁负谁这种事也只有在东方的故事里比较多。也许两种人基因就是生来不同，对感情的消化和抵抗能力差别甚远。不由想到一个以前别人和我说的文化笑话：野地里长着一株美丽的鲜花，西方人看到了不由分说一把折下来，带回家里放着；东方人看到了就默默地欣赏一番，然后走开。难道他们真的就那么多独占，我们就这么多成全吗？好像这都是一种片面的误解。

在爱的追求中大抵是野心与卑微共存吧。王力宏那首《心中的日月》有一句霸气无二的词:“你注定要为我绽放。”我这一日看着Girona山城的绚烂,也自私地想,这满城的阳光若只为我一人开放该多好。然而,在所爱的人或物面前,谁又不曾没有过一丝卑微呢!我们害怕失去,也害怕得到。

X上次说时间就是用来浪费的,这美好的光阴也许就是用来辜负的。在阳光中沐浴了几天,我觉得以前的一些想法有些可笑,这世界如此广阔而美好,又何曾辜负过我们?那么我们也不要在这一地阳光中辜负了彼此。

普罗旺斯与蔚蓝海岸——看不尽的南法小镇

什么都不缺,便少一碗粥

在欧洲的最后一周和前来相会的商学院室友C,去了法国南部的蔚蓝海岸和普罗旺斯一带,主要是随便看看那些小镇。吃无论如何都是在法国的重头戏,上一次和X在巴黎没有吃过瘾,这一次又遇上C和我在吃上臭味相投,两人不时互相怂恿,一路上较之我先前一个人旅游多出了N顿甜点和大餐。我们两人也算是特别尊敬食物了,基本上把饭店当成和景点一样重要。

但这一程吃的经历只能用“曲折”二字形容。第一天在尼斯寻访指南上推荐的饭店,在山路上费尽周折终于找到时,店员说七点开门,当时五时半两人已饥肠辘辘,无奈只好先去了广场中心的一海鲜馆用餐,只吃了六只中虾,花去十几欧,心痛不已,发誓第二日要补回来。第二天到海边继续寻访指南上的另一家饭店,却发现店址已改,只能苦等半个来小时,随便等到哪一家海边饭店开了张好进去吃。当夜第一次吃到鸵鸟肉,觉得与老牛肉无甚差别,觅食又以失败告终。第三天在艾维农老城里逛,下午走过指南上写到的明星饭店，决定晚饭在此用餐，怎奈两人的方向感每日过了五时就骤降，在小小老城里绕了大半个小时，死活找不到最初找到的这家饭店，最后只好在主街上吃了一顿非常美国化的便餐，心中十分不忿。第四天回艾维农，两人打定主意晚上一定要去那家明星饭店，鉴于前几日的教训，两人混迹磨时到六点半才信步踱到那家饭店，心想今天地址对了，时间对了，无论如何也可以合法享用了。却不料侍者彬彬有礼地说我们八点开门，我真要当场昏厥。C 不死心，索要菜单一看，侍者却说没有菜单，每日都不一样，当日菜种要八点才出来。我俩对视一下，都觉得无法再忍一小时，饿死鬼投胎的我们便逃去了另一家。第五天在尼姆更为夸张，两人互相打气硬是挨到了八点左右，结果指南上推荐的两家饭店分别在主街的两端，却全部关门，我们绝对就是那流行歌曲唱的“忠孝东路走四遍，遍寻不着要抓狂”的状态。绝望中走进小城周围唯一亮灯的一家饭馆。我已吃了多日红肉，这一天准备学 C 一起吃鱼。结果饭馆大妈无比歉意地看着我们，说不好意思，鱼只有一条，只够做一份……总而言之，法国人就是完全抱着做不做生意都无所谓的态度对待游客，要吃法国大餐的看官们请一定要有耐心和雅量。

说起吃，我绝对是越来越肉食主义，特别是来美后自己动手烧更加变本加厉。彻底改变了以前家中吃白肉的积习，对猪肉、牛肉、羊肉等一律来者不拒。记得有次回家老妈问我想吃什么，我竟一迭声地说叉烧叉烧。把以前自己调侃老爸的什么“肉食者鄙”等说辞都抛在脑后。去年夏天实习完回家，一日穿着吊带衫在家里看电视，老爸对我上下打量，突然忍不住说，你可以考虑减减肥了。我这一惊非同小可，以前老爸对我一向听之任之，毫不干涉，可见如今事态发展之严重性。发誓第二年在美国要日日锻炼，怎奈同学们来了美国都平均长了十多斤肉，大家看对方都相对静止，烧菜又成了新的爱好，这里肉类比海鲜便宜许多，势头不退反涨，我遂

决定顺应天意。还是特别反感和胃口不好的人一起吃饭，尤其同坐的男生要是不愿多吃，我多么尴尬。

肠胃这东西与从小生长的文化息息相关。我虽在外旅游多时，到现在还是忍受不了连吃两顿汉堡。西方人也没有办法理解我们为什么总要一杯热茶，一碗汤面；我们也不能想象为什么他们的肠胃竟可以如此冰冷，永远伴冰块吃冷食。和C沿途吃了许多美食，然而法国菜纵然好，有一日偶然走过中国饭店，我竟无比疯狂地想念起香港兰芳园的一杯奶茶，翠华的一碗鱼蛋面，还有黄枝记的一碗田鸡滚粥。有的时候，真的什么都不缺，便少那一碗粥。

人淡如菊

这一程去的小镇多，耗时久，见到的风貌比之上次在巴黎更为地道。比起意大利的浓墨重彩，法国风情则非常清新雅致，尤其在这些乡间小镇。看着日常来往的人群、建筑及自然风光，一直会在心头涌起精致、悠闲、经典这些词汇。尤其是那些朴素的行人们，定睛一看都不寻常。比如穿着考究丝巾和西服的老太在大街上拖着菜框买菜，戴着无比时尚的项链耳环的售票员向我们用英语解释某一城堡的历史，咖啡馆边坐着的那些高谈阔论的中年男子，手边还放着本莫里哀的剧本。像我这么一个活得比较急躁和粗线条的人，在这里不免也会放慢脚步，体味一下慢而优雅的境界，积淀后的薄发，经典背后的沧桑。特别是那一位优雅的买菜老太，我和C默默地凝视她从我们面前悠悠然走过，脑海中顿时跳出四个字，人淡如菊。想着若以后老了，也还能有这样一种气质，真也不枉了一生。

人生不只如初见

“小荷!”我在尼斯旅舍门前等待C时，背后传来亲切的这一声，回头看看室友终于不远千里飞到了法国与我相会，一时间觉得是见着了亲人。

最后半个月我在英国的临时小屋也热闹起来，好几位商学院兄弟姐妹都飞了过来。每次见到老友都格外高兴。时间虽然是相知程度的度量，也常常失效。有些人虽然认识了多年，但彼此却仿佛一直有隐隐的隔阂，你知道你们不是一国的；有些人一出场你便知道和你是同一波段的，气味相投。而一起生活过共事过的老友们又不同，就像大学里说的是一种一起去澡堂坦诚相见的情谊，不是后来不咸不淡吃几顿饭的江湖朋友可以比拟的。

人生本来就是一个有关寻找、等待和遇见的故事。谁说相见不如怀念，我固执地认为曾经相逢，总是好过从未聚首。当年学习法语时，遇见个单词叫 Rendezvous，我一听便被它美妙的发音深深吸引，与英文不同，它还有一层巧遇的意思。大学时代经典的小资三大梦想：办杂志，拍电影和开咖啡馆至今也没有完全褪色。如果我开一个咖啡馆，就起名叫 Rendezvous。当然，但愿人生并不只如初见，更多是在一次次重逢中的欣喜。

达·芬奇密码

最后说一个笑话。进了法国总觉得自己像个乡下人。旅途中和 C 时不时会找一个麦当劳用个快餐。结果发现当地麦当劳厕所都要使用门外密码。C 首次使用，不明就里，只好敲门，甚为不爽，回来问我是不是有个什么国民代码，全民皆知，只有我俩不明。待到我去时，也愣在门边，结果对门男厕所一法国青年出来看我有难，便上来一通法语，我的三脚猫法语无法顺利完成对话，搞得人家也急了，索性就帮我按了密码，我眼睛死死盯着那四位密码，是 1503！后来自己又试了一次，没错。于是像发现新大陆一样回来准备写大字报，造福后人。不想一位旅居英国的好友听后淡淡地说，“你不会自己在麦当劳的收条上看啊，每份上面都写着如厕密码，因为麦当劳不是公厕，仅限于顾客使用”。我顿时泄了气。好吧，总之法国人是很绝的，你该信了吧。

恋恋伦敦

一直想写关于一座城市的故事，因为我始终觉得城市与人一样是有灵魂的。终于，离开伦敦的日子近了，才那么的不舍，真的爱上了这座城市，这是一种在上海、香港或芝加哥都没有的感觉。许多城市好则好已，都未让我觉得可以就此长居，多半只是个过客。而对伦敦，我不仅一见钟情，而且历久弥坚，毫不厌倦。记得刚到的几天，我兴奋地发信给几个好友说自己在这里非常陶醉，后来还真的辗转反侧，动过在这里谋生长住的念头。

然而第一眼喜欢却未见得是真喜欢，只有经过了最惨淡的光景，看尽了她的缺点，若还义无反顾那方是真喜欢。

刚来时曾经和前同事 W 讨论过这个问题，W 作为一个在上海和北京都工作过的美国人，如今在伦敦定居，我问他觉得伦敦怎么样。W 回答得很经典："请你别太早像一个旅客一样说喜欢伦敦，实际上这城市很难令人喜欢。"(Don't say you love it too early like a tourist. London in fact is tough to love.)后来我慢慢理解他的意思。在伦敦有两样东西一般人很难长期忍受：天气与交通。没有旅客是来看冬天的伦敦的，我偏偏就是顶风作案，还遭遇了十八年来最大的一次暴风雪。几个月来一直罕有阳光，

细雨绵绵也是伦敦常态。这里的街车与路标一律都是鲜红色，个人觉得是因为太需要一点活力和刺激了，久而久之我也产生了巨大的太阳崇拜情结。交通亦是如此，虽然地铁图看上去四通八达，但是周末一般都在维修，动不动就出现半条线路瘫痪，曾害我误过多次班机、班车。周末当需要花两个小时从一区转到金丝雀码头绝对令人崩溃，还有周末为了搭乘廉航大早六点的班机，在凌晨三四点的夜街上我还在狠狠琢磨这里各种可能的交通捷径。

但我竟都可以忍受这些致命的缺点，只因为她有太多别的迷人之处。伦敦虽是个不折不扣的现代金融城，然而她在艺术文化上的追求、容量和段位实在是放眼看全球，也罕有对手。只要有时间，这里永远有看不尽的重量级画展，音乐剧，博物馆，公园，集市……而且大多数都免费开放。对我来说，简直就是老鼠掉进了米缸，乐不思蜀。特别是 Tate Modern, Saatchi, Serpentine 这几大免费的现代艺术馆是我的心头好，中午没事就可以嚼着个三明治在里面溜达一圈，看看最新一期的展出。晚上闲着就脚痒痒地踱到莱斯特广场附近去买个当日半价的学生票，品尝各种经典歌剧。一场平均三十镑，还是比百老汇要便宜许多。来得久了发觉这里剧院区都已经细分到了极点，比如《悲惨世界》只在 A 剧院演，《剧院魅影》只在 B 剧院演。许多老戏迷直接会侦查好各戏院的构造来挑几排几座的位子。我来的时间都是平时工作日晚上，所去的戏院基本还是座无虚席，这些叫得上号的经典戏剧更是每周都演，这里的市民想不被熏陶得风雅都难。

这里的地铁站也很少有商业广告，铺天盖地的全是艺术展出信息。车上的各色行人都习惯性地拿出一本小说，纵然拥挤，却都有默默站着阅读的本事，与人无扰。和我当年在曼哈顿看到行色匆匆的人群和地铁里清一色的《华尔街日报》截然不同。而我一直固执地相信喜欢读小说的人

内心一定有着美好的情怀。一个城市品位和鉴赏力的形成，绝非一朝一夕可以达到的。在这一点上，我对伦敦人民怀有很高的敬意。

伦敦与美国宣扬的独立自主相比，有着另一种高度的自由。在美国虽然个体很自由，然而呆得久了一定会被美国化，而且会深刻地理解所谓种族矛盾实在是根深蒂固。商学院里的学习小组永远还是黑白分明，亚洲人也会自顾自抱成一团。作为欧洲的大都会中心，居住在伦敦的各族人群实在太杂，中国人，印巴人，各国欧洲人混在一起，本地的英国人却是寥寥。真的很难分辨出什么占主导地位的族群，经常各地的标单上会有英文、法文、日文、西班牙文、德文等五六种语言，颇有百家争鸣、互不买账的气氛。与之而来的当然是欧洲各族人民的骄傲、世故和疏离，因为他们拥有各自不同的灿烂悠久历史。美国相对来说历史短浅，人民也单纯自然得多。虽然不喜欧洲一贯夜郎自大的骄傲，但却不得不欣赏这个城市在融合性中独有的平等和开放。

重回贝洛伊特

在毕业前夕，终于挤出时间重回了一次贝洛伊特小镇，那是我本科有幸来这里交流读书的地方。一别已近七年。犹记得当年，我第一天晚上到达，收拾停顿后，出来对着学校大片芳草地和座座古式建筑的心情，觉得一切如此不真实，就此与中国隔了一个太平洋。那时我还不到二十岁。听到校训“重新发现你自己”(Reinvent yourself)那一刻莫名地激动，仿佛就此无限自由，天高任鸟飞，那一种大文科(Liberal Arts)的精神就此深深地注入我心中。贝洛伊特是一个典型美国式的中西部小镇，丝毫没有上海车水马龙的都市风情。说白了就是个鸟不拉屎的地方，我们常自嘲说 in the middle of nowhere。记忆中只有那片青葱的草地，一年四季永远的牛仔裤和跑鞋，周末食堂供应的硕大蛋饼和那一条走过千百次从食堂到图书馆的小径。那时的生活太纯粹了，除了吃饭、睡觉，只有读书和打工两件事。

车子开到教堂街时看到开放的校园和那两个熟悉的土丘，无比激动，终于回来了！自己或许变了很多，但这里除了一幢在建的科学楼外，几乎什么也没改变，时间像完全停滞了一样。重新走上那些校园小径，过往成堆的旧幕一一重现：第一次住进男女混住宿舍，早上旁边冒出一个男生一

重回贝洛伊特

起和我刷牙，说“How are you”时的窘迫与好笑；第一个周末在图书馆的角落绝望地奋力阅读500页的《汤姆叔叔的小屋》；第一次收到满是红笔的作业批注；第一次在音乐教室里找到导师谈话时止不住的眼泪，他温柔的目光和那盒递过来的纸巾；每一次法语课听写测试都完全找不到北，望着那位教授发呆；第一次对着图书馆里成堆的报纸书籍开写财经报道分析时的无知懵懂；第一次站在台前演讲美、中、台关系时止不住的发抖；还有暑期凌晨四点在保安处值班时面对一大堆电话机应答的手忙脚乱；某个深夜顶着从未见过的暴风雪一深一浅地走回宿舍的悲壮；头一回交了同性恋男生为朋友，发现是如此可爱；也终于见识了黑人同学发起酒疯来真的可以要人命……

走进经济学教授Warren的办公室，他竟然还把我们当年三位中国同学的照片高高地放在书架上，这么多年他都一直喜欢中国学生。和他一起，我走进新的科学楼参加教师颁奖礼。此时旁边掠过一个略显苍老的身影，我呆了一下：“谢尔兹教授，是你吗？”谢尔兹教授也很吃惊地看着我好几秒钟，搜索着这到底是哪一个学生。他虽然想不起我，但我一直记得

他过人的机敏洞见，他做的棒棒鸡；以及他两个无比精怪的女儿。在校时我没有正式上过他的课，可我却没来由地喜欢这位精通东方文化又无比风趣的哲学系教授，之前遍找一圈教学楼也没看到他的办公室，不想却在这一刻撞到他了！美国的文理学院（Liberal Arts College）与综合性的大学相比，对学生有着特殊的吸引力。这些文理学院规模很小，比如这里四届的本科学生一共才千人左右，一年下来几乎全校每个人的脸你都会熟悉。由于规模小，上课基本都是二十人不到的小班，教授与学生的关系特别亲近，平时我们还经常受邀去这些教授家吃饭。我走过图书馆时，当年管后勤工作的 Cindy 居然还认得我，过来和我热情地拥抱，令人万分吃惊。要知道我这个中国女生当年只不过在图书馆地下音像室里安安静静地打过一学期工，负责夜间录像带的租借工作而已。而我的义母 Bonnie 几乎也没有变化，还是兴高采烈地带我去吃同一家中国自助餐。她还是一年接一年地招待中国女生，领养孤儿，为社区新建收容所，不收取任何回报。就是这样一位单身老太，年过七旬，还在努力工作，永远都那么高兴，那么热情，让我觉得在这里总有一个亲人，可以随时和她回家。

我对这个不起眼的小镇始终深怀感激，大学在这里的一段时光对我影响深远：淡泊地自处，对人的温情，欣赏事物的多样性，说你行你就行的阿 Q 精神，把“why not”当成口头号禅、不设限的自我发现，还有在这里学会的那个倍有鼓舞力量的美国式拥抱……

流行歌王 MJ 与梅兰芳

毕业旅行的第一程我带着父母游览美国东岸。有天下午我回到下榻纽约的酒店，老爸对我说的第一句话是：Michael Jackson 死了。上帝啊，我尖叫了一声，马上冲过去打开电视，各大频道均在直播纽约时代广场中群众难以置信的面容。如他的前妻猫王之女所说："这对许多方面是损失，我已说不出话来。"(It is a massive loss on many levels. Words fail me.)我不是他的粉丝，但我也喜欢他的歌声和舞步。上初中时第一次听他的《危险》专辑，就被他的声线震住了。MJ 的声音高昂，尖细，富有磁性和穿透力，异常妖魅，并充满了不安全感。想起在伦敦时许多同学还抱怨重金难求一张那年夏天 MJ 复出的演唱会门票，如今这次复出也成了断想。毫无疑问，MJ 是继猫王和甲壳虫之后全球最伟大的流行乐手，他的《惊悚》仍然是全球销量最高的专辑。连续几日 CNN 夜间不断重播他独创的太空舞和名为"Living with Michael Jackson"的专题访谈录。我也一连跟了几日，深深为他一生的错乱悲剧而扼腕。

MJ 一生都活在不安和混沌之中：他不知道自己应该属黑属白，该做一个成人还是孩子，是活在炫目的台上还是平凡的台下。甚至四十岁后，由于身体不断注射激素的原因，声音也变得非常女性化，雌雄难辨，于是

当时所有的媒体都称他是一个怪胎。但是他非凡的音乐才华是无可否认的，西方媒体仍旧公允地称赞他打破了众多界限，混合了多种乐风，是当世的传奇。我看了几集他的采访录，印证了媒体对他的诸多报道。在台下他确实非常害羞，不知道怎么回应尖锐的问题。当老道而无情的采访记者们对他的整容、变童、童年、婚姻、育子、破产等问题一一盘问时，他不知所措，有时就直接用手挡住自己的脸，一再否认，并痛苦地呻吟："你们为什么老要问我这些?"媒体称他为一个永不长大的男孩(man-child, a never grown-up)。他自己在采访时对自己倾力打造的梦幻庄园(Neverland Ranch)以及最大的爱好是收集各国小孩子和猩猩来玩耍从来都直言不讳，他说"是的，我内心一直都是彼得·潘"(Yes, I am always Peter Pan in heart)。对成人世界的恐惧让他的心理年龄一直停留在十岁，并且对台下的凡人生活方式充满了不安。他曾经说过，如有可能，他宁可在台上睡觉，因为那里很安全。过早地失去童年让他一生都想尽办法重新弥补和重温那种感觉，然而过早的成名也让他不知道如何在复杂的成人世界里自处。80年代中期后他巅峰不再，临死前的近十年中更是没有出过什么新歌，只是谁都没想到五十岁时他竟撒手人寰。

在旅途中，我也应景地找出他以前的表演来重温。在台上怎么看，他都是老辣的，完美的，激情的，有着穿越文化和民族的感染力，绝对是一个时代的偶像。在台下他却是那么一个可怜的孩子，在父亲阴影、种族主义、名利权势的层层重压下，一直找不回自我。

恰好近日的旅游车上放的电影便是陈凯歌的《梅兰芳》，我联想到了这位中国红极一时的文化代表人物，颇有些殊途同归的意味。影片中特别有几句台词是神来之笔。邱如白对梅夫人说："梅兰芳不是你的，不是我的，是座儿的，是这个时代的。"是的，这些超凡的表演家的命数是归座儿的，是台上的。他们的凡人一面无可奈何地泯灭去了，做明星的代价之

一便是自己很难再为自己而活。

更惊艳的一句话是邱如白劝孟小冬离开:“在遇到你之前,畹华一直是孤单的,哪怕有我们在。但正是这份孤单成就了梅兰芳。”杰出的艺术家们或许心底里都是孤单的。太热闹或太和谐怕就生不了出世的灵感。MJ 也一直是孤单的。

从前在大学里学习戏剧理论时,老师讲过古希腊的悲剧起源和社会功用。人类需要表演、仪式或观赏来不时地宣泄和放释情感,以救赎自我。用莎士比亚老套的话说,人生下来就在演戏。今天,普通的你我自然不需要像 MJ 或梅兰芳那样痛苦地分裂,却也会常常面对“楚门的世界”里那种困惑:是活给别人多一点还是活给自己多一点?或多或少,我们也戴着纸镣铐跳舞。

电影里邱如白与梅兰芳初次见面时,惺惺相惜道:“我已经不知道应该把你当成一个女人还是一个男人看了,你演得太美了!但只有心底纯净的人才能表演出那种情欲之美吧。活得真,才能演得真。”这一席话我是坚信的。真正的美感总能超越性别、种族、信仰,感染众生。

心底纯净的人,走得远。

毕业壮游

送走父母，和死党小英会合，开始了第二程毕业旅行。之前以我俩蹩脚的车技从没动过这一次七天穿越美国西部自驾游的念头，后来一时兴起说走就走的时候自然也远没有料想到其中的艰苦。

壮游（Grand Tour）一词发源于英国，原指文艺复兴时期，受过高等教育的欧洲绅士进行的一次旅行，当作一种教育性的成年礼。在此期间，他们接触社会，磨炼语言，探索艺术、文化及文明的根源。对我来说，这次旅行的意义也弥足珍贵，它是我青春尾巴上的华丽纪念。路，还一直在脚下，在前方。

总体驾程：2 202 英里，环形穿越 Utah，Idaho，Montana，Wyoming，South Dakota，Colorado 六州。

关于自然

这一次大部分的时间都在车上，每天迎着朝霞和落日穿越于茫茫无垠的大西部山野上，不是 GPS 的显示，常常觉得就一直向天边开去，不知道何处是尽头，对仪表 90 英里的速度感觉也日益麻木，看着窗外飞速逝去的广袤大地才觉得有几分超现实。中西部是美国大多数国家公园的所

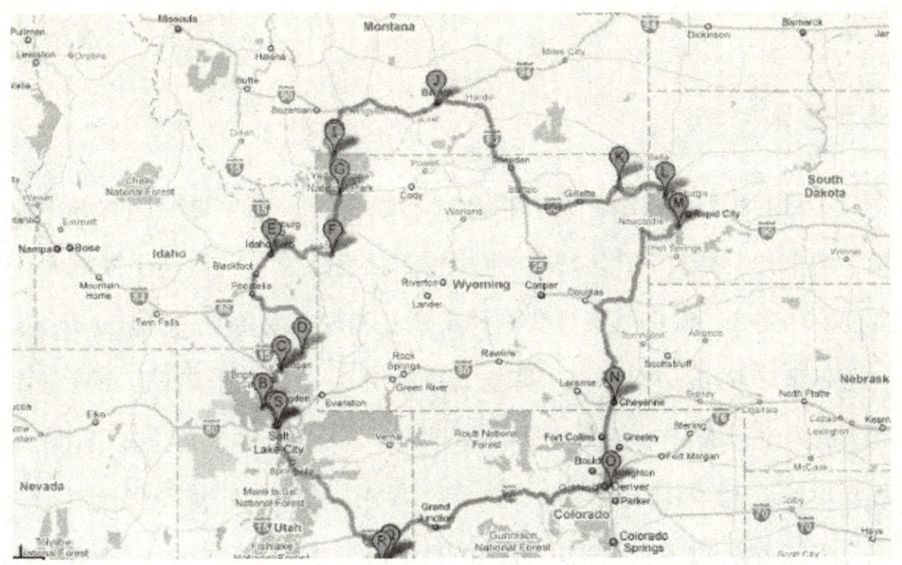

在地，这几个州人烟稀少，也几乎没有称得上规模的大城市。长久生活在城市中的我，离自然已然陌生。

似乎从来没有这么一段时间如此密集而频繁地贴近过自然，从小在城市中长大的我静静地感受着大自然的力量。与以往所见的高山流水不同，这一片国家公园的所在版块上的地热、火山、山石等地貌变迁依旧非常活跃。尤其黄石公园的土地上热气四溢，走过时都生怕被不时涌出的喷泉蒸气灼到。尽管地面上可能看来一片寂静，地底下却暗流汹涌。虽然通常要驾车数个小时，在炎炎烈日下行走数里后才能见到某一处景点，得见到时依旧觉得那份跋涉的辛苦是值得的，自然的伟力和奇观从未让我失望，亲见后的回忆终究比只看明信片多承载了一份当时寻觅的心情。人类的时间放在自然的度量上仿佛都算不得时间，一生一世，不过数十载，我辈只是白驹过隙，沧海一粟，不留痕迹。自然在冥冥中拈花一笑，天地间便又有奇观生成。我始终都相信奇迹，无论是自然的还是人世的，这一次又平添一份深深的敬畏。人类的认知到今天仍然太有限了。在一切未解的自然奇观面前，人类只有相信自然会以自己的速度和方式演化这个星球。

关于考验

一路上和小英谈论着关于考验的话题，我们一路上也经历着许多考验。两个女生都学车日短，却初生牛犊不怕虎地为自己设计了穿越大西部的宏伟路线。旅程结束后我们严肃地互相说以后再也不能这么玩了，但若不是对方，我们也不会一开始有这种勇气。多年的信任让我觉得凭两人合力没什么闯不过去的坎。回首十年，一路上得了几位知己，何其有幸！

说到考验，就不得不提一笔途中最惊险的遭遇。第三日一早我开着车过山路，两个多小时后我的右上臂神经已经开始隐隐疼痛，此时车子突然显示少电信号，四周却连一只鸟都看不到，只好硬着头皮继续开。这时GPS让我一个转弯进了一处乡间小路，突然间所有的警示信号灯都亮了，几秒钟后车刹时没电了，刹车油门统统失灵，寸步难行。此刻所在的地方真叫前不着村，后不着店，一片荒山，连半个路牌也没有。小英快速摇起车门，生怕有野生动物来袭，接着开始打租车公司提供的求助电话。好莱坞灾难片看多了，怎么没想到自己会有这种境遇。帮助热线的服务员让我们报个地址好来救助，真是到了欲穷千里目的地步，却还是任何周围标志物都找不到，无法描述。我用 iPhone 搜索着当前位置，结果显示着“未知”。无奈中我开始打 911，在中国也没有打过这热线的我这一天打了不下六通。事实证明美国的 911 也不能跟踪手机来发现我们的方位。最后急中生智，只能让 911 告诉我们他们当地的办公地址，用 GPS 反向描绘出一条大致的路线。费去无数唇舌后被告知请呆在原地等上两个小时，救助车会试图进山来找我们。幸好还是大白天，我们锁了车，决定到四周继续找找标识，毕竟我们对所在什么城市都还全然不知。这时手机又快没

电了，AT&T 的网络信号在山间时有时无，真不知道今日天黑前出不出得去，忐忑难安。

所幸天无绝人之路，往前方走了两里后，发现了孤零零的一座白房。这情形像童话世界一般，小英说我们这下有救了。敲门后发现是一位老婆婆的独居之所。遇上贵人后自然得了地址，电话，还吃到一块樱桃派压惊，这肯定是这辈子吃过最好吃的一块派了。最后赶来的服务人员诊断后告诉我们是车的时间带老化断裂了，这种事对于新车发生的概率很小，但还是让我们撞上了。傍晚时分租车公司给我们终于拖来了另一辆新的雪佛兰。本来听说某同学要买变形金刚的大黄蜂，还想蹭坐着去吹吹风，马上断了此念。

考验也不限于坏事。好事临头，消不消受得起福，也是另一种考验。开车的时候，小英经常给我重温中国的老故事，其中最有印象的是《西游记》里的唐僧取经。宗教哲学中西亦是相通。西游记说要经历八十一难，方才得道，不可少一难。唐僧被选中，只因为他心至诚。一路上的磨难其实也只有两种：一是安逸（被招了夫婿等等），二是恐惧（被妖怪吃了云云）。西方文化也说人要克服惰性，才可以摆免恐惧，真正成长。《圣经》里常说的一句话：Many are called，but few are chosen。和中国说的“天将降大任于斯人”颇有些异曲同工。上天给每一个人安排了不同的功课，各种考验过不过得去就看个人的意志和造化了。想起童年时期坊间盛行的“圣斗士星矢”动画片，所谓小宇宙不就是意志力么？那些年童话中的唯心精神我从来不觉得只是骗骗小孩的糖衣炮弹。

挥别芝城

离开美国前的最后一晚，我散步在芝加哥河畔，凝望着夏夜里市中心上方的天空。从来不是个矫情的人，一直也不善于离别。下午的时候打

了最后一通电话给曾经提供我免费住房的义母，却没有人在家，留了一通留言后有些失落，毕竟没能亲口说声再见。芝加哥此时早已人去楼空，所有的同学朋友这时候都各赴前程，两年的宴席终于散场。

翌日一早奔赴机场前想再打一个电话时，发现 AT&T 已经按我的指令大概从凌晨零点起准时取消了网络计划，手机上所有的联络都断了。这一章终于翻过去了。

机场里行李又超重了，重新分配时掉出了一本替朋友买的 Anderson Cooper 写的战地回忆录，便拿了出来放在随身包里当最后返程时的阅读材料。CNN 诸多明星主持人中，我是他的粉丝，因为他冷峻嘲讽的外表下有一颗热血关切的心。书不厚，一口气在飞机上就读完了。这两年我虽然没有如他那样经历过印尼海啸、索马里战火或伊拉克浴血，但有些话和我出国游学的感受一般无二：

> 你看见过的越多，你就需要花更多努力去看见新的东西，影响你也需要花更多力气。这也是为什么你在那里，毕竟，你需要被影响，需要被改变……
>
> 我很荣幸在这里，对于能见证这些感受、善意和英雄事迹都与有荣焉。
>
> 我得停下靠搜寻外部世界来获得感受的脚步，我需要在更近的家边找到这种感觉。
>
> *The more you have seen, the more it takes to make you see. The more it takes to affect you. That's why you are there, after all, to be affected, to be changed...*
>
> *I was honored to be here, privileged to have been a witness to so much feeling, so much kindness, so much heroism...*

I need to stop searching the world for feeling. I need to find it closer to home.

So I am back.

兼容并蓄，上下求索

运气也只会惠顾早有准备和开放性思维的人。

傲慢与偏见——第一位黑人总统当选

种族歧视这件事在美国永远是政治不正确(politically not correct),然而就这些年在美国的亲身经历来说,我依然觉得经过这么久的平权运动后,这里还是黑白分明。拿商学院来说,学生自组的小组绝大多数还是白人与白人,黑人配黑人,或者说是除白人外余下的少数民族们相互混搭。比如我们中国人就经常和来自亚太其他国家的学生、黑人学生以及国际交换生一起组队,好比弱势群体间抱团。倒不是说这些白人同学真的存在很严重的偏见,事实上他们对别的肤色的同学大都十分友善。可是,说到底还是一种根深蒂固的习惯性傲慢心理,使他们不习惯与我们真的称兄道弟。许多时候,与白人同学的关系止于点头之交,总铁不到那个份上。而他们对于黑人同学来说,更显生疏。你经常还能见到白人男生约会亚裔女生,但黑白交会就真算罕见。况且由于长期历史形成的教育原因,黑人相比别的种族似乎更多地被抛在发展曲线的后面。商学院里黑人学生总数还是寥寥,远不及华裔、印度裔或西班牙裔种群。在芝加哥这个我们时常笑称"三面环湖,一面环黑"的城市,抢劫与杀人的罪犯十有八九都是黑人。这里从事出租车司机、超市收银员以及清洁工工作的人我看到几乎清一色也都是黑人。我曾经在学习之余到周边的小学打义

工，教当地落后学生数学。遇上的也都是黑色小孩，那些小孩对学习完全没有动力，每天都在嬉打疯闹中度过，使我都一度怀疑上帝创造人类时是不是把过多的智商分配给了白人，而只赋予了黑人体育和音乐的天赋。在我心中，他们四肢发达、头脑简单的印象总是挥之不去。

还好，这一年出现了奥巴马，打乱了许多人的阵脚。奥巴马在当选前原是芝大法学院的教授，而且他就住在海德园附近，还时常到我们住的那栋湖边公寓楼里的健身房来锻炼。原来大家都没有关注他，到了 11 月前后他当选的那阵子，同学们也开始兴奋起来，经常有人举报说今天又在学校哪个角落看到了他。原先懒得去锻炼的同学为了一睹这位准黑人总统的风采，三天两头去健身房报到，可惜他的身影只如昙花一现，更多时候大家都只看到他的保镖。

原先对政治毫无兴趣的我也因为这个特殊的历史时刻，开始关注各大电台对大选的报道。对于一向以盎格鲁·撒克逊族中新教徒阶层当道的白宫群英来说，接受一位黑人总统的心理挑战应该是难以想象的。在他当选前的一段时间内，我也抱着偏见，觉得这像在美国找工作的境遇一样，招些黑人、女性、少数民族都是为了达到所谓多元化的职工指标。说得直接一点，就是拿来点缀主流的，但并不会撼动主流阶层的绝对优势。然而划时代的一刻比我想象更快地到来。11 月中奥巴马当选的那一天早上，我们的楼层管理员，一位黑人大妈，还热情嘱托我当日一定要投票。连学校的老师们上完课也不忘提醒大家抽空投票，这种公民义务心与全民参政的势头总让我一开始感到不习惯。美国之所以个人主义强盛，与这种“each vote counts”（每张票都作数）的理念分不开。所以不知不觉，我在这里投诉、吵架的频率都高了不少，怕也是潜移默化地受了“天赋人权”的影响。

看到奥巴马意气风发地挥着手，大声叫道“我们需要改变”的电视镜

头，不禁替他捏把汗。然而周围的黑哥们全都沸腾了，那天晚上海德公园的黑人们都放起烟花，弹冠相庆。这恐怕是他们来到美利坚大地，继林肯废除黑奴制后，最大的一次象征性胜利了。而我想起当选前为了争取选票时，一篇社论上披露他的竞选班底为了他是黑人这件事煞费苦心，绞尽脑汁良久，最后决定使用“He happens to be black”这个句子，意思是他也不是有意要当黑人的。不知道这些黑人看后作何感想。不过奥巴马是不是去过哈佛、耶鲁不重要，他当没当过律师法官也不打紧，最关键的是他长着一张黑人脸，只要不学迈克·杰克逊去漂白，这就足够令广大黑人同胞欢欣鼓舞四年了。

四年后，奥巴马又一次当选了。这一次，他看上去苍老了，疲惫了，也显得有点力不从心。不过这和他是不是黑人没有关系，也许克林顿只是比他多了点运气。每当看到他在电视中怀抱着热切希望的虔诚表情，不免总想着时代前进了，我们也该适时打破自己心中暗存的种种傲慢与偏见了。

新时代的博雅精神

大三时机缘巧合，来到美国，进入一所文理学院学习。这一年时间的教育观对我的影响很大，让我在今后的工作与学习中常常反思这所谓的“大文科精神”的重要性(liberal arts spirit)，现在流行译为博雅教育。

文理学院所倡导的本科教育第一要义便是“宽口径”，这对处于如今这个千变万化的世界中作出个人规划是极有好处的。高中时我是一名化学班的理科生，读大学选专业的时候我一度很迷茫，不知道要选什么，十七八岁的我根本想不清楚。中国的教育当时还没有任何今天所推行的通才教育概念，爸爸说那就选个以后都可以用上的专业。于是我读理而投文，进入外文学院学习英美文学。当时只觉得女孩子家读个英语不吃亏而已。中国的“理”与“文”就这样泾渭分明地帮我划好了取向。回头想想，二十岁不到的年纪去分辨这些，确实有些强人所难。

而就是在美国小镇那个前不着村、后不着店的环境里，我有机会选学了许多杂乱的入门学科，比如心理学、博弈论、国际关系、法语、人类学、电影艺术等等，并倾听了许多跨学科的校内外讲座。对于这里大三才报专业并鼓励多专业的制度来说，学习确实有着宽广的“自由”。没有文、理、工的分界线，有的只是个人的兴趣为先。学贵博而专，打一个宽广的地基

做什么工作都受用。比如学习西方文学，不了解西方的宗教历史就无法入手；比如学习新闻，不懂得政治经济学和社会学原理好像也没法做一个好记者。知识结构的搭建始于本科，到了研究生或博士阶段，知识的积累只会越来越专。时代已经发展到各门学科都进入到了超细化的阶段，像罗素这样的集大成者仿佛都在濒临灭绝。在走向细分化道路之前，如有可能，总应尽量融会贯通，为自己形成一个完整的知识体系。

如果时光倒流，我想我会狠学一把哲学和数学。当年看似无聊或痛苦的两门学科，多年后方觉得对思辨何等有用。而当年如果你说自己学习哲学专业，大家总会投以同情的眼光，心想着这多半是高考不理想，入了这么个可怜的调剂科系。而在美国，本科学哲学几乎全是绝顶聪明又有抱负的学生，考取法学院的一大半人都出自哲学专业，谁让他们四年中比谁都思考得深呢？

大文科精神，除了思考力，还强调一种感受力。这两力几乎决定了你一生的性格和命运。在中国从小到大的教育中，思考力总是被过分强调的。说起思考，我们想的往往不是策略性思考，就是批判性思考。写作文时想的尽是立意定要取之乎上，或者就是论述要针砭时弊，指点江山。而对于想象力这种由空白中来的思考能力与感受能力就一直处于弱势地位。我发觉自己总是有收敛性思维的倾向，做起靠想象的事情似乎就一点也不会。来美国之前，没有人问过我不切实际的问题，比如"你很有钱，你要做什么？"或者"你想象一下最美好的生活是什么？"读文学如果说有一点好处，就是对于这些虚构类小说的阅读总可以适时激发你的想象力，于无声处听惊雷，让你平白经受一种思考与感受的过程。没有读到《变形记》和《百年孤独》前，我根本不能想象原来小说也可以这么写，也不可能感同身受地进入故事中，体会各个人物的微妙心理。如果乔布斯不常做白日梦，他又是怎么发明苹果系列的划时代产品？惯常的策略性或批判

性的思维只能让我们更深刻地了解和探讨一个现存问题，想象性思维却可以带我们飞越生活的平庸。

想象力和感受力在美国得以昌盛生长也是因为有一种事无大小、鼓励梦想的国民精神垫底。为祖母做一碗宫爆鸡丁这种事在中国人看来都登不上大雅之堂，但美国同学就可以拿来作一篇感人的成功故事，申请学校。中国同学听后的反应都是这么小的素材也敢写。的确，大多数时间，就是因为我们忽略了或不敢想生活中的宝贵素材，久而久之，也就心泉枯竭，提不出什么新设想，把所有的能量都放进求证、编程等执行层面的事上。

大文科精神除了思考与感受，还强调积极表达。无论学什么科目，做什么工作，终究是要找一种合适我们自己表达的媒介。在表达上，我始终觉得先前的教育给了我许多良好的书面表达训练，然而非书面地表达思想、表达感受、表达爱，我好像没有学会多少。而这个世界上非书面，或者说人与人之间的直接表达才占了上风。比如在美国，我触动很深的是，我可以把作业或考试中的题目和文章都回答得很好，可是一开始我根本不会提问，也不会演讲。

提问，首先是个习惯，其次才是能力。美国学生的提问能力惊人，他们早就养成了在课堂上，把手高高举起的习惯。不像亚洲同学，举手一般还都幅度小小的。后来我觉得，这和做咨询一样，打冷电话多了，脸皮就厚了，胆就大了，技能就越发熟练了。像出水痘一样，出过一次就好了。对我个人来讲，提问水平的高低比不上参与度的重要。我特别感激美国同学的一点是他们没有人穿皇帝的新装，敢于对特别简单的理念或基本的概念提出直接质问，丝毫没有觉得有什么下不来台或者可害臊之处。往往是这些“幼稚”的同学，使我们对整个命题理解得更加透彻。真是一人提问，群体升天。从回答到提问，从被动到主动，也只是一念之间。

演讲，是另一种大文科教育中强调的表达方式。西方的总统都得或多或少靠“说”上位，所以这里同学们自小也都学习公开演讲术。我对老外“表演性”的演讲一直很艳羡。自己上台演讲，倒不是紧张，也不是英文不好，但就是苦于一副干巴巴、公事公办的样子，不懂煽情，不懂调节气氛。在商学院落选亚洲学生会主席竞选时，我输得心服口服。目睹了其他各国同学的台上表演，不得不说他们的表演很有一套，什么时候提问，什么时候说个笑话，显然都事先好好筹划过，关键是确实能拉近与观众的距离，让人能记住他们。以情动人确实比以理服人要难许多。

现在都流行说要培养“软实力”，那么对于上述这些未被好好开发的能力都需要有意识地给自己机会发展。正如美国著名评论家 Daniel Pink 在其新作 *A Whole New Mind* 中说的那样，一个新世纪将属于右脑人，为了战胜机器化时代的大规模生产以及外包的发展趋势，人类当摒弃一直以来关注执行、评论、理性化和单纯积累式的做事风格，而复原自身关于设计、讲故事、移情、娱乐及探求意义的多项能力，成为一个独一无二、无可替代的人。

中国出生，西方受教——这一代注定的纠结

“纠结”一词好像是70年代生人近几年提出的新词，形象而传神。作为80后，我目睹的最大纠结就是一种中国出生，西方受教后衍生出的典型两头挣扎心理。

高等教育是不是一定西方的好，这件事姑且不论。无论出于什么动机，留学西方的中国人数始终在节节上升，与之而来的纠结感一定也没有消减。读商学院时大家的纠结心理就分外明显，有几类不同的人群症状。第一类人是美国出生的华人（俗称ABC），这些香蕉人除了外貌是华人，内心的价值观与行事方式已完全西化，他们大多数学习工作都在西方，有少部分动过回中国发展的念头，说中文的流利程度视原移民家庭的重视而定，但基本上都不会汉语阅读和写作。说起来奇怪，这一群人与实际大陆来的中国同学交情反而不及我们与真正老外的关系，有时他们仿佛是刻意与我们划清界线。据我个人观察，他们在西方也自成一体，处境总是有些尴尬。有的时候，我反而觉得他们是最可怜的人群，看着是中国人，但对中国现况和文化几乎一无所知，不知道他们如何解决内心的归属感。第二类中国人是在美国读的大学或是来得更早的一批小留学生，这些人价值观也都趋近西方，但两种文化都算精通，较有优势。而通常因为路径

依赖，他们也都选择了留在西方发展，多从事与亚洲有关的业务。面对日益发展的中国，他们中近年有不少人开始动摇，选择回国。尤其是在美国发展遇到玻璃天花板后，回祖国一展身手好像是不错的选择。而凡是在西方呆的时间越长，回去时遭遇到的反文化冲击也越大。习惯了西方平稳而可预测的麦当劳式的社会节奏后，回国后发现已不能适应国内种种高速野蛮生长的丛林法则，生物机能竟是反而有所退化。其中有不少人受到惊吓，又一次重返西方。第三类人，就是我们这批在国内至少接受了本科教育后，才出来闯荡的中国人。对我们来说，中国式教育的烙印已深，融入西方主流社会的成本也已变得很高，但这批人大多数也不满三十，还有一定可塑性，重新选择在西方发展也不失为一个大好时机。

因此，我们第二年毕业前面对求职最大的思索问题就是留下还是回国。亲身见过西方资本主义的种种优劣后，许多先前的成见都被打破。比如同样的工种，似乎总是亚洲工作强度更大些，西方的剩余价值留给你的好像还多一些。就像陈志武教授说的，中国人为什么勤劳而不富有？我们的社会底子还太薄，一时间赶不上。又比如过去几年似乎国进民退，许多外企的机遇与待遇还不如大央企。作为在西方受教的我们又是不是能够在体制内如意地发展呢？拿到国企的工作邀请信，同学们还会手颤一颤，不敢接。那么，留下又好吗？我们是不是永远将是一种工蜂的命运，打不进这里的主流圈？作为边缘人群，我们是不是仅仅会满足于表面中产阶级带来的生活的安定，制度的健全，终日吃不到稀饭油条，看不到方块文书，是不是也能就这么一直快乐着？仿佛淮橘为枳，一种舒展不开的情绪始终弥漫在身体里。于是，大家一边花着重金越洋来这里受教，一边又这么循环往复地纠结着回与不回的千古难题。

鱼与熊掌，如何兼得？大家的权宜之计大致有两种。第一种是在西方先干几年再回国，这样两边至少都能体会一下，不至于毕业马上回国失

去了尝试的窗口期。第二种就是进入亚洲的外企，至少西方的教育在那一套体系里用得上，最好是去国际化程度更高的香港或新加坡。中西合璧，有没有这一种可能？

说起来，区域市场的发展阶段不一样，我们选择在哪一个市场发展就要遵守哪一个市场的游戏规则。中国处于高发展的变革期，规则势必会残忍些。回想起父母亲那一辈有40、50工程，到了现在"海归"变"海带"也一点不奇怪。香港这个市场就更分外实际，在西方学个满腹经纶到了这里也不一定能使上力，来干活的人必须手脚麻利，把应用性的软件、算法、模型等都驾轻就熟，自第一天起就要全速运转。相比之下，西方已是成熟世界，反而少了些狠劲，更温和宽容些。这里扎实的学习背景往往胜过一堆技能证书。只要确信你是好苗子，西方企业愿意在培训上花大量精力栽培你，让你慢慢上轨。从这点上说，东方日新月异的速度更快，人时刻处于警惕线上，生怕一不小心就被淘汰了。城市发展一日千里，一年不回去就有点跟不上潮流的感觉。而西方却常有几十年如一日的倦怠感，曼哈顿的风景十年如一日。难怪我一位在美国工作了几年的同学最后回国时，对大家说"我实在是每天回家看月亮看得腻了"。

人大概是唯一一种愿意主动改变环境的动物。古训说，人往高处走。现在更重要的是找到一个属于自己的小社会和发展的合适平台。大环境中总有许多事在我们的控制之外，能做的只有掌握好自己，影响周边的小环境。大局的改变也都始于每个人的人心转念。其实，今天我们也不用再过多讨论是中是西，世界都是舞台，人生也是分阶段的。为了成为自己想成为的人，每一阶段我们都可以选择符合发展预期的那个舞台。

中国是我们的家乡，我们也是世界的公民。

何谓新女性？

商学院的女性毕业生容易被贴上“女强人”的标签，没结婚的更容易成为“剩女”，结了婚的时常也为如何平衡家庭与事业而两难。我所看到大多数毕业三年后的女同学，一旦有了孩子，妈妈通常都告别了以前诸如投行或咨询这类高强度的工作，而变成全职家庭太太的也大有人在。而男同学们无论成没成家，还是照旧一路高歌猛进。最近哈佛商学院作了一项针对女性毕业生的研究，跟踪了 1981 年后的三届毕业生，发现在毕业十年后成为全职太太的女毕业生比率高达 62%。而在商学院的职业规划教育中，美国人也不会“政治不正确”地明着告诉女生“嘿，你的职业寿命也许比你想象的短”。这么一说，也许就会如前哈佛校长萨默斯那样遭受到无尽的斥责。然而，好的一点是，西方会把数据和事实告诉你，比如不少商学院会给女生看各个年龄段的受孕概率图，提醒她们现实中存在的限制。明白要趁早，这点提醒对女性确实需要。

在商学院读书期间，遇到来自各个国家的女生，免不了进行一番对于各国职业女性看法的交流。法国无疑永远领风气于先，世上内心最强大的女人都来自法国，我对这点从无异议。只要看看她们的现代女性自小都是受波伏娃和香奈尔影响，就知道世俗上争取多时的女权在人家那儿

原本就是天经地义。前总统夫人布鲁尼这种惊世骇俗的女性放在中国作第一夫人绝对会贻笑大方，而在法国活脱脱成为众多女孩子无限仰慕的对象。最保守的是韩国，女生结婚后辞去工作，相夫教子还是主流。在美国商学院读书的这些少数韩国女孩子说自己在家乡全是异类。有一位我学习小组的 Kim 同学在校期间怀孕了，暑假间她在韩国麦肯锡工作。第二年回校时，我问她暑假过得如何，她和我说，公司对她很关照，看她怀着孕，特别让她可以干到晚上一点就走。我只有惊呆的份，后来自己有亲身体会，与韩国同事工作一般都可达凌晨三点。怪不得韩国难有职业女性精英。最拼命的是印度女性，由于印度还未能实现全球化薪资水平(global pay)，相比美国，同样的工作回印度干只能拿四分之一的钱，所以无论男女，从印度来的同学都拼着命要留下，是以这里的印裔人群得以疯长。对女性来说，印度总体上还是没有逃离父母之命、媒妁之言的婚姻安排制度。所以，受了西方教育的印度女生，都决意不再回去，视百事总裁英德拉为偶像。最平衡的应该还数美国，一方面有像脸书(Facebook)的首席运营官桑德伯格或国务卿希拉里为主流的职业女性代表，另一方面我们又能读到无数不走寻常路的女性案例，比如自己创业，献身非营利组织，拍电影等等。这些女性，有的年纪轻轻便辍学下海，有的年过六旬才出来创业。正所谓英雄不问出身，百花齐放。

回首中国，五千年的文化里我们有过柔情似水的杜丽娘，有过顶天立地的刘胡兰，但是我们新一代的女性榜样在哪里呢？古时候，我们轻商重政，史书上能留下笔墨的重要女性俱是反面形象，比如吕后、武则天、慈禧，就算上官婉儿也不是个成功淑女的形象。连金庸先生自己都说最爱的女性形象还是天真烂漫的小昭，像黄蓉、赵敏这般都太有心机、太能干了。没有偶像是可悲的，于是今年来媒体也开始积极为新一代女性评选各种时代榜样，比如杨澜、李亦非、张欣等。她们的幸福都相似，全都事业

有成，家庭美满，却鲜有特立独行的标杆。社会与父母对我们的期望也是一夜之间的巨变。大学毕业前，没有主流教育机构特别主张或鼓励你谈恋爱，那时最重要是成绩、考取功名、找到好工作。一旦女生到了二十五岁，所有周围的人便突然希望你能够马上成家。经济学告诉我们人的行为都是由激励机制决定的，如果二十多年来没有进行过关于爱的训练，凭什么指望一夜之间这些女性都可以圆满地找到另一半？中国突出的高知“剩女”问题与性别教育的缺失也有着重要的关联。

即便结了婚，职业女性还是时常面临难以两全的问题。一来男性也没有完全从心理上准备好接受新女性的形象，二来社会也没有完全让所有机构都相应为职业女性创立出更多的弹性工作机制。网上出来的一套带有调侃意味的 2010 年新女性标准，虽紧扣独立自主的时代之风，也实在更让女同学们觉得身为女人的艰辛：“上得了厅堂，下得了厨房，杀得了木马，翻得了围墙，开得起好车，买得起好房，斗得过小三，打得过流氓。”对女性来说，随社会发展，进入了一个生活多选题的时代，但多选便有多选的代价。

放开家庭不说，反思过去工作这几年，关于性别问题最突显的时刻就出现在晋升到公司中层。以前你往往能看到著名大公司的每届分析员中有许多优秀的女性，比例甚至超过男性。而到了经理层，女性人数便锐减，到了高管层，真的就少得可怜。即使在美国，女性高管的比例据统计维持在 12%已有十年。以前读书与工作的时候，从没有考虑过这个问题，觉得一路好好做下去，步步升迁还不是理所当然吗？而当自己从初级员工走到中层时，方才体会到女性受到来自家庭和社会的种种影响，升迁速度并非线性。因此，女性合伙人总会特别受到关注，每年公司的女性合伙人与年轻女员工的对话也让我觉得最为受用。一直以来，我们新女性都缺少这一些对话和分享的渠道，不是吗？即使美国的商学院也没有设立

诸如“如何在职场上发挥女性特色”或者“女性的职业发展之路”等讲座，这些上不了台面的智慧却需要被传递。

无论东西方，过去正统的教育和竞争性的工作让我自小以来都习惯要强，隐藏情绪，勤恳工作。直到管理性工作的比例加大以及成家后，我才惊觉“示弱”的力量。我们从来都没被认真教过可以公开场合适度示弱，总是认为要哭也要回家关起门来哭。特别是职场女性，最怕的是被扣上高压下情绪化的帽子，正好成为别人的诟病话柄。我们就是这么和自己说的，所以我们尽量使自己看起来有一种公事公办的中性感。然而，女性天性中那一种温柔包容在工作上完全可以变成一种非竞争感与关切他人的力量，使团队工作更加和谐，客户沟通更加自如，何乐而不为呢？曾经做过一次关于法国老牌香水 Anais Anais 的品牌调研，她的广告语至今感动着我“One day tenderness will move the world”（终有一天，温柔会撼动整个世界）。水至柔，其利无边，女人应如水。

出于历史原因，中国并没有气候出现过像西方那样几次大规模的女权运动。上世纪 90 年代美国剧作家伊芙·恩斯勒的《阴道独白》也一开始没能在中国公开演出，但最近得以解禁，演出的轰动也在华人媒体上引起了前所未有的关注。我对恩斯勒本人非常崇拜，尤其喜欢她近年来被广为流传的《拥抱你内心的少女》的演讲，这是我发现的对成为当代女性最好的阐述。就如伊芙说的，无论男女，每个人身上都有一种“少女细胞”，而我们的社会系统性地歼灭了这些细胞。某种程度上，男性受的损失更大。我们未来之所系，却全在于我们可以珍视内心中那个柔软的少女、珍视情感的力量。强大的女性力量正是来自于我们独有的柔软、敏锐和纯净，一直如此。

职业爬坡冷思考

本科毕业时，我对未来的职业规划一片懵懂，但我明确知道不想连着读硕士，也知道我不想如众多师兄师姐们那样进入媒体和翻译行业。后来我渐渐明白大多数人是不可能过早地知道自己要什么，而只是大约知道自己不要什么。能很早知晓自己此生使命的人自然如有神助，能够集中精力向远大的目标奋进。而我觉得大多数人的另一种走法便是，将自己知道不喜欢的事一件一件地剥离，慢慢走向内心深处。

于是乎，在选择职业时和选择专业一样，我采用了宽口径策略，我怕自己是一个那么喜新厌旧的人，如果对新工作只有三分钟热度怎么办？我希望有一个平台，有尽量宽的跨度。最重要的是职业选择之间的不可逆性。比如我先作咨询，后作企业可以，反过来也许难度会很大。抱着一个选择不可逆平台的思路，我决定去管理咨询业试一试，不想一试就是七年。辗转过不同公司、不同行业、不同类型的项目，虽然蜜月期的兴奋早就过了，但对于下一份工作还保持谨慎，正处于七年之痒的阶段。

在工作的多年间，个人体会是确实没有一份完美的工作，让你钱多事少离家近。许多时间我们找寻的只是相对意义上的幸福。在过去的间隙中曾给投资银行和公益组织打工，那时会觉得原来相对而言，咨询还是一

份靠谱而有意思的工作。而一旦长时间回归，又马上滋生出为啥姐还在这里混的种种怨念。

到最后，人骗不了自己。唯一重要的是喜不喜欢，有没有热情。每个人的先天能量与耐性差异甚远，且不说意义，只要这事你还觉得有点意思，生活就会挺有滋味。问过原先一位老板为什么还呆在咨询这一行，她的回答很实在，令我印象深刻。也许对做职业规划的同龄人有所借鉴。她说我考量一个工作总是想着三个因素：

1. Am I learning something?（我是否学到了东西？）

2. Are the people I work with interesting?（共事的人是否有趣？）

3. Am I fairly compensated?（薪酬是否合理？）

进入海外商学院后仿佛就是事业大转型的不二契机，大家都会面临一次职业的重新选择或洗牌的过程。因为MBA的万金油属性，使得什么工作好像都可以去试一下。商业院毕业三年后更坚定了我以前许多的看法，虽然不一定能很快找到所谓的dream job，但职业选择有几个大方向最好还是能一开始就想清楚，这对个人未来发展有着战略意义。

比如首先要想一想是进入实业运营还是资本市场运作，这是两个战场。前者身体力行地围绕着实实在在的产品或服务为主体所衍生出的研发、制造、市场、供应链等方面工作，后者是以市场交易为主的业务，不管是一级市场还是二级市场，主体始终是相关公司间的一次次买卖。前者所关心的市场可能就是所在产品的一个细分市场，后者更需要关注全球宏观经济变化、利率、汇率和股指波动等都是相关的市场信息。在实业运营这个战场上，你还可以选择是进入所谓职业化服务公司（professional service firm)还是真正与终端消费者产品与服务提供有关的企业。这些服务公司说白了就是企业日常各项职能的专业外包，如战略规划与咨询、律师法务、审计、广告、公关等等。去了相应的服务公司，你就通常会被高强度地训练成一名专业人才。许多精英也热衷于去这些公司发展一技之长，相应的报酬也更高，工作时间也更长。选择去企业内部工作的同学常被视为追求稳定生活方式的那批人，相对竞争心没那么强。也有些同学特别爱好研发与产品管理，这些关键职能相对很少外包，只能去特定的企业工作才能学习到。

知道自己属于哪个战场是第一步，接下去还要知道每个战场的退出选项有哪些(exit options)。否则一步踏错，离长期目标就更远了。对于选择资本市场的人来说，通常的路径是从卖方到买方，即从为别人作嫁衣卖出资产，到自主掌握资金去进行交易，买入资产管理。常见的职业发展路径有从投资银行家到企业的首席财务官或私募股权基金投资人，从投行的行业研究员到共同基金旗下的组合管理经理，从交易员到对冲基金创业者等。对于各类专业性的服务公司来说，通常由于严格的升迁制度和个人生活阶段的变化，两至三年可升一级，一直能坚持撑完五六级做到合伙人的比例并不高，大多数人在中间会选择离开，进入企业的对口部门发展，或者进一步跳跃转型。

西方教育把职业规划当成一件重要的功课在本科时就让学生们积极构想自己的未来。相对来说，我国高校的职业规划职能起步晚，可能效用还是近乎于零，学生都得自己去收集各种信息，了解行业，学习面试等。早一些明白工作与职业的区别还是很有益处，随随便便找一份工作或就冲着薪资水平去工作的人，从长远看将远远不及那些以职业规划着眼寻找工作的同辈。我们生活的时代，与父辈们大不同，一个人在一生中有三四个职业都应该是平常的事。但第一份职业相对是最重要的奠基，其中

积累的专业技能和人脉直接影响你接下去的道路，所以需要打造的时间也许也是最长的。

我就是属于当年没太想清楚心之所向的那批人，于是毕业后就加入了海纳百川的咨询行业。亚洲区的咨询普遍比欧美要更辛苦一些，主要也是因为客户相对不太成熟，项目中往往有很多额外教育客户的任务。商学院毕业后，我又连干了两年不停歇的项目后，觉得特别累，那时有个非营利组织正好在找寻求外部咨询员的帮助，我便和公司请了两个月的无薪假，前去帮忙，顺便也调节一下自己的生活节奏。提交申请后，中国区的总裁便来找我谈话。我当时心里一惊，觉得公司肯定是以为我要离职了。事实上，我也确实起了要离开的念头。但这位外国老板的一番话让我很是受用。他没有询问我的身体状况或是两个月的计划，像是看穿我的动机一样，他说你要想明白你的职业观，你是把这份咨询工作看成一次短跑还是马拉松。如果你觉得它只是一次短跑，我劝你全力以赴，直到达到某个里程碑为止，然后就可以潇洒地离开去追求人生的新篇章。如果你准备跑马拉松，那么你一定得在这份有挑战性的工作中自己找到一种适合平衡生活的机制，让自己工作之余有生活，而且对工作始终有热情。他告诉我他自己每天六点回家陪太太、小孩吃饭，多年雷打不动，晚上九点后再开始工作。周末的一天也谢绝所有的工作会议，只留给自己看看书、打打球，多年来他已习惯了一种特定的生活节奏，也对外界坚强地捍卫着这种习惯。最后，他笑着对我说，还要勇于对老板说不，你得教会别人怎么对待你。这短短十五分钟谈话是我到现在为止收到过的最佳职业建议，如果早一些知道就更好。许多外企都会给新人分配一个内部导师(mentor)，且不说具体效果，这种制度发起的本身就特别有意义。尤其是我们这一代人，可以说父辈已完全提不出适合的职业建议，而忘年交毕竟也不易结识，如能在工作上遇到一位长你十岁以上的好导师，实在是一件莫大的幸事。

说起职业爬坡，我想到了一个英文词 self-selection（自我归类）。其实，所有的行业做到高层都是一种相似群体自动归类的行为。比如我认为在投行里生存久的工作者必然是对金钱存有较大渴望，必然对大场面或高层次的商战较为热衷，必然带有完美主义的倾向。这是一个行业的法则，也是久久浸淫后不可避免地在个人身上打下的烙印。不习惯这些法则的人早就混到半路不是主动离开就是被动淘汰。咨询业也是如此，渐渐你变得只说不练，过于理性，过多考虑风险，没了 PPT 就不知道怎么说话了。

现在国际上提倡的 T 型人才观特别中肯：所有的领导型人才一般都有着专业领域的纵向深度和跨领域的横向知识面及统筹与社交的能力。除了鲜明的行业印记外，商业高管之间的核心能力都很近似，比如都有一流的演讲能力、销售能力和决断力等。这些少数的高管似乎跨界都不是个问题，跨行与转型对于他们反而这时容易许多。管理的本质相通，爬坡到了中腰以上，便不再强调做事，更多地开始管人。商学院所学的那些看似没用的关于领导力与组织行为的软课程这时才显出其作用。其作用便是能给你提个醒，让你各种决策管理的潜意识得以浮现。管理本身是个需要实践的行为艺术，不同的人有不同的招，大多都只能在游泳中学游泳。

无论在哪个行业，重要的是处在其中的我们能不断自省地分辨自己的成长，主动判断并选择发展的下一步轨迹。了解自己和了解世界一样，需要时间。

所以，不能急。曾经我是个极度心急的人，总想以最快的行动力把事情做完。后来发现，事情永远做不完，而且一件事总有些推动因素不完全受个人掌握，所以我开始被动地不急起来。到了近几年，我发现还需要主

动地不急。比如以前，总觉得快速升迁是一件人见人爱的事，然而现在觉得如果在某一个职级上你没有准备好，或还没有相应足够的经验，即便给了你那个职位，你还是很难胜任，对你从长远发展看也未必是件好事。只是我更欣赏慢热的人，更相信水到渠成一些。做了顾问这么久，我方才有些明了为什么好多事的推动最好能“顺势而为”。

对于大多数非××二代的人来说，职业爬坡有方法，但没有捷径。运气也只会惠顾早有准备和开放性思维的人。登不登顶也不紧要，一步一个脚印的旅途更值得回忆。未来还有很多未知性，生活总是那些计划外的事。希望自己成为一个有意思的人，继续探索，拒绝轻易定型。

对后来人的建议
——MBA这玩意儿到底值不值得读？

近年来为公司的年轻同事和其他朋友经常在闲余时间作些申请海外MBA的辅导，慢慢有了些感想。随着中国经济的快速发展与转型及全球经济的持续衰退，读MBA的必要性正在发生变化，而且它这剂方子从来也不是符合天下每个人的。

申请过的人都知道，这是一个漫长的系统过程，真正入学前花费的准备期就可达一至两年：从考GMAT开始，到写各校的申请文书，找人写推荐信，进行面试等。海外名校的MBA学费还在每年稳定上涨，而且较少有奖学金，对国际学生贷款的条件也越发苛刻。两年100万人民币左右的财务成本投下去，再加上时间成本以及原本两年工作的机会成本，据美国教育机构统计，毕业生平均需要五年才能使这笔投资真正还本收回。所以，申请之前务必好好想想你的目的，不要得不偿失。

总结一下个人对此学位好处的理解：第一，对于美国市场而言，MBA学位是很多机构入门的通行证，名校的MBA更能给你带来一些光环效应。但中国市场相对来说接收面还是窄一些。毕业后你的求职方向可以变宽不少，会有一次重新择业的机会。许多机构如投行与咨询公司的进

入机会一般也只有两次，第一次是本科毕业，第二次就是MBA毕业，所以掌握好第二次转型的机会也很宝贵。第二，毕业后的起薪确实平均有较大涨幅，但前面说了，这需要与所花的所有成本抵冲来看。但你从此有机会进入一些稳定的上升通道。第三，收获一个校友网络。这个好处在美国工作是巨大的，前文有写到过美国的校友文化强大，大多数MBA毕业生职业后期的工作都是靠校友介绍。许多公司也有对学校的偏好，所以读哈佛商学院之所以有巨大的无形收益也不奇怪。我个人感觉也是与谁读甚至比读什么更重要，特别对于要回中国发展的同学来说，选择一个相对靠前的学校也是有必要的。中国市场向来对于门第相对更为看重。第四，这两年个人软实力的锻炼。有许多人也许会对此嗤之以鼻，对于许多之前是金融背景的同学来说更觉得"学习"这两个字对于MBA项目是个笑话，大家都是冲着认识人和求职来的。我个人觉得在海外学习两年各领域的硬性知识远远不及这个无风险的学校环境所给你创造出这个体现软性领导力的平台来得重要。对于一个在中国工作三至五年的人来说，原来的本科教育与工作可能都没有给你一个舞台去真正带领团队，公开演讲，发起项目，结交朋友等。这些软实力对于个人成长尤为重要，MBA项目相对于其他研究生教育所赋予的这类机会要多得多。

但读MBA的劣势也很明显。首先，前文说过，对于中国人来说，毕业后的工作有一定局限。许多机构碍于成本，不会轻易招收MBA毕业生。加之中国市场还不十分成熟，许多机构也不知道该怎么使用这些毕业生，没有像海外那样成形的培训生项目。其次，工作会或多或少丧失一些先前的自由。随着年龄增长和学位获得，你的机会成本越来越大，毕业后选择的第一份工作也往往会坚持若干年，哪怕辛苦也不会轻易放弃，毕竟你那时还会有还学债的压力。所以许多同学都在第二年拼命玩，大家都知道毕业了再一次进入全职工作的生活一定不会轻松。另外，因为MBA学位与宏观经济有着莫大关联，所以每年的经济大势直接影响着毕业生就业。像我们这些从低谷中毕业的毕业生薪资据统计十年内都将一直落后于从高峰中毕业的学生。如果你有本事能够预测市场，那你也可以相应调整申请战略。

然而，申请的时间恰恰不等人。一般来说，工作三到五年是进入MBA学习的黄金年龄。太早来工作经验少，上课就吸收少，问不出相关的问题，高阶的课程也不敢选，与同学之间讨论学习也贡献不出什么。来得太晚，也有点浪费，大部分毕业生的起点职位和薪资都一视同仁，那些原先工作时限太长的同学要不就得屈尊，要不就得自己再单独去谈判新职位。有些吃青春饭的行业，比如投行，过了三十再入门也基本无望。有了十年以上的工作经验，许多商学院也会建议你进入EMBA项目学习。所以，其实作这个申请的决定也就是那几年的窗口期，过了也就不合适了。为了效益最大化，时间点的选择是一定要考虑的。

MBA最适合那些有着良好职业准备，并明确毕业后规划的人。知道自己方向的人在这个高竞争性又嘈杂的环境里才能较少受到无谓干扰。特别在经济大势不佳的情况下，靠一个学位来华丽转身的可能越来越少，MBA能做的只是锦上添花。进校与求职还是两件事。要知道西方学校会出于种种多元化的考虑，招收许多的非主流学生，但求职对于过往的学位与工作却十分倚重。虽然学校之间存有差异，但我认为好学校之间的差异性小于大多数人的想象，许多不同也是一种市场营销的需要。对大多数人来说，与其纠结去哪个学校，不如好好想想自己具备的能力，这两年要怎么度过，以及达到哪些目标来得实在。也有少数志存高远的人只愿意去哈佛或斯坦福商学院，这一方面是个人情结，另一方面申请也有运气成分，就看你的实力和时间成本能不能供得起。

另外，中国女性现在是前来读书的中国人主流，撑起半边天。对于女

生，我觉得时间成本更为宝贵，需要好好想一想是不是要来读，以及什么时间来读。每每看到有些女同学怀着孕在这里打拼总觉得女超人真是无处不在。但想到毕业后两三年内都要作好牺牲一定个人生活的准备，在一份新工作上站稳脚跟时，你不免也会算计一下成家生子的现实问题。来的时候青葱，一晃赔进五年光阴，就过了标梅。如果还是举家拖儿带女地过来读，不是说不行，只是这两年一定过得比较累。在繁忙的商学院里读书与带儿两不误，就要变成一个超级妈妈。每次看到这些超级妈妈，总觉得这年头，女性真不容易！

同时也要提到，近年来有一种弱化海外 MBA 的趋势。比如我所在的咨询业已经越来越多不需要 MBA 的限制也能升迁。投行更是如此，三年培训过的分析员远远比海外招的一个 MBA 好用得多。随着经济走低，招聘 MBA 就显得更谨慎。另外，国内的商学院开始越来越发达，比如中欧、长江等，给各大著名企业提供了强大的本地供给。这些学员的成本也没有海外的高，素质大多数也不错，从在中国市场的求职来说，也许比海外同学更有优势，近水楼台先得月。我有一位海外读本科、背景不错的同事，MBA 就选择去了中欧。两年的体验她十分喜欢，一边去西班牙交流学习，一边为学校组织了多场亚洲商业论坛，最后也通过校友找到了心仪的工作。我问她当年为什么没考虑去海外读，她说为了在中国发展，这里的校友圈其实对她更加实用。所以不盲目跟风，知道自己的目标才能作出有意义的选择。

最后，想起一句校友和我说的话："MBA 其实就那一次机会，你只在毕业的时候用一次，而后来你是谁，以及你取得的成就其实与哪个学校无关，与读没读过 MBA 无关，人们只用你真正的工作水平来评价你。"

值不值得读，供君三思。

成为更好自己的责任——与读什么学位无关

我们生活在一个信息爆炸与技术日新月异的时代。单纯从找工作来说，你需要掌握的技能似乎也越来越多，除了一纸文凭，你还得学这学那，练完了英语口语，开始学各种软件，考完了CPA开始考CFA……与时俱进好像也没个尽头，从来也没有过分准备这回事。事实上，不仅是找工作，这个时代要求我们各方面都要日日新。记得用了MSN很多年，而换到微博，再到微信的时间好像不足一年。这些社交工具极大地扩展了信息面。如果你想两耳不闻窗外事，不屑于学这些新生事物自然也可以悠然自得。但如果你需要感受时代脉搏的跳动，以及站在前沿并最大化的利用好信息资源，不用便不可想象。看到老爸也在学着使用iphone和微信时，我便觉得历史的洪流浩浩荡荡，不可阻挡。对于高科技行业发展，有一个常用来描述的名词叫突破性技术(disruptive technology)，即一种与原先平台无关的后发制人的变革性技术。比如将柯达置于死地的反胶片数码技术，比如突破DOS界面的窗口系统等。这些技术对于一个社会无疑将起到极大的革新性推动作用，但它们对个人之可怕就在于原先你掌握的一套彻底被遗弃，再无重来的可能。你越是一个先朝元老，就越发痛心，但面对沉舟侧畔千帆过的强危机感时代，你能做的只有不停学习。

这里，我并不要说关于“技术”的不断学习，而是向一些平时不那么明显或被忽略的机会学习，与读取什么学位无关。

首先，向目前开放性的社会资源学习。外国的大学没有围墙，而今，无涯的知识也没有了过去只属于少数精英的无形壁垒。全球各大著名学府已越来越多地开放了自身的网上课程，中国也在积极引进中。光是网易公开课程系列就已收纳了不少精彩的系列。这些免费的知识精华难道不是社会对我们最好的馈赠吗？商学院毕业后，我工作的业余时间，时常会找些公开课出来听讲，因为时间可控，非常方便。有些基础的本科课程，让我受益匪浅，大大弥补了我以往知识结构的缺陷。这些名师掌镜的深入浅出的导论课程，可以最快地告诉我一门课程的精要，帮助我梳理知识结构，比自己摸索去找书看更有效果。至今，我最喜欢哈佛大学的《幸福学导论》、《公正——社会哲学导论》，以及耶鲁大学的《心理学导论》课程。另外，现在国人也开始熟悉与推广 TED 平台讲座，这是美国一家非营利性机构组织的常年各行业嘉宾(学者、企业高管、演员、创业者、艺术家等)演讲系列，内容上至天文，下至地理，乃是开阔眼界，增加灵感的不二节目。我在这个免费平台上知道了许多有趣的新书，行业最新的研究，名人的故事与感悟等等，像是一个挖之不尽的宝藏。

闻道有先后，术业有专攻。多晚学习都不晚，学习的方式更应不拘一格，有没有去过哈佛或耶鲁本身都不重要。如果说我们比父辈幸运，那这种由互联网技术带来的寰宇一家的互享乃是最大的幸事之一。房龙过去说“在无知的山谷里住着幸福的人类”，今天，我们应主动追求着另一种“有知”的幸福。

其次，向危机和困难的时刻学习。尼克松说，危机也是一个机会，只不过是一个危险的机会。在商学院我们历经了一次外部经济危机，考验着我们这届的抗压能力。人生更多的时候，是个人的危机时刻，当全世界

都否定你的时候，你一个人要怎么做？坏事也可以变为好事，乌云背后也有幸福线。大器晚成的李安经过了十年拮据的沉默期，始终念念不忘心底的梦想。我感觉就是那漫长而无望的等待和那些低层剧务杂碎的零工打磨，使他后来对于人物细腻情感的把握最终高人一筹。往往成功的鲜花和掌声教会我们的不多，失败的考验却能昭示更多，那些困难的时刻我们被迫需要回答我们到底看重什么、哪些可以舍弃、真正的个人强项是什么等直指内心的问题。有人说人生不如意事十之八九，我倒是觉得如意与不如意的事都有个定额，分散在你的一生中。如果躲不过，我们宁愿年轻时多经历一些不如意，有一颗反省的心，早点练就一份淡定、豁达和输得起的胸怀。所以，遭点罪，吃点苦，塞翁失马，焉知非福？

托尔斯泰曾经写过一个小故事，说两个人齐跌进深井，都伸出双手紧紧拉着边缘，奋力大叫，等着别人经过来救他们。眼看暮色已深，体力不济，两人怕是要葬身于此了。其中一人无比悲伤沮丧，另一人却发现井口树叶上沾着露水，于是便喜滋滋地伸出舌头去尽情地舔。前一人不解地问他，“都到这时候了，你还有心情喝露水？”后一人也不解地回答，“这是自然赠予的甘露，我们任何一刻都要好好享受啊”。确实，这种苦中作乐，逆境中也带着浪漫主义尽享人生的态度，并不是所有人都具备的。如果明白逆境是人生方程式中不可或缺的一部分，你也会放下得失心和自我，尽情地嘲笑自己一番，不妨也先呷口茶再作思量。

第三，向各种启发人心的艺术作品学习。从小到大，我都热爱文艺。书、电影、戏剧、画展这些我都很钟情。这些艺术表达方式中都存在一些有力的故事，开启着我的心智，帮我寻找内心的通路。最近几年，有两个故事给我印象最为深刻。第一个故事说的是米开朗基罗雕刻传世之作《大卫》的故事。大意说有个记者问他是如何雕刻出这尊美像的，他说“很简单啊，我就是某天跑到采石场里，看到了一块巨大的大理石，然后我就

看到了大卫。我所要做的就是把周围那些本不该在的多余的石料削除就好了”。这番话初听之时，我个人觉得简直振聋发聩。多余的石料，可能是自身个性上的缺点，也可能是社会附加上的成见。你一生的使命，也就是不断去除杂质，让你内心的大卫早日浮出水面，将自己雕成器。与几千年前老子所说的“为学日益，为道日损”，异曲同工。

第二个故事来自先生的好友在中国制作的一出经典西方音乐剧《我，堂吉·诃德》，以戏中戏的形式再现了塞万提斯创作这部文学巨著的过程，特别描绘了这位奇才作家需要在监狱中演绎戏剧，征服囚犯，使他们能为他保留手稿的一幕。谁说堂吉·诃德的行为是疯狂而荒谬的呢？真正的艺术家恰总能为这个疯狂而荒谬的世界找寻到温暖人心的意义。听着剧中的那首名为《不可能的梦想》之主题歌，全场观众都动容地为之数次落泪。骑士精神从不该远去，它本来就该是我们应该面对生活的准则。生活原来的疯狂就在于甘于退缩，围观，沉默，墨守成规，放弃理想。我们有机会应该做更疯狂的事，追求夙愿，哪怕它遥不可及；去守卫一生真爱，哪怕被世人所嘲笑；去纠正错误，去制止荒谬，哪怕需要披荆斩棘；去追寻那个永远的追寻，去坚持最初的梦想。

在艺术作品里感受这些故事，与它们共鸣，找到自己。行动在路上，哪怕走的是一条少数人的道路。

最后，向古代的智慧学习。我一向觉得中国历史上最好的年代属于春秋战国的诸子百家时代。那时松散的邦联制，让学者得以周游列国讲学，天下思潮之兴涌昌盛震烁古今。惭愧的是，文言文的底子都快忘光了，国学智慧的传承到了今天这一代都要濒临灭绝。相比之下，西方对于中国古代的研究却方兴未艾，许多商学院的战略案例都在纷纷研究老子、孙子及《易经》的指导思想。了解越多，就越觉得东西方的差异没有我原先想象的势不两立，反而许多东西的本质万宗归一。未来世界的发展趋

势一定是越来越交叉渗透，无论对于职业发展还是个人生活，许多观念的发展最终可能都将参考东西方结合的智慧。作为新世纪的一代人，单纯的崇洋媚外或独善其身都没有必要，真正的挑战在于我们如何能根据自己的体验，博采众长，结合东西方的智慧，来指导未来的生活。

学无止境。活到老，学到老。学习从来不是为了学位，终身自我教育只是为了让我们成为一个更好的自己。

图书在版编目(CIP)数据

我就这样绽放自己:一个勇闯世界顶尖商学院女孩的精彩人生/小荷著.—上海:复旦大学出版社,2013.8
ISBN 978-7-309-09877-8

Ⅰ.我… Ⅱ.小… Ⅲ.随笔-作品集-中国-当代 Ⅳ.I267.1

中国版本图书馆 CIP 数据核字(2013)第 159088 号

我就这样绽放自己:一个勇闯世界顶尖商学院女孩的精彩人生
小 荷 著
责任编辑/李又顺 关春巧

复旦大学出版社有限公司出版发行
上海市国权路 579 号 邮编:200433
网址:fupnet@fudanpress.com http://www.fudanpress.com
门市零售:86-21-65642857 团体订购:86-21-65118853
外埠邮购:86-21-65109143
上海浦东北联印刷厂

开本 787×1092 1/16 印张 18.5 字数 217 千
2013 年 8 月第 1 版第 1 次印刷
印数 1—5 100

ISBN 978-7-309-09877-8/I·775
定价:32.00 元